今夜拍案惊奇

第二卷

说书人 阎鹤祥 杨九郎 著

根据喜马拉雅同名音频专栏整理润色

台海出版社

目录

今夜拍案惊奇

第一回
内鬼案

中二少年飞来横祸
一本日记别有洞天

法曹把册子递给指挥使，指挥使翻着看了看，哈哈大笑起来，边笑边说："竟有如此勤于记录之贼！"

广知世事休开口，纵会人前只点头。
假若连头俱不点，一生无恼亦无愁。

咱们已经了解了古代人的不少作案手法和破案过程，其中有些犯罪分子在为非作歹方面很舍得花心思，但是这些故事能流传至今，是因为有比犯罪分子更聪明细致、更肯花心思的破案高手。

虽然有些案件用现在的眼光看，会觉得过程中存在着种种没必要的曲折，但是考虑到人家那是古代，认知程度自然跟现在不可同日而语，社会环境天差地别，更何况咱们现在是科技社会！古代总说天网恢恢，那是等着老天爷给个天道轮回呢！咱们现在是真的有“天网”，就故事里的那些大盗飞贼，搁到今天，你飞什么檐？走什么壁？摄像头半分钟可以给你拍出八个不同角度的短视频来。所以听故事的时候，建议大家伙儿多投入一点儿，想象一下古代的各种环境限制，品味故事中的很多细节会更有趣。

做事一般都得花心思，但心思用过了可能会适得其反。为什么会出现犯罪分子把心思用过了的情况呢？还不是担心露馅儿嘛，越怕露馅儿越遮遮掩掩，一件坏事补丁打得太多，那不就显眼了嘛！

咱们在这儿就讲一个犯罪分子“聪明反被聪明误”的故事，案子记载在咱们的“王牌资源库”——冯梦龙先生的《智囊》里。

故事的原作者叫卢言，唐朝人，据说是白居易的好朋友，他写了本书叫《卢氏杂说》，书中杂七杂八地记录了很多中晚唐时期的逸闻趣事。因为卢言是做官的，所以他在书里写了很多朝野之事，虽然不能算是严格意义上的正史，但也不是胡编乱造。其中的很多故事都对后世研究中晚唐时期的官场行为、民风民俗有帮助，所以《卢氏杂说》里的不少篇章都被后来的总集类书籍收录了进去，并得以流传，比如《太平广记》就收录了其中的一些内容。

这个故事既然是卢言所写，那咱们就默认它发生在唐朝，故事的发生地咱们就当作在京师长安。

某一天，本地的一个大户人家来官府报案，说昨夜有一伙强人把家里抢了。天子脚下，入室明抢，这还有王法吗？官府一听就急了。

听这户人家仔细禀报后得知，这一家虽然颇有些家底，但在本地也算不得什么巨富豪门，而且家主素来与人为善，从不曾有什么远敌近仇，家里也没有多少家丁仆从。结果昨夜二更将过，已近三更时分，也就是咱们现在的十点多钟，快到十一点的时候，家里众人都已睡下了，突然各房被人破门而入，一群黑衣蒙面汉子把家里的所有人都蒙眼堵嘴拽了出去，扔到院子中，跪了一地。然后这群人在家中翻箱倒柜，把能带走的值钱物件几乎洗劫一空。

等这群劫匪走远之后，众人才哆嗦着起身查看，家里已经狼藉不堪，好容易哭着挨到天亮，赶紧来报官。

官府的法曹仔细询问，家中是何人先发现这群人的？报案者说这就说不清楚了，他们人很多，我们的房门几乎是同时被踹开的。官府又问了，昨夜家中大门关严实了吗？报案人说关严实了，因为大家都吓得睡不着，今天天色刚蒙蒙亮就抬着梯子去看了院墙，看到有瓦片被踩破，想来是有身手矫健的贼人先翻墙进来，而后打开院门放进了同伙。

法曹问了一下大概丢了多少东西，报案人“哇”的一声号啕起来，说大人哪，您让我们怎么回禀啊，他们差点儿把家里的桌椅都给搬走了！

这哪儿是抢劫？这是抄家来了。岂有此理，岂可轻饶！

法曹气得吹胡子瞪眼，跟自己家被抄了似的，马上把指挥使请来。指挥使是武官，看这架势，这是要直接派官兵出发剿匪了。指挥使听完也很吃惊，这胆子也太大了，竟然敢在京师之内明火执仗，胆大包天哪！但是抢完就跑了，咱们上哪儿剿匪去？还得先派官差去查一查犯罪现场，找点儿线索呀。

报案人此时突然如梦初醒一样大叫起来：“哎呀！有线索，有线索！小人刚刚只顾着哭了，忘了这件大事！”

居然有线索？法曹和指挥使赶紧问他是什么线索。报案人从怀里掏出一个小册子呈上来，说是家人们清查房间的时候在一个屋子里捡到的，并非家中之物，看样子是劫匪忙活的时候不小心掉出来的。

法曹翻开那小册子一看，眉头一拧嘴一撇：这是什么玩意儿？又翻了几页，眉心渐渐舒展，再翻几页，嘴角竟然还浮起笑意了。指挥使忍不住问：“这是什么呀？怎么您还看乐了？”

法曹把册子递给指挥使，指挥使翻着看了看，哈哈大笑起来，边笑边说：“竟有如此勤于记录之贼！”

那是个什么册子呢？原来是个记流水账的册子，上面密密麻麻地写着：某月某日，张某李某刘某相约某酒楼聚赌；某月某日，李某刘某相约某茶肆商议某事；某月某日，周某张某李某聚众寻欢……好嘛，上面仔仔细细地写着这群人的日常行踪，那叫一个花天酒地。法曹数了数，拢共出现了一二十个人名，马上派人去挨个查寻，全给抓回来。

抓起来倒也不是很费劲，因为官差都看明白了，这群人平常不是在这个酒楼就是在那个赌场，就先从这些地方找起。果然事半功倍，不到半天的时间，陆陆续续全都给抓回来了。

带到衙门一看，所有人都皱眉头，这都是什么玩意儿！这是长安城纨绔子弟大联欢吗？一个个没个正形，全是浪荡子的样子，有的看上去年纪很小，有的一看就浪荡了二三十年了，来了官府也不害怕，估计都以为自己做的小偷小摸的事情败露了呢，眼珠子乱转大嘴一撇，还在那儿耍横呢！

这把法曹和指挥使给气的呀！这帮败家子，平常肯定是吃喝嫖赌惯了，现在居然敢聚众抢劫了，来呀，先给我扳扳他们这身子骨！

一帮浪荡子还没反应过来呢，官差呼啦啦围成一圈，也不管是脑袋还是屁股，乱棍齐下，噼里啪啦。这帮家伙哪儿受过这个呀？一时之间哭爹喊娘杀猪一般。打了一顿之后法曹稍微出了点儿气，指着他们问谁是主使。

一帮人哭哭啼啼问，大人说的什么事？主使的哪一桩？法曹一听，好家伙，敢情还干了好几桩？就昨天那桩！

下面有浪荡子又哭了，说昨天也赌钱了，也吃花酒了，大人问的是哪一桩？

法曹差点儿没冲下去亲自给他一耳光，还跟我在这儿装糊涂哪？举起那个小册子啪地摔下去："看看！这上面记录的是不是你们的行径？"

一群人噌噌噌爬过去捡起册子，其中一个人打开册子，一群脑袋挤在那儿看，看着看着都吃惊了，互相瞪眼，窃窃私语起来了：谁呀？这是谁记的？记这个干吗？

指挥使也烦了，大喊起来："别嘀咕了！这上面记的是不是你们的事？"下面这些人哆哆嗦嗦地点头。

指挥使说挺好，认了就行，把昨夜去人家里抢劫的事情如实招来吧。

十几个人全傻了，十几双眼睛瞪得就像要飞出来一般，突然爆出接二连三的哀号：“冤枉啊！冤枉啊！没有抢劫啊！不敢抢劫啊！”

其中几个年纪小的已经哭得要昏死过去了，大喊大叫着找爹妈，法曹一看这怎么又不认罪了，刚不是还都承认册子是他们的嘛！这可真费劲，转头叫官差去把其中几个小一点儿的浪荡子的父母找来。

几家父母来了官府一看一听，个个泪如雨下，本来法曹已经做好了做他们思想工作的准备了，没想到这几家爹妈异口同声：“活该呀！是我们教子无方，这孽子整天就跟着一帮浑人昏天黑地吃喝嫖赌，我们早就知道会有今天！求大人严加惩处吧。”

法曹都愣了，你说你们这帮不肖子，这是得有多坏！不肖子也蒙了，爹妈这是疯了呀，我们没有抢劫哪！

爹妈们抱头痛哭了一顿，被法曹给打发回去了。这还有什么可说的？连你们父母都不信你们是无辜的，先给我押下去吧。

第二天再审，不认。隔天再审，还不认。那就接着打！这群人在牢里待了几天，已经吓得半死不活，有几个胆子小的，只剩下哭了，法曹明显不耐烦了，又是一顿棍棒，打得他们血淋淋、泪汪汪。最后有一两个撑不住的，先招认了，说就是我们，是我们一起去抢劫的。

剩下的本来还想撑一撑，一想到连父母都不信自己了，干脆全都认了吧。法曹这下高兴了，说当时来了就招了的话不就少挨几顿打了吗？说吧，把人家的东西都藏哪儿啦？

一群人又愣了，什么东西？

法曹说是不是把脑子落在牢里了？抢人家的东西，藏哪儿啦？！

一群人你看我我看你，最后有一个开口说了，埋在城边某处的柳树林里了。

法曹眉头一皱，挺能忙活呀，一晚上的工夫折腾那么远。一看今天天色不早了，行，明日一早叫捕快去一趟吧。

第二天中午时分，捕快回来了，带着好几个大包裹。果然在城边柳树林里挖出赃物了，法曹很高兴，剩下就是要细细审问哪个是主谋了。再看那群浪荡子，个个眼眶含泪，傻呆呆地看着那些赃物，突然齐声大哭，喊着“老天要杀我们啊”。

法曹挥挥手，去去去，这都什么跟什么呀，自作孽不可活，不要冤枉老天爷。就把他们押进大牢去了。

接下来的日子里，就开始逐个审讯。因为把挖出来的赃物退还给主家的时候，主家不干了，说东西确实是我家的，但是数目对不上啊，我们被抢的可不止这点儿。法曹说那肯定还有别的藏匿点，这群祸害不老实，看来还是得挨揍。案子发展到这里的时候，那位指挥使突然一改之前的积极状态，每次审讯都魂不守舍，东张西望，如此三番之后法曹就觉得奇怪了，就去询问指挥使：“您是有什么事情吗？”

指挥使让左右人等全部退下，对法曹说：“大人，此案似乎另有内情，我这几天发现一个极为可疑之人。”

法曹大吃一惊：“什么？还有漏网之鱼？”

指挥使说我怀疑要么是有漏网之鱼，而且这漏网之鱼是主使之人，依然潜伏在外打探消息，要么此案从开始到现在咱们都判错了，这群人确实是被人栽赃的。

这可把法曹吓了一跳：“凭据何在呢？您怎么不早说呢？这都判完了呀，板子都打了好几轮了，您现在说咱们弄错了，颜面何存哪……”

原来指挥使近日才发现一个疑点，他有一个比较亲近的马夫，平日也是能在衙门内随意走动的。最近，指挥使突然意识到这个马夫好端端地对审案有了兴趣，每次审案时他都站在角落里旁听，这本来也没什么奇怪的，无非是有些好奇心罢了，但奇怪的是，这马夫只对这一个案子有兴趣，唯独审理此案时才会过来旁听，而其他案件他从不前来。

注意到这个怪事后，指挥使心里就存了疑，前两天浪荡子交代出埋赃地点时他特别留意了一下，果然马夫听到那个地址后立即转身出去了！这是何故？莫不是去报信了？

法曹听到这里，霍地站起身，大叫起来：“贼人误我！”

指挥使说咱们这么办，传话说下午要提审那群人里的几个主犯，且看那马夫来不来。

两位官员把话传下去后，继续该干吗干吗，中间也问了几个别的案子，马夫并未到场，等到晚一些的时候，抢劫案的几个嫌犯被带上来，指挥使给法曹递了个眼神，法曹斜眼一瞥，嘿！那马夫静悄悄地站在堂下屋角处，看上去可是认真得很哪！

法曹这时突然又叫人把那几个嫌犯带下去，眼看马夫扭脸就走，这还有什么好说的，迅速把他抓进来审问。那马夫是一脸懵懂、一问三不知，说道："小人只是好奇，哪里有什么里应外合的丑事？！"指挥使冷笑一声，说我询问过那几个去追赃的捕快了，埋赃处的土看起来都是刚刚翻挖过的，也就是说那些东西似乎并不是前几日就埋在那里的，这就怪了，怎么那些浪荡子说在哪里，哪里就刚好有赃物？

马夫喊冤："大人您糊涂了啊，他们埋的赃物，当然是他们说在哪儿就在哪儿了！"

法曹现在也反应过来了，这群浪荡子里没有一个看起来是身手矫健的，当夜被抢的人家明明说了，大家都看见了那些黑衣人，个个身形健硕，况且还有能飞身翻墙的，哪里是那群年轻体弱的酒囊饭袋能做出的事？

想到自己被真正的强盗牵着鼻子走，法曹气得七窍生烟，二话不说让衙役去把炮烙的刑具搬了出来。在这儿插一句啊，原文里写的就是"炮烙具"，合着这酷刑居然流传到了唐朝。炮烙就是把铜柱子烧得通红，让犯人爬上去，然后坠入火里活活烤死。刑具刚抬出来马夫就崩溃了，直喊道："大人饶命！"喊得声嘶力竭，吓都吓疯了。

原来果真如指挥使所料，这个马夫确实是个内应！

但具体是被关押的这帮人的主使在外买通了马夫呢，还是另有真凶买通的呢？马夫连连磕头说自己也不知道，他只跟一个壮汉有单线联系，多日之前那人在早市上找到他，许以重金，让他密切关注此案的审理情况，每有审讯就把内容记下来去告诉他。

因为每次去通风报信，无论内容多少，那人都给马夫不少银子，马夫高兴至极，就算心里也怀疑过这帮浪荡子是被栽赃的也顾不得了。谁让你们吃喝嫖赌！活该！马夫反而心安理得，日日竖起耳朵听审。那天听到埋赃物的地点时，他意识到这个消息极为重要，没等听完就急匆匆去报信，没想到走得太急，彻底引发了指挥使的怀疑。

据马夫交代，那个壮汉最近每天都待在街市上一间小茶楼里等他，指挥使思索一番，安排马夫如同往日一般去接头，就说那群人已经定了案，此案完结了。马夫急于戴罪立功，一连声地应允。

到了城中茶楼，马夫上楼去跟一男子窃窃私语一阵，演技倒是不错，全程面色如常，随后那男子掏出一个小荷包递给马夫，二人作别。那男子满面春风地下楼来，看上去新消息让他痛快至极，毫无警惕之色，大步流星地往城外而去。

这厮哪儿知道，大批便衣官兵鱼贯其后，若从高处看去，真如蜿蜒长蛇阵一般。出了城后这群官兵飞快散开，悄无声息地直跟着此贼到了一农舍外，等他进去之后，哐啷啷各掏兵刃，为首的一声大喝，众人奋勇扑入，满院子刚得了喜讯的狂贼被打了个猝不及防、落花流水。

原来这帮匪人早都在城里踩好了点，选了家财富足、人丁不多的好几个目标，这一家是他们的第一站。要说这帮贼也够用心的，早早混迹在城中各个酒楼赌场，挑中了这帮浪荡子当替罪羊，硬是跟踪了他们一两个月，把这群浪荡子的日常行踪记录在册，故意留在作案现场，没想到这一招栽赃嫁祸还真有用。

但为什么说他们“聪明反被聪明误”呢？你们找了个内应打听消息，得知已经认罪就算了呗，还想把这栽赃栽得踏踏实实，非要去给人家胡乱说的地方埋点儿赃物，又舍不得全埋进去——全埋进去也不行，那不白忙活了嘛！就这一招，太多余了。

古今中外很多犯罪案件里都会提起一种犯罪心理：绝大部分真正的作案人至少会回到案发现场一次。不管是因为好奇心还是不放心，反正总是要假装没事人一样跑回去看看进展。这帮贼也一样，自己进不了衙门，买通别人也得打听一下，打听得好，这不就把自己打听进去了嘛。

这案子破得真是又悬又巧妙，难怪连冯梦龙都在批文里盛赞这位指挥使洞察细微，说如果是自己的话，那肯定就错判了。冯先生太自谦了，就凭您这阅案无数的功力，也不至于像法曹那么糊涂。

本回故事：冯梦龙《智囊》

今夜拍案惊奇

第二回
狄公案

大婚三日新娘惨死
泥炉施法真凶现身

当时这书生曾恶狠狠地说："三日之内，必叫你知道我的厉害！"这里所有人都能做证，结果刚好到了第三天的时候他来家中投毒，这证据难道还不够明显吗？

世人但喜作高官，执法无难断案难。
宽猛相平思吕杜，严苛尚是恶申韩。
一心清正千家福，两字公平百姓安。
唯有昌平旧令尹，留传案牍后人看。

这首定场诗专门称颂了一位古代神探，诗里有一句“唯有昌平旧令尹”，说的就是这位神探曾经的官职。昌平令尹，也就是昌平县令，是谁呢？——大名鼎鼎的神探狄仁杰。

咱们讲古代的探案故事，怎么也绕不过这位呀！历朝历代有关狄仁杰的文艺创作很多，但是狄大人和咱们提过的众多案件的主角不太一样，比如包青天也是一位神探，但在绝大多数的古代小说里，对包大人的描述重点在于他的为官之道，他的清正廉明、爱民如子、不畏权贵，具体到断案部分的叙述一般都比较简单。而有关狄仁杰的故事就不同了，往往更侧重于“探案”的“探”字，比如咱们要说的《狄公案》，和其他公案小说最大的不同就在于，它更像是推理探案小说，详细描述了狄仁杰探案中的分析和验证环节，更多地注重案件的推理和刑侦过程。

这首定场诗就是《狄公案》的开篇诗，对狄仁杰的推崇可见一斑。这部创作于清代的公案小说，作者是谁如今已不可考，但是这位无名氏为后世众多的狄仁杰探案故事起了个头，因为有一位关键性的人物以此书为开端，创作出了蔚为大观的“狄仁杰宇宙”。这位了不起的作家叫高罗佩，荷兰人，是一位优秀的汉学家、小说家，高罗佩这个中文名远比他的原名流传更广。

高罗佩在抗日战争时期曾作为外交官在中国待了几年，他一生对中国文化的热爱和钻研程度令人惊叹，在接触到《狄公案》这部清代小说后，他大为赞赏，并在海外翻译出版，而他本人也以此为契机，开始了蜚声国际的系列小说《大唐狄公案》的创作，这一系列小说后来成为经久不衰的推理小说畅销读物，因此高罗佩为中西方的文化交流做出了不小的贡献，也直接影响了后世众多的狄仁杰探案类影视作品。正是由于高罗佩的杰出创作，狄仁杰也被西方称为“东方福尔摩斯”。

高罗佩的《大唐狄公案》是系列作品，创作历时十五年，非常精彩，感兴趣的朋友可以去阅读一下。咱们要讲的故事则来自这一切的开端——清代的《狄公案》，这部书还有一个名字叫《武则天四大奇案》。有趣的是，全书前半部分讲的是狄仁杰担任昌平县令时的断案故事，后半部分讲的是他与朝廷奸党斗争的故事。高罗佩坚持认为这部书的后半部分是伪作，不是原作者的手笔，所以他翻译时也只选取了前半部分的几个故事。

咱们接下来要讲的案子，就是《狄公案》前半部分的故事中的一个。

故事发生在狄仁杰任昌平县令时期，县里有户姓华的人家，刚刚办完喜事三天，就出了人命，闹到了县衙里来。

这户人家的家主是位举人，家境殷实，只有一个儿子，前些天刚刚娶了亲，喜事热闹欢腾，满城皆知。不想刚过三天，华举人就派家中下人去擒拿了一个年轻后生，将其拖拽到县衙告状，说这个后生谋杀了他家儿媳。

狄仁杰上堂一看，堂下叫骂声、喊冤声、哭嚷声不绝于耳、沸反盈天，乌泱泱站了一地的人，一时间脑仁都疼了，赶忙喝止众人的吵闹，问哪个是苦主，有何冤情。

为首的华举人这才怒不可遏地把案子说了一遍。

三天前，华府娶亲，宾客络绎不绝，华少爷平日交往的那些书生朋友也来了不少，都是年轻人，在那里喝酒嬉闹，折腾个没完。到了晚间该送客了，没想到一帮人非要留下来闹洞房，因为华家的新娘子貌美过人，所以这帮人借着酒劲就开始浑闹，言语间多有轻浮之词，华举人就不太高兴了。

见华少爷送了几次客都送不走这帮朋友，华举人亲自去了，没想到其中一个闹得最欢的一点儿都不懂礼数，反而和华举人言语交锋起来。华举人哪能容让这种晚辈？立即拉下脸指着那位的鼻子下了逐客令，大家伙儿当夜不欢而散。

这些小事谁也没放在心上，过了一天，华府又办了谢客宴，华少爷依旧请了这些人来家中，没想到前天被华举人指责过的那个书生如此狠毒，竟然趁着家中人多忙乱，给新婚夫妇的茶里下了剧毒，万幸华少爷没有喝，可怜新娘子一杯茶下肚，当夜就腹痛不止，等家人慌忙找来大夫时，已经七窍流血而亡！

说完事情经过，华举人又悲又怒，一旁的华少爷已经哭成泪人，狄仁杰再看另一边，几个下人模样的壮汉扭着一个书生的肩膀怒目而视，那书生想必就是投毒人了。

虽然苦主说得有头有尾，但狄仁杰还是很疑惑，问华举人，当天闹洞房时很多人都在，虽然你斥责了这个书生，但他也不至于恼羞到要杀人哪，你怎么确定就是他投的毒呢？华举人说当时这书生曾恶狠狠地说："三日之内，必叫你知道我的厉害！"这里所有人都能做证，结果刚好到了第三天的时候他来家中投毒，这证据难道还不够明显吗？

此时那个书生再也忍不住了，大喊起冤枉来，说当时自己只是被当众斥责下不了台，觉得脸上无光，这才口无遮拦地吹牛说些狠话，只不过是找个台阶下而已，岂会真的害人！被长辈斥骂几句而已，何至于此！

狄仁杰仔细打量了一下那个书生，心里暗想，一派文弱书卷气，酒后行为失检可能会有，但是因此而赌气杀人却未必敢，此案没这么简单。既然是毒杀案，那肯定要验看尸首，便叫华举人先回家，这个书生暂且收监，明日去华府验尸。

华举人骂骂咧咧地带着一群人走了，狄仁杰一看，大堂外还跪着一个中年妇人，便问那是何人，那妇人涕泪长流，说自己是那书生的母亲，寡居多年苦度日月，只盼着儿子好好读书，没想到遭受这样的奇冤，求大人明察。

狄仁杰看了看那妇人，面目凄苦，却无一丝乖戾之气，心里就多了一分怜悯，好生给劝回去了。

第二天到了华府，新娘子的尸身还停放在新房里，一家上下笼罩着愁云惨雾。狄仁杰进去一看，大吃了一惊。怎么回事呢？他本就是掌管刑案的法曹出身，毒杀案也见过多起，可这么骇人的尸体还是第一次见到。

只见那尸体口鼻处血丝淋淋，床下还有一摊摊黑血，应该是中毒后呕吐出来的，尸体肿胀青紫，恐怖至极，最可怕的是整个屋子里飘着一股浓重的腥臭气。人刚死去一天，绝非尸臭，这股气味是从何而来的呢？

狄仁杰在房间里仔细查看，那壶被投毒的茶还搁在桌上，他倒出一杯来，一股腥臭之气扑鼻而至，再看那茶水，呈混浊的酱色，像黏稠的红糖水似的。狄仁杰安排差役找来一些碎点心泡在茶水里，随后泼洒在地上，又叫下人去抓来两只鸡。那两只鸡啄食了几口点心后似乎觉得不太合口，不再吃了，即便如此，惊悚的一幕还是发生了。

两只鸡在院落中突然发狂一般扑腾起来，下人怕踩坏了东西，想要去捉，结果人还没走到跟前，两只鸡接连倒地毙命，狄仁杰叫仵作当场剖开鸡肚子，霎时间满院子腥臭，直逼得众人掩面屏息，而那鸡血都已经是黑红色了。

纵然是曾经见过不少毒杀案的狄仁杰和仵作，一时之间也颇为震惊。一般下毒无非砒霜，人死后虽也七窍流血，但血色如常，更不会有如此令人难以忍受的异味，此案所用的毒物非同小可，而下毒的人又是何等蛇蝎心肠！

既然已经用鸡做了验证，华家当然就不肯再验尸，新人惨死已经够悲痛，死后何必再添刀斧？其实狄仁杰用家禽试毒也是这个意思，既然现在确定了毒物就是这壶茶，那就得仔细问问这茶的来历了。

一直在一旁哭哭啼啼的华少爷被叫过来问话，据他说当晚送走所有宾客后他回到房中，新娘子已经叫下人送来了茶水，但是他刚去父母房中定省（定省是我们传统家庭中很关键的一件事，“晨昏定省”，就是做子女的早晚都要去父母房中问安），在父母那里刚刚吃了一杯茶，所以他没有喝就睡下了，而新娘子自己喝了一杯，不多时就叫嚷腹中剧痛，等到家里人全都张罗起来找到大夫，已经晚了。

狄仁杰看着那个茶壶思忖了半天没有说话，华举人在一旁不耐烦了，叫嚷着谢客宴上人来人往，肯定是那个书生偷偷溜进这房间，把毒药下进了茶壶中。狄仁杰便问华少爷，你与那书生以往可有什么过节吗？

华少爷一愣，下意识地说没有，如有过节怎么可能请他来做客？狄仁杰点点头。华举人又发火了，说他们是没过节，但是那小贼与我有过节啊，他亲口说了三天之内要给我个厉害看看，这不就是明证！

狄仁杰看着他问：“那为何不去给你房中的茶壶里下毒，而是要害死你儿子和儿媳呢？”

华举人梗着脖子愤愤说道：“恐怕是我房中总是有下人来往，他不好下手吧！”狄仁杰也不答话，看着茶壶出神，半晌才慢慢摇了摇头，似乎是对华举人的说法不以为然。即便是那书生在华府失了脸面说了狂言，如此狠毒的报复也太不合常理，一个木讷寡母带大的书生，哪里至于有这么凶残无理的戾气？但这毒又能是谁下的呢？

狄仁杰突然想起一个细节，猛地喝问这壶茶是何人送来的。华少爷哭哭啼啼地回话，说是家中的仆妇高氏。

狄仁杰马上要高氏上前回话，下人却叫他稍等，说那高氏因新娘子惨死，受惊过度又加上心痛，病倒了，此时在下人房中休息。受惊过度？莫非这家的仆妇平日里遭过不少主子的亏待，心中积怨日久，一发狠拿新人撒气来报复主家，此时又躲开了？这种事以前也是遇到过的。

等到把那高氏叫来仔细一问，狄仁杰的怀疑却马上打消了。原来那高氏并非华府的下人，而是新娘子从娘家带来的贴身嬷嬷，新娘子家人担心她嫁到华府没有得力的人伺候，特意派了高氏随嫁，而且高氏年近五旬，这新娘子自小就是她一手照看着长大的，虽是下人，却对新娘子视如己出，如今自己一手带大的宝贝刚嫁人三天就惨遭横死，高氏简直痛断肝肠。

虽然狄仁杰疑心打消，高氏却不肯就此退下，跪在他面前哭得撕心裂肺，直喊着要叫那个书生抵命，看来这一大家子都认准了就是书生下毒，狄仁杰只能好言劝慰了一番，先回县衙去了。

即便心里觉得书生冤枉，但毕竟他行为失检、大放厥词在前，所以不查访一番也不对，狄仁杰便派了差役去走访了一圈，得知书生虽然也曾有过酒后无状，但平日里从未真正与人有任何仇怨，日常只是同母亲深居简出、勤俭度日。差役们把书生家附近的所有药铺也都走访了一圈，并无人来买过什么有毒的药材，至于问到有没有把人毒死后尸身腥臭的毒药，则把各家药铺的掌柜都吓得拼命摆手：哪儿来的这种东西？！我家从未有过！

当晚一起赴宴的几个人都做证，说书生未曾离席，书生的嫌疑越来越小。家仆投毒几乎不可能，唯一一个伺候新娘子饮食的人是她的贴身嬷嬷，茶也是嬷嬷倒来的。这桩案子一时陷入了僵局，连着几天狄仁杰都没有找出头绪。虽然狄仁杰没有头绪，但华举人可没闲着，每天到县衙来咆哮一番，他是举人，衙门里上上下下都让着三分，但是随着案子拖了一天又一天，华举人嘴里说出来的话就一天比一天难听了。

这一天听说华举人又来咆哮，狄仁杰也不去堂前，就由着他。这回连身边的文书师爷都听不下去了，嘟囔着说是不是得查一下这个华举人有没有得罪过什么人啊？你看他这个嘴脸，哪里有个诗书人家的样子？说不定平常结了不少仇家呢！

狄仁杰心里也难免烦乱，顺嘴叫师爷别说没用的了，去给端杯茶来。

师爷连忙去了。不一时，茶端来了，狄仁杰打开杯盖刚要喝，眉头拧作一团把杯子重重放下，问师爷这茶房怎么现在做事这么不仔细了。师爷凑过来一看，茶上浮着一层灰，眉头也皱起来了，马上把茶房的下人叫来训斥。下人看了一眼茶杯吓了一跳，急忙回禀说近日风大，时不时就把梁上的灰吹落下来，自己每天都很小心，结果刚刚一走神忘了查看，没想到就把落了灰的茶端上来了。

哪里？梁上？梁上的灰？狄仁杰心里猛地一动，挥挥手叫茶房下去，噌地起身叫上几个差役直奔华府。

到了华举人家，华举人刚从衙门回来，正在生气呢，一听下人说县令来了，以为是要结案了，转怒为喜出门相迎。没想到狄仁杰走进来二话不说张嘴就问，贵府的厨房在哪里？

这把华举人问得一头雾水，只能领路。一群人来到厨房，狄仁杰举目望去，哎呀，这厨房已经年久失修了，梁上的陈年油渍都发了黑亮，两个厨子正在烧饭。

狄仁杰又把那个嬷嬷高氏叫来，问她当天是在哪口灶上烧的水。高氏说那天因为宾客众多，灶火都用着，她拿小泥炉在屋前廊檐下烧的水。

狄仁杰点点头，立即叫人把小泥炉子烧起来，坐上一壶水，拎到廊檐下高氏所说的地方。华举人此时已经极为不耐烦了，阴阳怪气地问县令大人是在我家施法吗。

狄仁杰也不生气，微微笑着说确实是施法，只是不知那投毒的家伙肯不肯现身。此话何意呢？所有人都蒙了。但毕竟是县令要这么干，大伙儿也只能干等着。狄仁杰不再说话，只抬头目不转睛地盯着那漆黑陈旧的房檐。

那烧水的小锅没有盖子，不一时炉火渐旺，锅中的水渐渐沸腾，一股热气直冲向房檐，华举人正要问水都开了你还在看什么呢，开口前不由得先顺着狄仁杰的目光瞥了一眼房檐，这一瞥几乎没把他吓昏过去。

只见那黑黢黢的房檐下不知何时探出了一个乌油油的蛇头，顺着那蒸腾的水汽缓缓下探。那蛇微微张嘴，口中的涎晶晶亮亮地垂落下来。

随着华举人的一声惊呼，此时所有人都已经抬头看到了这一幕，胆小的仆妇已尖叫出声。狄仁杰一招手，身边有一个身手极好的捕快甩出了一柄飞镖，正正好好把那蛇钉在了房檐上。

“垂涎三尺”这个成语，没想到在此时以如此惊悚的画面出现在众人的眼前，眼看着那蛇涎滴落进了小锅，每个人心里都明白了新娘子的死因。而家中有那心思迅捷的，当即就寻思，万幸这条蛇喜欢盘伏在屋檐下，若是在屋里，只怕家中早都不知道死了几人了。

那小锅中的水放凉后不多久，果然颜色开始变黑，逐渐散发出腥臭气味，此时高氏哭得恨不得一死了之，直喊着是自己害死了小姐，众人一再劝慰也是无用，只剩叹息。

而华举人更为尴尬，他并不知道狄仁杰是突然从衙门茶房梁上落灰想到的这个关窍，只以为狄仁杰有神鬼莫测的能耐，而自己此前在衙门大闹，不但有辱斯文，更怕招惹狄仁杰的怨恨，现在又是钦佩又是害怕，真不知如何是好。

只有狄仁杰本人不以为意，他前些天已经怀疑是毒虫作祟，但不知是何毒虫，为什么偏偏茶里有毒。今天的茶水让他猛醒过来，想到喜欢盘踞房檐处的长虫多数都有剧毒，过来华府一试，果然如此。

虽然众人都在大赞狄仁杰断案如神，但这位新娘子的死实在可怜可惜，狄仁杰只是赶紧结案，释放了无辜的书生，劝诫他今后谨言慎行，也并不再多提及此案。真正是宽贤悲悯，仁哉狄公！

本回故事：无名氏《狄公案》

今夜拍案惊奇

第三回
捉贼案

对簿公堂贼喊捉贼
片言折狱沉夫呼妻

赵三的娘子大惊失色，赵三天不亮就起身了呀！自己家离渡口也不是很远，怎么可能还没登船？

红尘波浪两茫茫，忍辱求和是妙方。
从来硬弩弦先断，自古钢刀口易伤。
人为贪财身先死，鸟为夺食命早亡。
任你奸猾多取巧，难免荒郊土内藏。

这回书咱们聊一种非常恶劣又常见的犯罪手法：贼喊捉贼。估计有朋友一看这词就已经怒从心头起了，被贼偷已经火冒三丈了，结果还要被贼反咬一口，万一没办法自证清白，这口窝囊气真是能把人活活憋死。

“贼喊捉贼”这个成语的典故出自《世说新语》，这个故事很有意思，说的是曹操年少时成天和袁绍鬼混，两个游手好闲的家伙有一天居然跑到一户办喜事的人家去调戏妇女。家里办喜事肯定人很多嘛，曹操为了把众人引开，方便他俩去新房里为非作歹，就混在院子当中大喊：“进贼了！”所有的人闻声都往院子里去，他俩正好去新房。

很快这家新娘子开始大喊大叫，他俩本来也就是想瞎胡闹，没打算真干什么太出格的事，这会儿赶紧扭头就跑。对方家丁紧追不舍，袁绍一不留神栽到路边一个坑里，吭哧吭哧半天爬不上来。曹操听着身后嘈杂的人声越来越近，情急之下便大喊一声："贼在这儿！"袁绍让他这一嗓子喊得心急如焚，三下五除二从坑里爬出来了，两个浪荡子终于跑掉。

曹操贼喊捉贼虽然是为了干坏事，但不得不说这一招用得很巧妙，第一次是声东击西，第二次是逼得袁绍绝地求生，都还挺有效。可见绝大多数人在"贼喊捉贼"这种事发生的时候，是很难一下子分辨出真相的，这也正是这一招作为犯罪手段最可恶的一点。所以古代有很多贼喊捉贼的案例，当时没有咱们现在这么高科技的刑侦手段，贼喊捉贼、混淆视听的成功率很高，能不能破案，几乎全靠执法官吏的个人能力了。

蒲松龄的《聊斋志异》中有个小故事，名叫《新郑讼》，讲的就是一个贼喊捉贼的案子。

大概是在康熙年间，新郑县来了一位县令，姓石，进士出身，为人儒雅温厚，去地方上赴任的时候还有不少风言风语呢，说他太过谦和，不适合为政一方，当个翰林学士跟文房四宝打打交道得了。没想到人家到了新郑之后，不多久就被当地上下官民称颂贤德，那些嚼舌头的人闻讯全把嘴巴给闭上了。

石县令在任时审理过这样一个案子，有两个人扭打着来报官，都说对方是贼。

其中一人是本县的庄户人，叫张三；另一个人自称外乡客商，叫李商人。张三说他在自己家院子里干活，感觉院墙上隐约有动静，抬头一看，有一个人正探头探脑地向里张望，肯定是想等着天黑入内行窃，于是跑出去揪住了就来报官，抓的这个人就是李商人。

李商人看上去身体不太好，走路一瘸一拐，这会儿被张三扭送到官府，更是气得连咳带喘，回禀说自己在外地行商，因为身体染病所以返乡，今天是路过新郑，看着天色将晚，他雇的两个脚夫要进城吃东西，他担心自己板车上的财物，就没有跟着去，只让脚夫吃完了给自己带点儿东西回来就行。

没想到李商人自己躺在板车上昏昏欲睡，旁边路过的一个家伙鬼鬼祟祟地在板车旁边仔细打量了半天，突然伸手把车上的包袱抢了就跑，李商人又惊又怒，翻身下车就追，可惜本来就是个带病的身子，又不熟悉道路，眼睁睁看着那个贼寇进了一家院子，他担心自己敌不过对方，只能先趴在墙头看看情况。

说到这里，李商人气急败坏地指着张三：“就是此贼！没想到他反倒诬陷我想偷他！”

张三也惊讶得张口结舌，看看李商人再看看石县令，大喊岂有此理！说自己今天从未离家，抓到这个贼以后才出门的，怎么反倒说自己抢了他的东西？

两个人吵嚷不休。石县令心想，在并无实证的情况下不能仅凭一个外地客商的口供就去查检自己乡民的家，万一冤枉好人，岂不令百姓心寒？他一边想一边瞅着下面两个人，看了一会儿张三后，突然想起一件事，但石县令没有动声色，只说这件事两人各执一词且双方都毫无凭据，不予处置，各自散去吧。

张三和李商人都吃了一惊，怎么不予处置呢？对方是个贼呀！叫嚷了几句一看县令摆摆手，这是撵他们了，两个人只能愤愤不平地走了。

过了一天，张三又来衙门了，这次却不是来说上次的事，是来交赋税的。原来前一天张三在堂上报上名字的时候，石县令就觉得这个名字耳熟，退堂后一查，果然，此人欠官府税银很久了，总说没钱没钱，第二天石县令便叫差役去张三家催缴，严厉告知说这次再拖就要发配苦役了。这不刚说完第二天就来了，老老实实交了三两税银。

交完银子张三要走，却被差役叫住，说县令有话要问。张三一脸不解去了大堂，石县令慢悠悠地问他：“不是一直说家贫如洗交不起银子吗？怎么突然就有了三两银子？”

张三愣了一下，说我把家里能卖的东西都卖了，凑起来的，不信你去打听打听。石县令点点头，说你不说我也得打听一下，手一挥，下面有差役又带了一个人上堂，张三一看，是自己的隔壁邻居王老五。

石县令问王老五，张三说他昨天变卖家产凑钱交税，这事你知道吗？王老五刚要说话，张三突然闷哼一声，脸上隐隐露出凶狠之色，看了王老五一眼，王老五赶紧低头：“知道，知道，卖了不少东西。”

石县令突然一改此前的温和，大喝一声，叫两旁的衙役把刑具镣铐全部拿上来，厉声对王老五说：“如做伪证，重刑重判！”王老五胆子小，一看见刑具腿都软了，哆哆嗦嗦地说了实话。原来王老五并不知道张三有没有卖东西，但是前天张三急匆匆回家，后面有人追赶叫骂，他隔墙一看，好像张三抢了那人的包袱……

说到这里，张三已经凶相毕露，要上前推搡王老五了。公堂之上岂容他放肆？衙役两棍子就给打老实了。这次有了人证，石县令火速叫人去张三家搜查，果然翻出了李商人的包袱。

可怜的李商人凭空被抢，等县衙的官差找到他的时候，他还滞留在新郑的客栈里以泪洗面呢！

这个案子咱们按粗暴一点儿的方式来解决的话，当天报案的时候直接派人去张三家搜家就行了嘛！但是人家石县令思虑得非常周全，万一不是张三盗抢呢？平白被官府一顿搜，这传出去了老百姓难免抱怨，官府名声也不好，所以全凭石县令的巧计得以快速侦破，先取证，后查实，有理有据。

清代有一位评点家叫何守奇，他最出名的就是对《聊斋志异》的评点，何守奇对这篇《新郑讼》的评语很简洁："可入《智囊》。"什么意思呢？就是说这位石县令破这桩"贼喊捉贼"案的智慧，可以选进《智囊》这部书了。

《智囊》咱们提到过多次了，其中选取的都是与智慧相关的故事。可惜蒲松龄是清代人，不能穿越时空去明代把自己的小说递给冯梦龙看看，但是既然被同时提及，那咱们也说说《智囊》里的一个"贼喊捉贼"的小故事。如果说石县令破案完全是依靠自己的智慧，那《智囊》里这个案子的破获则更富戏剧性和推理性，甚至可以说，能破获这个案子，要多亏了恶贼本人的“贡献”呢！

《智囊》里的这个故事，很可能是冯梦龙对《枝山前闻》中“片言折狱”一篇的改编。枝山是谁？就是咱们大家都熟悉的祝枝山，电影《唐伯虎点秋香》大家都看过吧？祝枝山就是里面的江南四大才子之一。祝枝山，本名叫祝允明，枝山是他的号，这个号很有意思，因为祝允明的右手长有六指，所以号枝山，看字面意思就有点儿像山石上斜探出一枝树木似的，有趣又风雅。

故事发生在明朝湖州，有个叫赵三的人，和他的好友周生约好了一起去外地行商。赵三的娘子是个娇妻，不想让丈夫离家太久，一听说这次去外地要去三两个月，心里就很不痛快，在家里三阻四拦，就是不想让出门。

但是赵三的这趟买卖都已经和周生计划很久了，怎么能因为娘子不想让他出门就放弃呢？好言相劝也不行，娘子在家大吵大闹，赵三哭笑不得，向周生诉了好几次苦。但终于还是劝住了娇妻，选好日子出门了。

要去的地方需要行水路，商船早已租赁妥当，临行当日，赵三早早起床辞别了娘子，带着财物出门走了。没想到人都走了一两个时辰了，家里突然来了一个船家，问赵三怎么还不登船，说周生都已经在船上等了很久了，打发自己来叫人。

赵三的娘子大惊失色，赵三天不亮就起身了呀！自己家离渡口也不是很远，怎么可能还没登船？

船家也慌了神，说自己从昨夜就一直在船上，今早只等来了周生，两个人以为赵三家里有事绊住了脚，所以也没着急，没想到左等右等不见人来，这才过来叫人，现在说人早都离家了，哪里去了？

赵三娘子赶紧带着人随着船家去了渡口，一路上心惊胆战，下人安慰说老爷出门的时候天还没有亮，说不定是心急赶路上了别的船，走错了。船家更着急了，说没有的事！昨夜今晨渡口边上就我这一条船。

说话间到了渡口，周生正站在船头张望，看样子是打算等赵三来了好好数落一番，眼看着赵三娘子满面焦灼地赶过来，周生脸色就变了，心知肯定是出了事。

人离了家，却又不曾上船，难不成是失足落水了？众人赶紧分头查看渡口边的河岸，也看不出个究竟，但近岸的河泥上似乎并没有什么足迹。又有人疑心赵三是不是路上遇到了什么人，或许有急事给叫到别处去了。周生与赵三素来交好，马上回去挨个找他们二人的熟人打听。

周生和赵三娘子分头找了两天，一无所获，此时周生心里有点儿慌了。本来就是和自己约好外出，现在活不见人死不见尸，这事情要查不清楚的话恐怕自己也会遭人怀疑呀，赶紧去县衙报了案。

一听说好端端的人失踪了，县令第一反应就是此人恐怕被害了。仔细询问周生与赵三何时开始计划远行，经商所需的银钱各自准备了多少，出行前有没有什么节外生枝不愉快的事情。

看样子周生主动报官太有必要了，果然县令首先怀疑的就是他。一番审讯下来，得知周生与赵三相交多年，不但没有任何过节，而且意气相投。县令又派人出去打探了一圈两家的家境，得知周生家比赵三家要富裕不少，此次出门行商，周生也带了不少银两，应该是没有谋财害命的可能。

又把船家带到衙门审讯了一番，船家仔仔细细说了自己昨夜几时左右到的渡口，今晨还没睡醒时周生来了，此后就一直等待，没等到赵三，周生叫自己去赵三家叫人，就这么简单，与周生的供述一模一样。

两个人都没有嫌疑，县令突然想起周生提到了他们出行的日子本来定在上个月，但是赵三的娘子不想让赵三出门，在家里大闹了很多次。

既然是宁可吵架大闹也不想让出门，如今怎么又肯了呢？县令心思一转，暗自忖度这个妇人莫不是此前一直在演戏？做出一副离不了丈夫的样子，好让众人都以为夫妻恩爱，但其实暗中早有异心，表面上是终于让赵三出门了，实际上是时机已到，叫奸夫埋伏在路上下了黑手？

县令把自己的推理向衙门里一个姓杨的评事说了，评事就是负责刑案的官吏，杨评事点点头，说大人所虑极有道理，这个妇人需要仔细审问。

赵三娘子被带到县衙，进来就哭，几天下来心中已经明白丈夫恐怕凶多吉少，此时见了官，以为是有了进展，哭得肝肠寸断的，县令一边好言相劝，一边仔细观察，只见这个赵三娘子极为悲戚，看不出一丝假情假意，心里对自己此前的推理又产生了怀疑。

但是还是得照例仔细审问，县令便让赵三娘子把赵三出发当天的所有细节一一说来。

据赵三娘子说，因为此前自己哭哭啼啼闹了很久，所以终于同意让丈夫远行时丈夫是很高兴的，丈夫和周生定好日期、雇好商船等每件事都会跟自己说。当天早上丈夫很早就起床，说同船家也说好了，早些出发，她把丈夫送出门后就回到房中，准备再睡一会儿，不知道过了多久，听见门外有人喊“三娘子”，她就起身出门去，看见是陌生船家，船家问赵三怎么还没登船，她吓了一跳，急急忙忙去了渡口。

赵三娘子的供述与周生和船家的别无二样，县令不禁皱起了眉头。此时旁边的杨评事突然咳嗽了一声，县令侧脸一看，杨评事示意他先让赵三娘子下去。

衙役把赵三娘子暂且带下去之后，杨评事与县令窃窃低语了几句，县令的眼睛猛地瞪了起来，死死地盯着杨评事，盯了一会儿之后突然一拍巴掌低呼一声：“正是如此！”转头叫差役去把周生和那个船家再带来县衙。

等到周生和船家又被带来时，县令叫人把赵三娘子也叫上大堂，说这次是最后一次三堂对证了，你们二人此前的供词已经画押，现在再听赵三娘子说一遍当日的情形，若无错漏，她也即刻画押。

周生和船家听了赵三娘子的供述，两个人都频频点头，异口同声表示没有错，和当天情况完全一致。

县令又问了一遍："一处也不差吗？"两个人斩钉截铁："一处不差！"

县令微微一笑说那就好，突然直起身子喊两旁衙役："来呀！给我把这船家绑了！"

堂上的人都吃了一惊，怎么突然就要绑船家？周生和赵三娘子更是惊愕地看看县令，看看船家，一句话也说不出。船家愣了一下后马上喊叫起来，问大人何故绑自己。县令说你自己也不知道哪里出了岔子是吧，要不是杨评事提醒，本官几乎被你个恶贼蒙骗了去！

县令问船家，你当天早上去赵三家，叩门呼唤三娘子，是也不是？

船家说是啊，我去问问赵三怎么还没来登船啊！

县令冷笑一声："那怎么去了不呼唤赵三，反而直接呼喊人家娘子？"

船家一愣，所有人也都一愣。

县令一声暴喝："因为你心里知道赵三已死！"

这一声大喝把船家喊得扑通一下跪倒在地，一句辩驳的话也找不出来了。原来，当天赵三早早到了船上，见周生还没来，就在船舱里睡着了，船家看了看赵三带的财物，突然生出恶念，三下五除二用绳索勒死了赵三，把船划出去一截儿后将尸体沉于江中，随后又回到渡口藏起财物，假装一直在和衣睡觉。

一切都天衣无缝，可惜他明知赵三已经被自己所害，去叩门时完全是下意识地直接就呼喊赵三娘子，被心思敏捷的杨评事一语道破："叩门就叫三娘子，定知房内无丈夫。"

祝枝山记述的这个小故事叫"片言折狱"，就是凭着只言片语断案的意思，经过冯梦龙加工修改后给起了个新名字，叫"沉夫呼妻"。好家伙！冯先生仅仅用了四个字，就把这故事剧透了个底儿掉，把丈夫沉了，去呼唤妻子，太简明扼要了，作者亲自剧透，真让读者"无路可逃"。

"贼喊捉贼"其实就是指诬陷别人嘛，这种行径实在是太卑劣无耻了，有点儿像咱们现在的互联网上，有些人凭着断章取义的只言片语、没头没尾的几秒视频就编故事，说别人如何如何了。遇到这种恶心事你说该怎么办呢？自证清白吗？还是随便他呢？

本回故事：蒲松龄《聊斋志异》及冯梦龙《智囊》

今夜拍案惊奇

第四回 兵不厌诈

刘大人换刀瓮中捉鳖
朱知府设套智破灭门

当天，那凶手披头散发，被塞进囚车，拉到荒野，刘崇龟一声令下，身首分离，看热闹的老百姓吓得一个个脸色煞白不敢细看，这桩凶案就此结案了……

天悬日月断晨昏，地载山河观生派。
晨昏生息复生息，万载只如一晨昏。

书接上回，我们往往容易先入为主，听见有人喊“这儿有贼”，很难在短时间内分辨出喊这话的到底是受害者还是热心群众，又或者就是贼本人。

罪犯利用这种心理学战术，虽然大部分时候颇为有效，但遇上智力水平和心理素质极佳的对手，基本上也会很快原形毕露。咱们这一回就聊一个考验智力水平和心理素质的破案手段：兵不厌诈。

兵不厌诈，就是要在推理破案的过程中施展一些诈术。一般的诈术都是由犯罪分子一方实施的，一旦换成了执法一方来实施的话，说实话，很让人担心他们的演技不如犯罪分子，毕竟从来也不需要靠这个技术谋生，跟犯罪分子比起来，算是跨界去干对方的

“业务”了，但可能也正因为如此，这一招用得恰到好处的话呢，那真是收效奇佳。

唐朝有位高官名叫刘崇龟，现在几乎很少见到有人在名字里用“龟”字了，但是“龟”在古代文化中可不是“小王八”的意思，“龟鹤延年”这个词大家都很熟悉，长寿吉祥的象征，传说中的“上古四大灵兽”之一就是乌龟，另外三大灵兽是什么呢？——龙、凤、麒麟。合着只有乌龟是真实存在的，你说说，多尊贵。

这位刘崇龟不只是官员，在文化艺术领域上的造诣也颇深，但是他最为人津津乐道的却是他审理过的一桩命案，人称“刘崇龟换刀案”。

案子发生在刘崇龟镇守南海的时候，有户人家家里的少女深夜被杀，家里人报案称凶手乘船逃脱了。

家里人是怎么知道的呢？原来少女是被人用利刃刺穿了脖子，尸体边上血流遍地，那凶手踩着血泊逃走，家人沿着沾血的脚印一路追踪，直到江岸边。

人命关天，岂能让他逃脱了？刘崇龟立刻派出去两路人，一路去江边查访昨夜有哪几艘船驶走了，一路去苦主家里查验凶杀现场和尸首。两路差役前后脚回到官府禀报，去江边的差役说昨夜到今晨江边只走了一艘船，是本地一个富商家的船，他家少爷半夜三更突然喊醒船工开船走了，不知何故；另一路去了苦主家的带回来一把尖刀，乃是凶器，想必是凶手杀人后一时急于脱身没顾上捡走。

刘崇龟立即派人沿江而下去追捕富家子，自己则拿着那把刀陷入沉思。

差役们领命而出，轻舟快马飞箭一般，不到一天时间，就将那个富家子捉回来复命。带上来一看，穿着锦衣华服，好一个轻浮阔少爷，还没用刑，就已经吓得抖如筛糠、哭爹喊娘，把昨夜之事交代了个清清楚楚。

昨日，这少爷闲来无事去自己家船上玩耍，无意间看到岸上不远处一座院落前有位少女倚门而立，他一时好奇就上了岸，走到近处才发现那少女美貌夺人，而且见他走过来也不回避，反而似笑非笑地看了他几眼。富家子心旌摇荡，立刻认定这女子对自己有意，涎皮赖脸地走上前去施了个礼，嘴里说出来的话就没个正经了。

富家子又是讨好又是调戏地说了半天，那女子也不回话，只是哧哧地笑了几次，转身就要回去。富家子心里像有十八只猫爪子轻轻挠他一般，张嘴说了句："小生今夜再来拜访！"

到了晚上，这轻薄的家伙果然兴冲冲去了人家家里，没想到女子真的在等他，大门都没有上闩，富家子喜不自胜，进了院子，没走两步突然脚下一滑，摔了个半倒，趁着月色一看，吓得魂飞九霄。只见那女子一动不动躺在地上，身下的鲜血都聚成一汪血泊了，而那脖子上似乎还在汩汩冒血，富家子吓得浑身的血都凉了，费了好大力气才站直身子，扭头跌跌撞撞地往回跑，到了船上心乱如麻，叫醒了船工就让开船，但自己也不知道要往何处去，在江上漂流了半日，就被差役轻松追上了。

听完富家子的叙述，刘崇龟追问了几遍，到底承不承认杀人，富家子号哭不止，死也不肯认，说自己绝对没有胆量杀人，再者说了，他和那女子无冤无仇，就算是求欢不成，也不至于到杀人的地步。

刘崇龟把富家子暂且押进了牢里，叫下属去给他家报信，就说他们家少爷疑似杀人了，没多久，这事就传得尽人皆知。

衙门里的人都以为案子这就算结了，虽然那富家子不认罪，但关上几天，再打上几顿，到时候应该也就招供了，大家就都没再往心里去。过了两天，刘崇龟突然叫官吏去通知全城，说两天后官府要办一场大宴席，全城所有屠夫必须到场屠猪宰羊，当然报酬也不少。

到了宴席当天，全城的屠户都来了，本来人数也不算多，大家彼此熟识，这种好事当然是众口相传结伴而来。不料刘大人临时有事，宴席突然改成第二天，官吏让屠夫把各自带来的刀具都留下，明天再来。

第二天，屠夫们再次聚齐后，得知今天确实是要宰杀猪羊了，个个摩拳擦掌，官吏叫大家去取回自己的刀具，屠户们很快拿走自家屠刀去工作，却只有一个屠户站在领刀具的地方一脸茫然。桌上只剩下一把屠刀，屠户却说不是他的，其他人也都熟识各自的工具，不可能拿错啊！

一旁的官吏很不耐烦，问他："这怎么不是你的刀了？不是你的刀，那是谁的刀？"

屠户举起刀看了看，也很奇怪，说这是胡屠户的刀啊，胡屠户好像去外乡了，这次也没来呀，他的刀怎么在这儿？

官吏立刻前去禀报给刘崇龟，刘崇龟命他们秘密前去查看一下那个胡屠户何在。

没错，这就是那把留在命案现场的刀。当时刘崇龟就已经相信凶手不是富家子了，因为这种宰杀牲畜的刀平常人家不可能有，更何况一个富家少爷，怎么会随身带着杀猪刀？还是一把一看就用了多年的。凶手一定是一个屠户，但此时如果大张旗鼓找屠户，必定打草惊蛇，于是刘崇龟想到了这个换刀的主意，不动声色地掌握了凶手的姓名。

查访的差役回来了，果然那胡屠户已经离家多日，无人知道去了哪里。

没过几天，刘崇龟在城中贴出告示，说前些日子江岸边的少女凶杀案已经告破，凶手就是那个富家子，明日将在城外当众斩首，以儆效尤。这下子满城轰动，富家子的家属跪在官府外面哭得震天响，老百姓纷纷奔走相告，明天要结伴去看砍脑袋。

当天，那凶手披头散发，被塞进囚车，拉到荒野，刘崇龟一声令下，身首分离，看热闹的老百姓吓得一个个脸色煞白不敢细看，这桩凶案就此结案了……

又过了不到十天的时间，城边某个破旧小院子里突然人声鼎沸，百姓跑过去一看，离家多日的胡屠户不知道什么时候回来了，此时正被一群如狼似虎的官差摁在地上，五花大绑了起来。

尽管胡屠户叫唤的动静好似他往日里宰杀的那些猪，但官差哪里管他？捆成个粽子拖着就走，领头的得意大笑：“等了你好多天了！”

原来又是刘崇龟的妙计！从牢里拎出来一个本就该行刑的死囚，对外说是富家子，把砍头的事传得沸沸扬扬，在外面打探消息的胡屠户得知后心中一块大石落地，放心大胆地回了家，他哪儿知道这帮官差在他家门口都等得快不耐烦了？

案子终于水落石出，当夜是胡屠户随意选了一家准备进去偷窃，没想到这家中只有一个少女，那少女大约是真的在等富家子前来，听见外面有人走动就喜滋滋迎了出去，和胡屠户一打照面，两个人都吓得不轻，胡屠户在慌乱间顺手抽出随身的刀一刺，不料正好扎进了要害，当时血如泉涌，吓得他拔脚就跑，连夜去了邻县。结果，随后前来的富家子，正好成了第一目击人和最佳替死鬼。

这就是著名的“刘崇龟换刀”的故事，这位刘大人把这个“兵不厌诈”的方法按“二踢脚”的方式运用了一番，先换刀，不动声色套出凶手的名字，再杀人，消除真凶的疑虑，然后踏踏实实等着胡屠户稀里糊涂地自投罗网，很是巧妙，难怪能广为流传。而接下来咱们要讲的另一个案子呢，用的也是“兵不厌诈”的招数，不过这位破案高手可以说是侦探界的文艺人，人家的诈术，是按照影视剧里的表演那么来的。

这个案子记录在余象斗编撰的《皇明诸司公案》里，此事发生在明朝的彭州府，当时的知府姓朱。朱知府主理这一方政务时，下辖的某乡发生了一桩惨剧，乡里一户姓申的人家夜里失火，竟导致满门尽丧。

失火本不属于刑案，不需要知府亲自勘查，但是这桩失火案实在太过惨烈，申家一门七口人，没有一人得以逃脱。大火烧了个灭门，这种情况朱知府就必须去确认一下失火原因了。

申家虽然已经被烧，但外墙完好，朱知府刚一进村，离着很远就能看出来这是本地大户，只那院墙就比别家高出去一截儿。进了院子一看，惨状触目惊心，院中烧得跟毁掉的瓦窑一般，门窗屋椽都成了焦木，满院子令人掩鼻的气味，朱知府心中一凛，知道那是尸体烧焦的味道。

随行的乡官和闻讯而来的村民七嘴八舌地说了当晚的情况，这大火是从院子里自行烧起的，因为申家大门紧闭，院墙又高，所以外面的人也无法进来施救，大家都认为是他们自己家中不慎失火。朱知府叫仵作去验尸，这仵作可不是一般人，血腥大场面见多了，领命一言不发地就去了，朱知府也站在院中仔细观察。

申家一家七口，分住在三间屋内，尸体俱已烧成黑炭状，其中六具都在各自屋里，另有一具在院子中。

不多时仵作出来，朱知府走到一边单独听他低语，仵作说完后，朱知府不禁轻轻皱了皱眉头，又回身去看了看那具倒在院子中的焦尸。

从申家院中出来，知府问周围的村民，这申家平常在乡里为人如何？没想到众人突然被这么一问，似乎来不及掩饰，个个面露鄙夷之色。乡官一看这个情形，一想反正这申家也已经灭门了，大大咧咧地回话，说这家人呀，那可有点儿不是东西，仗着自己家家底不薄，在这一片可以说是霸道惯了，整日里因为田里村上的琐事大闹，凡事都得他家占便宜才行。

朱知府轻轻地“哦”了一声，转头看了看身后的院子，回身看向众村民，说：“那起火当夜大家是不是也没有打算施救呢？”

村民们马上炸了锅，你一言我一语地反驳：大人，哪里的话！他们再不是东西咱们也不能见死不救啊！谁知道起了那么大的火，他家人也不知道怎么就睡得那么死，连个来开门的都没有，谁能进得去！大家都是想救人的，就连小寇都急得团团转！

朱知府打断他们的话，问谁是小寇，为什么要说

“就连小寇都要救人”？难道小寇不该救他们吗？

一个村民愤愤不平地说：“当然不该救！申家半年前死了人，硬是占了人家小寇家的祖坟，明明是听了风水先生的话，说人家那里风水好，还非说那块地本来就是他家的，小寇家里只有他自己，哪里惹得起申家？被白白欺负！如今他们家着了火，小寇也冲过来要救人，真是难为他了！”

朱知府点点头，问小寇何在，众人不知，猜测说下地干活去了。也不是什么必须审问的人，朱知府就作罢了，低着头在申家院子外面四处转悠，想看看还有没有什么可疑的线索。

走到一处简陋的小院子时，朱知府突然站住脚，问旁边的人这里是谁家，有人答话说就是小寇家，朱知府点点头，又走回申家，抬头看了看院墙。众人都很纳闷儿，这不就是一家子睡得太死被活活烧死了嘛，怎么看个没完了。

朱知府好像也看出来大家不耐烦了，说今天就到这里吧，打道回府。

又隔了一天，乡官突然来挨家挨户通知，明天知府大人要来现场判决申家的失火案，纵火的人已经捉到了，乡民们需全部到场。

所有人都很吃惊，什么？居然是有人纵火？难怪前天那知府大人在这儿看过来看过去的！凶手竟然已经捉到了，是什么人呢？有人不屑一顾地说了，那还能有什么人，他家得罪的人多了，既然不是咱们本村的，那想必就是邻村以前打过架的那几户呗。众人都觉得有理，纷纷生起了看热闹的心情。

第二天，朱知府带着大队官差来到村里，乡官已经领着众村民等候许久。朱知府下轿之后大步走上前来，有眼尖的村民往他身后一看，小声惊呼："那不是饶佃吗？天哪，竟然是饶佃！"

饶佃是谁？那可是本地一位风云人物，惯偷，捉了放，放了偷，偷了又捉，简直臭名昭著，没想到现在竟然已经开始纵火了。此时看见官差押着饶佃，有那聪明的村民已经开始分析了：肯定是想放火把申家人吓得跑出院子他好大偷特偷，没想到申家一个个睡得好死，倒给烧死了！

旁边的众人纷纷附和：想必就是这么一回事。

此时朱知府已经开始审讯饶佃，指着申家院子让他交代，当晚是如何入内纵火的。饶佃梗起脖子大叫："谁去他家了！我可没去！我去的是李铁匠家！"

李铁匠家就在申家斜对面，当天李铁匠也是最早发现申家着火的人，一听饶佃这话就惊了，正要大喊大叫，被一旁的乡官拽住了。饶佃此时还在大喊："李铁匠你也别恼，我只攀上了你家墙头，并未进去！只因当时我在墙上转身的时候看见有人爬上了申家的墙头，我看着有趣，就骑在你家墙上看了一会子！"

众人闻言大惊，人群中窸窸窣窣地响起低语，朱知府抬高音量问："你看见何人了？不得栽赃！"

饶佃是见惯了官府的贼，不怕这一套，头一歪大喊："我饶佃行走江湖多年，敢做敢当，哪里是那种栽赃的下流货色！我以为本地出了同行，想仔细看看那人面目，一直等到他再翻出来，才看得清清楚楚，就是你们村的小寇！"

小寇？！

人群大惊，哗啦一下以小寇为圆点散出一块空地，小寇脸色铁青，嘴唇微微发抖，竟然没有辩驳。

朱知府又一声追问："一派胡言！申家如此高墙，小寇怎么翻得上去？"

饶佃大叫："他扶着长梯！下来之后，他把那长梯还拖走了呢！"说到这里饶佃突然扭头冲着小寇大喊起来："你个讨死的家伙，敢做不敢当吗？老子看得清清楚楚，你跳出来没多久这申家就火光冲天了，敢说不是你放的火？梯子呢？是不是还在你家？！”

众人都愣愣地看着小寇，小寇紧攥着拳头，嘴唇哆嗦，似乎内心非常挣扎，猛地听那饶佃又喊了一句：“你是不是身上还带着长刀？我也看见了！”

人群中爆发出惊呼，小寇突然大吼：“对！正是我！我杀得痛快！”

这一下彻底炸锅了，村民们有的喊有的哭，就是没有骂小寇的。连乡官都忍不住连连叹气。说起来大家都厌恶申家多年，到现在这家人连小寇家的祖坟都占了，这岂不是跟骑在人家头上拉屎一样？小寇平素为人老实本分，如今做出这样的事，大家反倒是叹息远多过恐惧。

这案子轻轻松松就结案了，大伙儿都说这回反倒多亏了饶佃这个贼，要不是他看见了，谁能知道竟然是小寇放的火？但后来有人说饶佃喝多酒跟别人讲了，哪里是他看见的？他只是听朱知府安排演了场戏而已。

原来第一天去村里查看时，仵作禀报说这一家人似乎是先被杀死后才起的火，因为死者尸体个个鼻咽深处都没有煤灰，可见起火时已经没了呼吸。朱知府观察到院子里那具尸体，看倒下的方向似乎是去往主屋的方向，如果是失火，应该是跑向大门口才对，所以他大胆推测，这个人应该是听到了主屋的打斗声或惨叫声跑出来的，然后被凶手截杀在院子中。

再后来，在小寇家院子旁的墙角下，朱知府发现了一架长梯，既然有长梯，为何当天救火时没有拿出来？想必是梯子的主人并不想真的救火。而他再次去看申家的院墙时，意外发现有砖瓦碎掉，别的地方都好好的，碎掉砖瓦的位置正对着申家院内的一棵大树。

朱知府心中的推理链条逐渐清晰起来：凶手架起长梯，翻墙后顺着大树进入院内，将申家人逐一杀害后燃起大火，再爬树攀上墙头顺着梯子下来并把梯子撤走。

虽然在他心中这一推理完整无误，但是眼下没有实证，这可如何是好？朱知府突然想出一个妙计：诈他一下！

朱知府找来了本地的惯偷饶佃，严厉地告诉他如果好好配合官府，以前的行径既往不咎，饶佃一听差点儿都要烧高香了，恨不得连夜报考一个表演进修班。用这一招朱知府其实心里也没把握，没想到饶佃演得如此逼真，甚至还添油加醋信口说出了“是不是带了长刀”的话，歪打正着，一下子击溃了小寇的心理防线，因为他正是用长刀杀死的申家一门。

要不是这剧本是自己编的，朱知府几乎都要信了，这饶佃，演技惊人啊！

一桩令人唏嘘的灭门惨案真相大白，凶手固然可怜可恨可怖，申家人更是叫人不知该如何评说，蛮横强占别人的祖坟，如今呢，倒把一家人全埋进去了。

本回故事：郑克《折狱龟鉴》及余象斗《皇明诸司公案》

今夜拍案惊奇

第五回
串供案

甘露寺密室失金
孝感县乌鸦啄尸

众人随着魏大人的目光看过去，只见成群的乌鸦或飞或落，聚集在水塘边，似乎在啄食什么东西，黑压压一片，看上去还挺吓人。

世人都晓神仙好，唯有功名忘不了。
古今将相在何方？荒冢一堆草没了。
世人都晓神仙好，只有金银忘不了。
终朝只恨聚无多，及到多时眼闭了。

这回书咱们聊一聊“串供”。一般来说，“串供”都发生在犯罪分子或是与他们相关的人身上，为了脱罪。所以从古至今，执法者审案件时都得提防，要么是单独审理，要么是设置语言陷阱，尽可能降低串供的可能性。

既然是需要“串”的供词，那说明肯定有造假的成分在内，真话哪儿需要串来串去？实话实说不就得了？只有谎言需要串，一个谎言需要由更多的谎言来遮盖，串来串去就容易出漏洞，而且现实中一个人说假话或许不难，两三个人串供也勉强能照顾周全，但如果是很多人一起造假，那露马脚就是迟早的事。

咱们先讲一个因为串供而差点儿造成冤案，也因为串供最终真相大白的著名案件——唐朝的甘露寺盗金案。这个案子非常出名，宋代的《折狱龟鉴》里就有对它的详细记载，后来还收录进了《太平广记》里。

甘露寺这个名字很容易让人想到《甄嬛传》，但咱们这个故事里的甘露寺非彼甘露寺，它位于唐代润州，也就是今天的江苏镇江。润州城外这座甘露寺，香火鼎盛，僧侣众多，兴许是香客出手大方的缘故吧，寺庙殿堂相当辉煌，连僧人的气色都比别处的好些。

当时在浙西担任观察使、坐镇润州的，是后来名留青史的唐朝名相李德裕。观察使就是地方的军政长官，手握大权，按理说就算不事必躬亲也没人敢说什么。但是李德裕之所以能成为一代名相，当然不是一般官吏，就算此时已经身居高位，对一些疑案要案还是要亲自过问审理。

甘露寺这桩案子就是因为疑点重重而进入了李德裕的视野。

寺里前阵子新住持上任，当时还办了仪式，地方上的香客们都有耳闻，但没过多久，前任的住持们突然来状告新住持。对，没错，是前任的“住持们”，而不是前任住持一个人，是前七任住持，包括历任管事僧，齐刷刷地来告状，说新任住持私吞了寺庙私产，共计黄金三百两。

好大一笔数目！三百两黄金，新住持好大的胆子！

分管此案的官吏急吼吼地展开调查，忙了多日终于把案情呈报给了李德裕，李德裕一看，虽然现任住持矢口否认此事，但历任住持和管事僧的口供都惊人地一致：本寺自建寺后，历任住持不断积攒庙产，后来存下了三百两黄金当作定产，一代一代往下传，后续历任住持接任时都有交接文书，结果到了新任住持这里，文书也不签，竟然私自把黄金吞没了！

再一看新住持的供词：交接时只说叫贫僧签署交接文书，却无人肯叫我去库房验看黄金，当然不能签。岂料如今竟然诬告我贪污！

这两份供词把李大人看得眉头拧成疙瘩，下属一看赶紧回禀，说案子查到这儿就没法进展啦，那个新住持嘴硬得很，死活不透露他把金子藏去了哪里，甘露寺堂堂名寺，咱们也不能进去搜呀！

李德裕一听，看了看下属，说听你这意思，这个新住持确实贪污了三百两黄金？下属一愣：那是自然，您看看供状，哪里有历任七位住持和许多僧人都来诬告他一人的道理！

李德裕听完也不说话，想了又想，觉得不对劲，说这案子我亲自审一下吧。

甘露寺丢了三百两黄金的事情很快就传得沸沸扬扬，香客信徒们痛心疾首：这可不行呀！佛门净地哪能来个贪欲横流的恶僧当家？这我们以后还怎么去啊！甘露寺历任住持带着信众的这份怨气怒火冲冲地来了官府。

李大人先看了一下僧人们带来的寺庙文书，确实每一任住持上任后都签了字，注明接收了上任传下来的三百两黄金，唯独到了这一任没有签字。

李大人就问上一任住持，你交接的时候他为什么不签字呀？上任住持愤愤不已，说贫僧不知何故，这位新住持死活不肯签字，每次催他，他都支支吾吾顾左右而言他，贫僧只道他是有什么隐情，不敢承此重任，没想到是为了私吞。

李大人很好奇："那你们是如何知道他私吞了黄金呢？"

前任住持说他已经卸任，但就剩下这一个文书迟迟没有交接，心里很是着急，便托寺里的管事僧去库房查看一下，没想到一看才发现金子早就没有了。此事非同小可，于是赶紧去报给其他几位前任住持，大家这才结伴来报官。

听到这里，其他住持也纷纷低头捻起了佛珠，“罪过罪过”地念了起来。李德裕心说罪过是挺罪过，但现在可还不能确定是谁的罪过呢，摆摆手叫官差把这些僧人先请出去，说他自会查办。

僧人们念着佛号走了，李大人这才把新住持提来审问。

新住持上来以后李大人一看，好家伙，气得不轻呀，满面怒色、双目圆瞪，气得都不像个出家人了，连忙叫他先消消气，让他说说是怎么回事。

新住持的供述与前任住持这帮人说的可就大相径庭了，据这位新住持所言，他上任时前任住持只催促他签字，他说要去库房查验，对方却板着脸不肯，说历任住持都不会动那些黄金，无须查看，管事僧也推三阻四不肯听他的，他心里觉得此事蹊跷，所以迟迟不肯签字，而且他本来就与寺里这些管事僧关系不睦，此事可见是众人串供栽赃。

李大人有点儿意外，问他：“你上任这么久，没有去库房查看过吗？”新住持怒不可遏，朗声说贫僧只进过一次库房，就是前几日他们一起来寺里说要检验黄金，才领着贫僧一起进去的！但只凭我一人一口，岂能与他们分辩？您现在去问那管事僧，恐怕他还会栽赃说贫僧早就进去过多次了呢！

问到这里，李德裕其实已经怀疑是众僧栽赃了，但现在实在是毫无凭据，只能想个巧计，诱他们露出马脚才好。为了不打草惊蛇，只能先委屈新住持暂且在衙门待着。

李德裕一边在心里盘算此案，一边领了个贴身的下属换了便装出门暗访。在酒楼茶肆转了一大圈，果然到处都在谈论此案，而他也听了不少民众的闲聊，掌握了一个此前并不知道的情况：原来这甘露寺历任住持都不简单，一个个的都生活得很是奢侈呢，颇有挥金如土之感。

那他们的钱都从哪里来的呢？寺里虽说香火鼎盛，也得有点儿家底子才行吧。

李德裕突然计上心头，隔天派人把那几个住持和管事僧又叫来官府。一群僧人以为是要处理新住持，个个抬着下巴颏就来了。到了官府门前一看，停放了一大溜轿子，众人都挺纳闷儿：这是一会儿要把我们恭恭敬敬地送回去？哎呀，我们出家人哪能坐这个？这位大人也太客气了，哈哈，哈哈！一群人不由得嘻嘻哈哈起来。

没想到李大人确实是为他们安排的轿子，但不是一会儿坐，是现在就坐进去。一群僧人一人进了一顶小轿，一看轿子里还放着一盆黄泥，李大人大声告诉他们，既然各位都说亲自交接过那三百两黄金，那么黄金的样子想必都知道，就拿盆中的黄泥捏出来吧！

古代的黄金可未必都是金元宝的模样，也未必都是金块的样子，历朝历代的模具都有不同之处，所以李大人想了这么一个妙计。果然，等那帮僧人从轿子里出来一看，个个捏的金子都不一样，长的扁的方的圆的，什么样的都有。李大人笑眯眯地看着他们不说话，众僧你看看我的，我瞅瞅你的，全都涨红了脸。

串供、串供，怎么就没人想到串一下这个细节！

原来很久以前这寺中确实有三百两黄金，后来开始你花一点儿、我花一点儿，各个新住持上任时都心照不宣，文书照签，金子照偷，住持变蛀虫。终于把黄金花空之后，就剩一张文书还在往下传。本来都以为这只是个形式，谁不知道里面的门道？没想到新任住持如此死心眼，非要看金子，把前几任“蛀虫”气得七窍生烟，这几位聚在一起一合计，好，既然你不合群，那就让你知道不合群的下场。

万万没想到，遇上了李德裕，这帮有辱佛门的贼僧绑在一条船上，沉船了。

这桩案子非常出名，被称为“捏金案”，要不是李德裕智谋超群想出这个办法来，恐怕那位拒不同流合污的住持就要被陷害了。贼僧串供是为了害人，但也有为了救人而串供的，结果反而好心办坏事。

《律条公案》里记述过一桩乌鸦报信的案子，其中就有串供引发的冤情。

明朝万历年间，一位名叫魏道亨的刑部主事奉命到湖广一带巡视，到了孝感县附近的时候，心情不错，就想歇歇脚，在附近山水间缓缓走一走。

下属陪着魏大人漫无目的地散步，突然魏大人站住了脚，盯着不远处一处水塘观望。众人随着魏大人的目光看过去，只见成群的乌鸦或飞或落，聚集在水塘边，似乎在啄食什么东西，黑压压一片，看上去还挺吓人。

魏大人心生好奇，便派手下人前去查看，不一刻就听去了水塘边的官差大呼小叫，声音异样。众人心知不妙，急忙一窝蜂奔了过去，跑到近处人人脚下急刹，纷纷站住，个个倒吸凉气：原来那群乌鸦，在啄食一具尸体。

尸体看起来是从水塘里漂浮到岸边的，面目尚还清晰，看来死去的时日并不多，只是身上绑着一根绳子。魏大人仔细一想，觉得这绳子应该是凶手给尸体上绑缚石头等重物用的，便于沉尸塘底，没想到石头意外脱落，这才浮尸上来。

想到这里，魏大人便派出深通水性的官差潜入水塘查看，官差上岸后惊恐万状，回禀说塘底沉尸多具，但都腐败不堪，一个人无法打捞。

本来只是一时兴起随处走走，没想到意外发现如此骇人的抛尸现场，魏大人立刻进入了工作状态，迅速派人把此处的属地官吏找来问话。

官吏来了一看，差点儿吓得晕过去，赶紧回禀此处民情细节。原来这个水塘归此处一个小村落的村民共用，村子里拢共也只有十余户人家，此村与邻村及县城相距都较远，没有外地人来此抛尸的道理，凶手极有可能就是本村村民。

魏大人火速命所有官差进村挨家挨户搜访壮年男子。杀人抛尸这种凶案，非壮汉不能为。官差左右包抄进了村，说是村子，其实也就小小两三条街巷，一时之间村民惊恐，鸡飞狗跳。

果然这搜查的凌厉之势立竿见影，不到一个时辰，已有官差提拿了一男子前来，几乎没动什么刑讯，此人已垂首认罪。

原来是凶手的家人报的信。

大批官吏进村时，呼喝声此起彼伏，说附近出了命案，要来搜拿凶手，该村村民人人出门观望，个个满脸震惊，唯独有一家家门紧闭。官差心里当然起疑，蜂拥上去踹门而入，结果一进门就扑上来一个妇人大哭大喊，指着后墙说是其丈夫杀人，此时已经翻墙跑了。

那哪里跑得掉？被捉住后，一群官差先是将其摁在地上一顿暴打，随后就给拖了回来。经审得知此人叫吴大，本地放牛人，每每路遇带着财物经过的孤身商客，就假意指路搭话，接近后有的被骗入家中杀害，有的被直接杀死在山上，杀掉的人全部被绑上石头沉入水塘。

被乌鸦啄食的那具尸体是他前阵子刚刚骗进家里杀死的布商，姓马，说是要去孝感贩布。

正好魏大人要去孝感巡视，并且这个村子归属于孝感，便直接去孝感县衙把此案交接过去。没想到孝感的县令听说是放牛人杀死了姓马的布商，当即目瞪口呆，面如死灰，倒把魏大人吓一跳，问他说你这是怎么了？这案子有什么不对劲吗？

县令愣了半天，这才回过神来，看样子都快哭出来了，哆嗦着嘴唇回禀说："请大人降罪！下官糊涂啊！这个马布商的命案前些天下官已经审结了，抓了城里开客栈的牙商杨清，此时看来，这是下官抓错了啊！"

牙商就是古时候给买卖双方居中牵线的经纪人，整点儿佣金过活的。

魏大人一听很是吃惊，什么？已经抓了人了？那你肯定是抓错了啊，这尸首你都没见到，你怎么就抓人了？

县令此时的脸苦得都能拧出苦瓜汁了，带着哭腔回禀了这个案子。原来前阵子有个姓郑的布商来状告本县牙商杨清，说自己的表弟正月里来到杨清的客栈做布料生意，却被杨清谋财害命，连尸首都找不见了。

县令派了官差去杨清的客栈带他来县衙问话，没想到那个杨清拒不配合，大吵大闹，硬拖了来的，这就让县令很不满，怀疑他确实心里有鬼。后来在审讯过程中那杨清非说自己的店是二月才开的门，正月里失踪的马布商和自己有什么关系？而那个郑商人坚称自己和表弟每年都来孝感，每年都是正月，每年都住在杨清店里，他如今不认账，除了是他杀的人还有什么理由?

而县衙的官差中正好有人记得清清楚楚，杨清的客栈正月底就开门了。

可见杨清为了撇清关系在撒谎，更为可疑的是，官差前去他客栈询问里面住的客商时，个个都说自己是二月以后才来的，再去问杨清的四邻，也个个都说杨清是二月才开门的，并无人见过什么马布商。

如此众口一词，不是串供是什么！若他没有杀人，煞费苦心地与住客和邻人串供做什么！

结果就凭着这一个漏洞，县令把那杨清打了个死去活来，后来杨清终于招认了自己杀人，说把尸体扔到江里了，血淋淋地画了押。

听完县令的叙述，魏大人心头火起，你这不就是屈打成招吗？县令也很委屈，说大人您想啊，他明明是正月开的门，那个死了的布商也是正月来的本县，他如果和那个布商没关系，为何不据实说正月就已开门?

魏大人气不打一处来，说万一他只是不想和这件事扯上干系呢？只是顺口一说呢?

县令惊讶地抬头："哎呀，大人，那杨清有几次受审时确实说过自己是顺嘴胡说，就是嫌那个告状的男子太过纠缠，干脆……就说自己没开门……”

这给魏大人气的呀，指着县令“你你你”了半天，最后说算了算了，去把那些询问过的客商和邻人都给我叫来。

过了一会儿，官差带回来一帮人，一问全是杨清的邻居，店里的客商听说杨清被下了大狱全跑了。魏大人和颜悦色地逐一查问这些邻居，结果让人又是吃惊又是难过。原来这帮人并未串供，只是官差第一次去捉拿杨清时闹得厉害，大家都在外面帮着杨清拉扯，当时听杨清气愤不已地喊叫自己是二月才开的门，正月里找不见的人和自己有什么关系。这杨清素来和四邻关系极好，大家也都不信他会做那种事，所以官差来问话的时候，竟然不约而同地都与当时杨清的说法保持了一致，纷纷说了假话。

本以为能帮杨清洗脱嫌疑，没想到却成了最大的疑点！这让这群邻居难过至极，此时看有上面的大官来过问此案，大家你一言我一语都说了实话，求重审此案。

原来如此。魏大人听明白之后连连叹息，真不知该说什么才好。如果不是自己恰好遇到群鸦围尸，以雷霆之势擒住了真凶，那这个杨清，说不定真就含冤而死了，而这群好心办坏事的邻居，又将如何自处呢？

所以说啊，不管在什么时候、什么情况下，还是实话实说最踏实，也最妥当。

本回故事：郑克《折狱龟鉴》及陈玉秀《律条公案》

今夜拍案惊奇

第六回
错杀案

熊孩子贪吃作大死
纨绔子假戏做成真

两个孙子刚长到四五岁，商老爷就撒手西去了。他去世后不满一年，正逢大年初一，商家又死了一个人。

教子不离书，种地不离猪。
德是传家宝，慎乃护身符。
古云纵溺如杀子，行邪放诞祸必出。

讲了这么多故事，大伙儿可能都发现了，古代的很多恶性案件，杀人手段都很简单，要么就是用利器，要么就是下毒。这么一看的话，似乎犯罪手段到今天也没怎么发展，你看咱们现在的法制新闻里，杀人伤人的还是一样，要么就是用管制刀具，要么就是下毒。当然现如今咱们社会的治安和古时候不能同日而语，犯罪率跳崖式下降，破案率火箭式蹿升，但犯罪是不可能在人类社会完全消失的，咱们只能希望它发生得越来越少。

那为什么犯罪手段就这么几种，可讲的案例故事却数不胜数呢？当然是因为很多犯罪分子铤而走险。虽然最后直接实施起来似乎很单调，不是动刀子就是买砒霜，但为了这一次举动，有的犯罪分子需要做大量的前期工作，有的需要干很多后续的“包装”工程，共同的目的就是让自己巧妙地、完美地、不露痕迹地抽身出来，最好还能嫁祸他人——太无耻了，这些行为让犯罪的恶劣性质直接翻倍。为了这个共同的目的，古往今来无数的人间败类绞尽脑汁，所以我们才有了许多案例故事，好在在咱们能看到记载的这些案件中，罪犯们都令人欣慰地得到了应有的下场。

这回书要讲的故事，原型出自《皇明诸司公案》，其他的明清公案小说中也有过相似案例，咱们就把它们撮合到一起说了吧。

故事发生在明代的江苏扬州，当地有一巨富之家姓商，人常说“在商言商”，这位商老爷不仅在商，还姓商，商路通达八方，豪富堪比王侯。

但是老天爷的性子就是这么古怪，偏不肯让人十全十美。商老爷正当盛年时，结发爱妻就因病去世了，只留下商老爷和他们的独子商少爷。如此家门，怎么能没有女主人呢？过了几年，商老爷就续了弦，娶了新夫人进门，新夫人姓胡。虽然是续弦，可商家不是一般门第，所以这位新夫人也不是小门小户的出身。

新任商夫人进门后与商老爷倒是琴瑟和谐，但是整个家庭氛围可就不敢恭维了，怎么回事呢？商家奴仆如云，免不了有那些爱在外面说点儿主人家的闲话的，时间长了，就把话传得满城皆知：这新夫人和商少爷，好像上辈子是死对头。

据说新夫人性子刚强，未出阁时就是很有主见的一个人，现在做了豪门的夫人，这家风家规自然是要更苛刻一些才好立威服众。而商少爷呢，别提了，典型的虎父犬子，自幼就娇生惯养随心所欲，生母去世后商老爷心疼儿子，更是溺爱无度，结果把商少爷养成了一个飞扬跋扈的纨绔典型。就这么二位遇上了，那还能有个安宁？

富商巨贾家的家长里短虽然在何时何地都很容易成为百姓的谈资，但商家的这个事情因为没什么戏剧性，所以渐渐地大家也都失去了好奇心，无非是三天一小吵，五天一大闹，商少爷满世界耍横撒气，他爹花钱擦屁股，就那么回事。转眼又过了几年，商老爷给儿子安排好了婚事，娶了外乡某富商的女儿，但是商老爷舍不得让儿子儿媳分出去单过，反正家里大，划拉出一大片庭院给他们住就行了。

这个商少爷干啥啥不行，他爹也不太往心里去，总觉得儿子还小，以后会好，也不知道是哪里来的这种妄念。眼瞅着商少爷在别的事情上还是一塌糊涂，但是在传宗接代这事上倒挺积极进取，婚后两三年接连生了两个孩子，这把商老爷高兴的呀，儿子的所有缺点都一笔勾销了。

商夫人如今和儿子儿媳倒也和睦了许多，据喜欢聊闲话的下人们说，少夫人倒是个腼腆老实的人，对公婆极是孝敬，和商夫人的关系甚至比一般婆媳还要亲厚，这么看来商家总算是安稳了。

那哪能行呢？凡是能被咱们讲述的故事，哪有安稳的！两个孙子刚长到四五岁，商老爷就撒手西去了。他去世后不满一年，正逢大年初一，商家又死了一个人。

死的是商少爷的小儿子，被人投毒而死。

正值新年，官府也得休息呀，这商家愁云惨雾大设灵堂也不下葬，等到了州府衙门开门，商少爷夫妇带着十余奴仆蜂拥到衙门哭告，说是商夫人毒杀了自己儿子。

本地数一数二的大户人家家里出了这种事，知府大人大年初一其实就听说了，过年期间满城风雨，全是在讨论这桩命案的，人人震惊。虽然都知道商夫人治家严苛，和商少爷关系不睦，但是亲自动手杀死幼孙，这实在是骇人听闻。有好事的纷纷猜测：怕不是想杀商少爷，弄错了？

没错，商少爷也如此认为。

原来，因为商老爷刚去世半年多，商家仍在服丧期，府上过年一切从简，也不与亲戚故旧互相往来，所以大年初一办家宴的时候也是只安排了一个主桌，不似往年有家里有头有脸的下人们陪着，整个院子热热闹闹的。

席间商少爷夫妇领着两个儿子给商夫人行礼敬酒，然后商夫人回赐两杯，就在这个当口，大儿子被热汤烫了嘴，大喊大叫间不小心从椅子上摔了下去。一家人赶紧又抱又哄，乱作一团时小儿子突然大哭几声，众人转身去看的时候吓得尖叫声四起：孩子口鼻涌血如泉，转眼间小手冰凉没了生息。

商少爷赶紧去看桌上，竟然是刚才大家忙着照顾大儿子时，小儿子贪玩，喝了他杯中的酒。

这些年所有人都以为商夫人和商少爷的关系已经变好，即便是商老爷离世后，商府的生意田地虽然都是商少爷接手打理，但家里依旧是商夫人做主，看起来已经是一家人的样子了，没想到，商夫人心机如此深沉，竟然硬是能等到商老爷去世才下毒手！

好在这些天听了不少风言风语，知府大人对这一家人的情况已经了解不少，此时不至于被吓一跳，但是看商少爷的妻子在一旁哭得死去活来声音嘶哑，心中难免受感染，生起一股怒气，大喝一声派人速速去把商夫人带来审讯。

商夫人到了府衙，众人这次是真的吃了一惊，这哪里像个痛下杀手的继母，只见她形容憔悴，双眼红肿，真如被人抽去了精气神一样，如果是惺惺作态，能做到这个份上，那这女人可真是不能小觑。

知府喝问当日之事，商夫人所说与商少爷的供词几乎一致，但只在下毒这一节上死不肯认。知府难免烦躁，说那酒是你倒给商少爷的，此前他夫妇二人也向你敬了酒，三人同饮一壶酒，怎么前面喝了没事，后面这一杯却有毒了？可不就是你动了手脚，单单给这一杯下了毒！

商夫人伏地大哭，声嘶力竭地申辩，说那酒虽然是我要赏给他们夫妇的，但倒酒的人是我儿媳啊！我从始至终只端起过自己的酒杯，并没有碰过酒壶，更不要说他俩的杯子了。

什么？酒不是商夫人倒的？知府眉头皱了起来，转头问商少爷的妻子：“当天的酒可是你倒的？”

商家少夫人自打进了衙门就没有说过一句话，只是瘫在地上哭号，这大堂上发生何事似乎都与她无关，她只顾哀哭自己惨死的幼子，看上去可怜至极。此时被知府发问，也只哀哀地回了句：“是我，是我呀！”

商少爷看妻子如此痛不欲生，赶紧接过话头，说大人，当天谁倒的酒此时谁还记得清楚？何况贱内连日哭泣，早都神志不清，您何苦追问这些无关紧要的细节？只说当天席间只有我们一家人，谁想让我去死，这不是一目了然吗？

知府听他这么说，心里突然冒出一些别的揣测，一言不发又打量了商少爷的妻子几眼。“自古奸情出人命”，这话可不是信口胡说的，这种事情太多了，本来知府的心思只在他们家门里这些人身上打转，商少爷自己这么一争辩，反而让知府疑心是不是商少爷的妻子做了什么红杏出墙的事情，难道是想谋杀亲夫？

这位知府虽然是个认真的人，但是性情比较急躁，想到哪儿事情就办到哪儿，既然都想到这个关节了，那当然是大手一挥先让商家母子回去，单单把商家少夫人留下来审讯。商少爷急得大喊大叫，连衙役都看不下去了，说你赶紧回去吧，这种奸情命案我们见多了，没害死你是你儿子替你送了命，你不着急找奸夫还在这儿闹腾什么呢？

留下一个少夫人，还在堂上浑浑噩噩地哭儿子，知府拿准了主意要趁她心神不宁揪出奸夫，猛拍惊堂木厉声喝问："先不要哭了！本官问你，你这妇人是不是在外有奸夫，特意选了这么个日子来毒杀亲夫，想嫁祸给你家婆婆，结果弄巧成拙反倒害死了自己儿子？"

少夫人看上去整个人痛不欲生，只剩下半条命的样子，可见儿子死了这确确实实是意料之外的事情，打击着实不小。但是打击再大也不能瞎认罪，强撑着精神抗辩说绝无此事，真的不知道是谁下的毒，宁肯自己服毒也不会伤害丈夫和孩子。

知府又问了，既然不是你，那你也认定是你家婆婆下毒了？

少夫人微微一愣，慢慢地点了点头。知府很不耐烦，说那你给本官说说，这酒不是你倒的吗？你婆婆如何下毒？

少夫人张口结舌，哆哆嗦嗦又说自己忘了，不记得当天是谁倒的酒了。知府大人顿时大怒："适才你还言之凿凿说是你倒的酒！这片刻的工夫又忘了？我看你不是忘了，你就是想遮掩！说，奸夫是何人？"

那少夫人当然是不肯认了，大哭起来，知府呼喝一番，又叫衙役把刑具带上来，没想到还没用刑，少夫人就吓得昏死过去。此时外面大吵大闹，衙役进来禀报说那商家母子不肯离去，都在外面求大人详查真凶，放了少夫人。

知府一愣："商家母子？"衙役说："是啊，大人，都不肯走，一个比一个叫嚷得凶。"知府心想这倒是怪了，按理说这妇人如果有外心，与其丈夫必然不睦，就算商少爷此前丝毫未曾察觉，但被本官揪住了这个尾巴来拷问，他不至于如此信任妻子呀，难道他知道是谁下的毒？

还有这个老夫人，就算她没有下毒，但是商少爷夫妇坚持认为她是真凶，恨都来不及呢，怎么会苦苦为儿媳求情，难道她认为是商少爷自己给自己下毒？

罢了罢了，既然都不肯走，就全都给带上来。知府一声令下，商家母子都扑了进来，大呼小叫地把少夫人喊醒，那女子一睁眼就哭，知府看这个情形，越想越觉得这个少夫人不对劲，干脆再逼问一番："从实招来，奸夫何人？"

少夫人还没说话，商少爷先大喊起来："大人何出此言？！我夫妇恩爱有加，绝不可能有这种事！"

知府冷笑了一声："哦？你倒是比你夫人还着急，这是为何呢？莫非这毒你确定不是她下的？"

商少爷一愣："当然确定了，肯定是我家老夫人要害我啊！"

随即这商少爷滔滔不绝地说了一大堆继母的不是，无非是身为继母，倒比生母还严厉，家里大小事务都要插手，这个家竟不知谁是一家之主。商少爷越说越愤恨，最后直接请知府大人赶紧给这个毒妇定罪。

商夫人一直没有说话，只是在一旁默默垂泪，此时听了商少爷这一大箩筐的抱怨，颇为惊讶地抬头愣了半天，才哭诉自己在少爷还年少时就进了商家，多年来对他视如己出，如今对两个孙儿更是疼爱得无以复加，没想到仅仅因为自己为人严厉刻板了些，竟然惹出这么大的怨恨，而今这桩命案，虽不知是谁下的毒药，但天地良心，绝对不是自己！

公说公有理，婆说婆有理，本来知府大人就性情急躁，下面的人把车轱辘话来回说，把他烦得直摇头，先把这几个人给押了下去，把当天在屋内伺候的两个下人带上来审讯。两个下人倒是言辞一致，都说是酒壶端上来后就没有再碰过，除了传菜也没有往桌前近处站，只记得商少爷要给继母敬酒时三个人都喝了，然后老夫人给他们夫妇回赐，还没喝就出了事。

知府问：“是同一壶酒？”

下人答：“确实只有一壶酒。”

知府又问：“两次都是少夫人倒的酒？”

下人支支吾吾了半天，说真的不记得了，没注意那么仔细。

知府点点头，想了片刻，又多叫来了几个下人，逐一审问，问题只有一个，平日里这一家人关系如何？等问完全部下人，事情几乎就要水落石出了。原来这商少爷虽然已经当了爹，但是跋扈的性子丝毫未改，自从老爷过世后，他平常连早晚请安都不去了，只有少夫人每天去看老夫人，而不少下人都听到过商少爷对老夫人的不满之词，话里话外都是想让她回自己娘家去的意思。只是下人们虽然喜欢传闲话，但是都知道老夫人严厉，没有人敢把这种话传到她耳朵里。

如此看来，这毒应该就是商少爷自己下的，为了栽赃给继母，趁机把继母撵出家门，但是怎么会舍得拿亲生儿子的命去交换呢？若是小孩没有喝那杯酒，那他如何发难呢？

又细问过当时在屋里的下人之后，知府大人明白了，幼子暴亡之后就有人去看桌上的酒杯，老夫人和少夫人的杯中酒泼洒出来后毫无异样，而商少爷的杯中被幼子喝得只剩下小半杯酒，一泼到地上，立时像石灰水一般沸腾出一股白烟，明显是被下了剧毒。

所以商少爷是想表演一个不留神把酒洒了，然后装出大惊失色的样子，随后再闹上公堂，如此则可以顺理成章地求官府把他继母判归原籍。倒不失为一条妙计，只可惜千算万算，没算到后来的事，所以这酒，应该就是商少爷自己给自己下了毒。

想通这一番前因后果，知府直接把那一家三口提上来，自己在大堂上得意扬扬地说了一遍，说完后含笑追问："本官分析得如何？是不是如在现场一般？"

商少爷嘴唇哆嗦，正要开口，一旁的妻子突然声嘶力竭喊了起来："是我！是我下的毒！是我害死了我儿！"

喊完又昏了过去。堂上众人一片鸦雀无声，知府皱着眉头嘀咕："真是颠三倒四，刚才死活不认，这会子怎么又要替你顶罪了？"

这时候商少爷反倒镇定了一些，看看妻子再看看知府，一咬牙，终于把事情和盘托出了。与知府大人分析的一样，确实是他亲自设计了这一招，想借此逼迫继母离家，家宴上倒酒的一般都是儿媳，所以他把自己的计划跟妻子详细说了一番，少夫人其实是个和顺温良的人，与继母的关系也并不似丈夫一样，所以百般阻拦，可惜商少爷固执己见，而且跟妻子保证只是不想在一个屋檐下生活而已，继母离家后也会给她不少安度晚年的银子，这才听了丈夫的安排。

正因为一直以为只是演一场戏，没想到戏假命真，活活断送了亲儿，所以商家少夫人从出事后就悔恨悲痛得几乎不能活了，而这个商少爷虽然愚蠢又刚愎，但与妻子确实情深，事到如今，再不能让妻子替自己背罪了。

可叹如此万贯家财的豪富之家，毁在了心胸狭隘之上。虽然是商少爷下的毒，但是幼子惨死确实是意外，加上商家老夫人出人意料地一直在哀求知府从轻发落，所以商少爷也没有被重判。而心灰意懒的老夫人自请离家，知府要做主把家产一分为二，没想到商少爷刚想争执，老夫人却先拒绝了，只取十分之一够自己生活即可。

儿子虽然始终不是亲儿子，继母却做出了如生母般的举动，连暴躁的知府都忍不住痛骂商少爷，这种胸怀与行径，真是枉为人父人子！

本回故事：余象斗《皇明诸司公案》

今夜拍案惊奇

第七回
糊弄案

黄县令翻书乱判冤案
李大人逛街撞破真相

连宇一听这话惊呆了，怎么竟然还成了我捅刺的了？骂骂咧咧就要去报官，俞财主也火冒三丈，大喊说你不去我还要去呢，反了你了，竟然讹到我头上来了！

莫饮卯时酒，昏昏醉到酉。
莫骂酉时妻，一夜受孤凄。
种麻得麻，种豆得豆。
天网恢恢，疏而不漏。

这回书咱们聊一聊“完美犯罪”。无论是古代的公案小说，还是近现代的推理侦探作品，都出现过一些接近于所谓“完美犯罪”的故事。

要是称得上“完美犯罪”的话，那最重要的一条标准就是真凶没被发现，案子没有侦破，罪犯逃出生天。但并不是说所有没被破获的案子都能称为“完美犯罪”或是接近于“完美犯罪”，因为犯罪的是人，破案的也是人。也有这么一种情况，犯罪者的手段未见得很高明，但破案人的刑侦手段和办案能力实在太过低下，就给糊弄过去了，这不能叫“完美犯罪”吧？只能算是坏人遇上蠢货，莫名其妙联手完成了犯罪。

咱们常提起的《皇明诸司公案》里，就记述过这样一桩被糊弄过去的“完美犯罪”案件。

《皇明诸司公案》和《廉明公案》都是明朝余象斗的作品，前者也被称为《续廉明公案》，说明它是余象斗在《廉明公案》销量不错后趁热打铁推出的续集，但是和《廉明公案》有个很大的区别在于，这本书里有很多故事是余象斗编撰的，比起以搜集前人案例为主的《廉明公案》，多了不少艺术加工的成分。所以接下来要说的这桩案件的真实性就颇为可疑，因为这个案子没破，没破的案子谁会知道呢，对吧？结果余象斗知道，那咱们就听余象斗的吧。

在明朝，广西河池县有个县令姓黄，很热爱刑侦工作，但是这位黄县令对刑侦的热爱属于书呆子类型的，最爱钻研的一本教科书是《洗冤集录》。

《洗冤集录》的名气大家都知道，南宋的法医学家宋慈的著作，有一部著名的电视剧《大宋提刑官》讲的就是宋慈的故事，是由何冰扮演的宋慈。这部《洗冤集录》是咱们国家现存的第一部系统论述古代司法检验的专著，问世后很快就被历朝的各级官方奉为刑侦办案的金科玉律，有记载说“士君子学古入官，听讼决狱，皆奉《洗冤集录》为圭臬”，可见这部书的地位。

故事里的这位黄县令，就是《洗冤集录》的忠实拥趸。这一日，县衙来了两拨人告状，一拨是两个佃农，一个叫支秩，一个叫连宇，状告本地地主俞财主杀害了连宇的哥哥。另一拨告状的则是那位俞财主，状告这两个佃农挟尸讹诈。

这个告状的连宇不是俞财主家的佃农，但他那位死了的哥哥连宗，是俞财主家的长工，而陪他一起来告状的支秩，确实是俞财主家的佃农。就是因为支秩看出连宗之死的不寻常，这才鼓动连宇来告状的。

前天，这俞财主家派人去连宗家报信，说他们家的连宗中风死了，让家里人去收尸，连宗的弟弟连宇大惊失色，连忙赶去俞财主家，到了之后俞财主给了一点儿丧葬费用，叫他把装着连宗尸体的薄皮棺材抬走。

连宇与俞财主家的佃农支秩是表兄弟关系，便叫支秩来帮忙。没想到支秩很是吃惊，离开俞财主家后就对连宇悄悄说，你快看看你哥的尸首，是不是有被打的外伤啊？连宇一听这话就傻了，问支秩是什么意思。支秩说前两天俞财主来我家收租子的时候还带着你哥呢，看上去身体强健得很，牛犊子一样的人，哪能说死就死了？

看连宇不吭声，支秩接下来这句话可就严重得多了：“那天在我家喝酒，你哥哥喝多了，言语上轻薄了几句俞财主的夫人，当时俞财主脸就耷拉下来了……”

一听这话，连宇马上脸色大变，他虽然不是俞财主家的佃农，但都是本地农户，俞财主为人心胸狭隘、吝啬刻薄，这是尽人皆知的事情，哥哥竟然如此冲撞，难怪支秩心里起疑。连宇和支秩掀开棺材，准备把死了的连宗脱掉衣服仔细查看，刚脱了一半，两个人异口同声惊呼起来，那连宗的腋下，赫然一个大伤口，一看便知是利刃捅刺所致。

连宇又怒又痛，马上就冲去俞财主家大闹，没想到俞财主听说连宗身上有伤口，立刻也翻了脸，痛骂连宇是畜生，为了讹诈自己竟然不惜捅刺自己哥哥的尸体。

连宇一听这话惊呆了，怎么竟然还成了我捅刺的了？骂骂咧咧就要去报官，俞财主也火冒三丈，大喊说你不去我还要去呢，反了你了，竟然讹到我头上来了！

就这样，两边都说是对方捅刺连宗，连宇说是俞财主因为他哥酒后冲撞怀恨在心，所以杀了他哥还假称是中风；俞财主说我堂堂财主和一个长工较劲，我疯了吗？他用言语冲撞我，我或打或骂或撵走，怎么至于杀人？明明是中风而死，我好心给了他安葬的钱，这连宇贪心不足，竟然捅刺尸体，想多讹一笔。

黄县令一听来龙去脉，心里就已经有点儿偏向俞财主了。倒不是因为这是个有钱人，其实俞财主的吝啬小气连官府的人都有所耳闻，向着他也没什么好处可得，只是他说得在理啊，一个下人口无遮拦惹主人生气，主人也不至于要冒着风险杀人哪，这俞财主只是小气而已，又不是疯子。

但连宇仍在嚷嚷，说俞财主杀人完全有理由，因为自己哥哥说出来的话，换成哪个男人都会起杀心。黄县令一听："哦？你哥说什么了？你又如何得知？"

这时候一直在一旁不作声的支秩回话了，说回禀老爷，那天俞财主和连宗在小的家里用饭，连宗喝多了，席间肆意胡吣，说……说他与俞财主的夫人私通。

这话刚一出口，俞财主就已经扑了过去，照着支秩的面门就是一拳，怒不可遏。果然如连宇所说，这种话说出来，谁能不起杀心？但俞财主气归气，被县令喝止后喘了半天脑子还是清楚的，对县令说大人请一定要明察呀，这两个家伙太无耻了，仗着连宗死无对证就能如此信口胡诌，您说说一个长工，怎么敢冒着死罪去玷污主家的夫人？退一万步讲，连宗如有这等恶行，我报与官府，他自然受千刀万剐，何必我亲自杀人？他们这就是明知我家女眷不能上堂对质，信口泼脏！

黄县令这时候也有点儿火大了，指着连宇和支秩痛骂："怎么突然又横生枝节羞辱人家女眷？你们不知道本朝律法吗？下人通奸主母报官后即刻处死！俞财主又何必冒失动手！废话少说了，到底是中风而死还是被人杀害，本官亲自验尸便知。"

这下，这位黄县令苦读《洗冤集录》的所学终于派上用场了，把尸体上衣脱去一看，果然腋下一处伤口触目惊心，如果是生前所刺，必定致命。但黄县令仔细一看后微微一笑，心里已经有数了，上堂后猛一拍惊堂木："好你个连宇支秩，两个奸恶之徒！"

原来黄县令是根据书中记载对比了伤口，书中说如果伤口是生前造成，那么颜色鲜艳殷红，如果是死后造成，那么翻开的皮肉是白色的。那连宗的伤口虽深，却皮肉惨白，明显是连宇和支秩为了敲诈俞财主捅刺了尸体所致。

虽然连宇和支秩一直喊冤，但黄县令已经充耳不闻，发配二人去驿站做苦役了。

但事实如何呢？据原文所述，这连宗确实死于俞财主之手。原来熟读法医专著的不止黄县令，俞财主也精通得很！他确实因连宗侮辱妻子一事起了杀心，又不想让此事对簿公堂惹人耻笑，于是将连宗灌醉后蒙眼堵嘴，绑缚在椅子上，用尖刀在他腋下猛刺出一个大洞，随即不断以热水浇淋伤口，等那连宗失血过多而死后，热水冲刷的伤口仍是一片白肉。

这似乎勉强算是一个接近于“完美犯罪”的案例了，但余象斗在文章最后也说了，这可太刻板了！沸水浇淋伤口固然会让翻开的皮肉变白，犹如死后造成，但也会让周边皮肤出现烫伤后的痕迹呀！所以后世的从业者们不断为《洗冤集录》补充经验和细节，也避免了再多出现几位像黄县令这样死心眼的执法者。

另外还有一些案件的破获纯属意外，特别巧合，如果没有这些意外导致案情泄露，犯罪分子早都侥幸逃脱了。

清朝有个人叫刘世馨，写过一本书叫《粤屑》，这个刘世馨是广东人，这本书就是他在广东所撰的文集。

《粤屑》里记录过一桩无人告发的案件。什么叫无人告发呢？就是这个案子没人来告过状，按理说古代“民不举官不究”，无人告状就相当于无事发生嘛，但是架不住有一位善于发现蛛丝马迹的执法者穷追猛打啊。

故事发生在明代的广东新兴县，当地的新任县令姓李，这位李县令很喜欢微服私访，大约是觉得一举两得，既能体察民情，又能饱览当地风物，所以他从上任之初就隔三岔五地换上便装，孤身一人出去溜达。

有一次，李县令溜达回来后满面疑云，叫来自己的属下，让他们去打听一个女子的家庭情况。

下属们挺好奇，县令这是出门遛弯遛出调戏妇女的毛病了？哪个女子？打听什么呀？李县令也没心思跟大伙儿开玩笑，说他今日在城外看见有个女子在哭坟，嘴里喊着“夫啊，夫啊”，但是他一打量，那女人妆容精致，面无悲色，一滴眼泪也不见，只是干号，做戏一般，他心里很别扭，觉得这个女人的丈夫或许死得不正常。

下属一听，纷纷交换眼神，那意思是“我们看老爷您才有点儿不正常”，就不能是人家夫妻感情不和吗？就不能是丈夫死了很久了吗？平白无故地看见别人哭坟你就觉得坟里那人有冤，您这到底当的是阳间的县令还是阴间的官哪？但是大伙儿也不敢明说啊，支支吾吾地说民不举官不究，近日也无人来告过命案，您这让我们查什么呀?

李县令很执着，说我已经悄悄跟着那女子记下了她家的地址，你们去附近打探一圈，她丈夫何时死的、她平日德行如何、她丈夫之死有没有蹊跷，快去!

一帮官差没办法，嘟着嘴无精打采地出去暗访去了。没想到出去的时候个个不以为然，等回来以后纷纷大赞县令神了！众人七嘴八舌地交换情报，都说附近邻人说那女子行为不端，丈夫死了没几天就已经换上平日里的鲜艳衣服，花枝招展的，别说毫不悲伤了，简直称得上高兴。

李县令一听，啪地拍了一下巴掌：“我说不对劲吧！你们听听，这不就是可疑至极？那她丈夫是怎么死的？”

众人突然哑住了，都愣了一愣才说：“那倒是没有什么可疑的，邻居都知道她丈夫久病，想必就是病死了。”

李县令依然觉得不对劲，或许是出于直觉吧，反正这事就是过不去，心想干脆我当面问问，于是就派人把这个妇人带来县衙问话。

妇人被带来后觉得十分莫名其妙，又没有冤情又没有原告，突然县令提审一个寡妇，这叫什么事？李县令当然不管这些，喝问女人的丈夫是怎么死的，女人大吃一惊，脸上飞快闪过一丝惊恐，很快转为号啕大哭，说丈夫久病不愈，四邻皆知，前阵子她有一天半夜醒来去照看的时候发现丈夫已经去世了，就是正常病死，不知大人何故起疑。

妇人振振有词，眼下也没个头绪，只能先放她回去。李县令虽然没问出个所以然，但是这个妇人却不肯善罢甘休，回去不久就向上级知府递交状子，状告本县县令无故羁押寡妇。

这可不是什么好话，上级知府一看就连连皱眉，发文给李县令，勒令他详细汇报此事所为何来，说不出个子丑寅卯的话，就等着受处分吧。

此事很快传遍了全城，都说李县令没事找事。李县令又气又急，微服私访得更勤了，只要没啥大事就换上便装四处走走，或许潜意识里觉得能找出点儿支持自己判断的线索吧。

这天，他正走在城郊，天有不测风云，突然下起雨来，李县令急忙找了一户农家请求暂避，那人家只有母子二人，看起来心地良善，二话不说把他迎进简陋的房舍里，老妈妈还做了一点儿热汤小菜请他吃。

李县令心里极为感激，与这母子二人热热络络地攀谈起来，没想到越聊越对脾气，那家的汉子直接端上酒壶与他对饮畅聊。

聊着聊着那汉子突然说起城里最近的大事，叹息说可怜现在这个县令了，明明是个有眼力的好官，可惜没有证据拿住那淫妇，恐怕还要因此受罚呢。李县令一听大惊，连忙假装好奇，问那汉子："你如何得知那女的确实是淫妇？"那汉子微微一笑，说不瞒老兄，那淫妇伙同奸夫杀死她丈夫那夜，我正在她家！

原来这汉子虽然为人热心豪爽，但因家贫如洗，偶尔会做入室盗窃的勾当，那夜正好潜入那个妇人家中，只见她家夫君病恹恹地躺在床上，那妇人却在外屋等人似的，这汉子心想躲起来等夜深一些再动手，不料没一会儿竟然看到本地那个有钱有势的武举人来了这家，那妇人与武举人肆意调笑，全然不顾内室床上病重的丈夫。

听到这里，李县令已经牙关紧咬、双拳紧攥，可汉子接下来的话，更让他惊怒交加，恨不得当场诛杀那狗男女。

那武举人和妇人在外屋嘀嘀咕咕许久，做贼的汉子在里屋藏得十分焦躁，正不知如何是好时，只听那妇人进来，扶起床上的病人说该喝药了，转眼之间，就听那男子一声大叫，再没了声息。等那妇人转身出去后，这汉子悄悄探出身子去看，床上那人明显已经身亡，他转头瞥了一眼桌上，只见搁着一个铜壶、一把铜勺，定睛一看，吓得几乎喊出声来。

“你猜那是什么？”汉子问李县令。

李县令愕然回答：“想必是……毒药？”

那汉子咬牙切齿冷哼一声：“是锡水！烧熔的锡水！只有搁在铜器里才不会凝住，岂有不毙命的道理！”

相传，明朝朱元璋为了惩治腐败，专门给贪官发明了一种刑罚，叫“锡蛇游”，就是用烧化的锡水灌入口中，受刑者死得痛不欲生。没想到这种传说中的酷刑，竟然被奸夫淫妇用来毒杀病人！李县令又是暴怒又是惊骇，差点儿跳起来。

李县令问男子怎么不去告发，男子叹气说自己是个见不得光的蟊贼，谁会信啊！既然对方如此坦诚，李县令也是个敞亮的人，立即把身份据实相告，明白地告诉男子：“我已经知道你以前的小偷小摸都是为了奉养母亲，只要此后不犯，从前的事既往不咎，明日请来县衙为无辜者鸣冤。”

男子得到承诺，第二天果然前往县衙告状，大堂上人人大惊失色，觉得难以置信，李县令得了实报，理直气壮地派人去开棺验尸，不一会儿仵作回禀：惨绝人寰哪！大人！那死者的咽喉都已经被锡块堵死了！

一桩本来极有可能悄无声息被淹没的惊人惨案，就此告破。虽然这个案子的破获全部源自一次邂逅，刚好是执法者碰上了知情人，巧之又巧，但咱们细想一下，如果李县令被上级逼急了，硬着头皮在无凭无据的情况下开棺验尸，其实也是能真相大白的。

但是如此恶毒、丧尽天良的作案手法，无论如何，也不能称之为“完美犯罪”。

本回故事：余象斗《皇明诸司公案》及刘世馨《粤屑》

今夜拍案惊奇

第八回
拔舌案

假尼姑命丧观音庵
真秀才设计报大仇

只听仵作在小尼姑尸体旁呼唤众人，大家奔去一看，都吓了一跳，仵作手中端着一团血肉，仔细看，竟好像是一截儿舌头，人的舌头！

人人说老话，老话多如麻。
东挑西拣说两句，不多不少记得下。
说赌近盗，色近杀，君子不折隔墙花。
只此两句记得住，保全太平不离家。

前面咱们聊到古代公案故事中的“完美犯罪”，公案小说集中的故事很多都脱胎于现实案例，或是以歌颂某位名侦探、大清官为主旨，所以不太可能有“完美犯罪”，因为一旦“完美”，说明除了犯罪人之外几乎无人知晓，能被有鼻子有眼地写成案例的，那基本上都是被破获的案子。

但是，有一种情况下存在“完美犯罪”，那就是在纯属杜撰的小说里。凌濛初在《初刻拍案惊奇》中就写了这样一个故事，犯罪分子不仅非常巧妙地逃避了刑罚，而且根本都没受到过一丝怀疑，由于人物本身遭遇的悲剧性，使得读者不但会惊叹这个犯罪计谋的大胆和精巧，甚至还能实现道德上的脱罪感，这才叫

“完美犯罪”。

故事发生在婺州城，就是今天的浙江金华市。婺州城内有一座尼姑庵，名叫观音庵，某一天发生了惨案。

这个观音庵里只有两个尼姑，一老一小，老的姓赵，本地人也不称呼她的法号，只叫她赵老尼，小的是她的徒弟，二十出头的年纪，法号本空。观音庵虽是名义上的尼姑庵，实际上却是个极为肮脏的所在，不然本地百姓何以对老尼姑那么不尊敬，叫她赵老尼呢！

这赵老尼其实就是个假扮出家人的皮条客，名义上的徒儿也是她养着出卖色相的。这二人的许多肮脏事虽然是偷偷摸摸地干，但世上哪儿有不透风的墙，在这城里待久了，哪怕是从未打过交道，但凡人缘广一些、眼睛毒一点儿的人，无人不知她师徒二人是做何勾当的。所以那观音庵除了一些浪荡泼皮和毫不知门外世故的虔诚妇人外，平常也很少有人真的去烧香。

古时候的“三姑六婆”可以说是个贬义词，其中排在首位的就是尼姑，可见类似于赵老尼这样的假尼姑不在少数，她们败坏佛门名声，所以以前不少大户人家明令禁止尼姑在自家私宅出入，赵老尼师徒在婺

酒下酒趙尼
媪迷花

州差不多也是这个待遇了。如果只是风月场上的人，或许大家还不至于那么嫌厌，但是她们俩顶着佛门的名号干这些事，那就另当别论了。

婺州县令这天一大早就接到官差来报，说那个观音庵出了人命，县令一听就有点儿厌烦："这个贼尼，平日里净惹些不三不四的闲话倒也罢了，怎么现在还敢杀人了？"

官差回禀说："不是呀，大人，不是赵老尼杀人，是有人把赵老尼杀啦！"

县令这下猛地瞪眼："啊？赵老尼死啦？何人所为？"

官差说不知道啊，这不是刚有人来报嘛，不光赵老尼死了，她养着的那个小粉头——不对，那个小尼姑，也被杀啦！

"粉头"是古代对色情行业从业者的蔑称，当然随着时代的发展，这个词今天已经有了新的含义，跟原意完全没关系了。官差一着急说秃噜嘴了，其实也正好说明了这师徒二人在婺州城里是个什么形象。

但是再厌恶也不能不管哪，这可是人命案，县令马上派人去观音庵查案。

官差们到了观音庵，好家伙，可够热闹的啊！里三层外三层挤满了男男女女，看众人的神情，一个个都快把幸灾乐祸写脸上了，官差心想这赵老尼人缘可够臭的。

拨开人群进去一看，赵老尼死在大门里，看起来是从里面打开大门时，被门外的人上来当头就是一刀，直接砍死在这里的。再往里走，那小尼姑却是死在房内，看样子已经睡下，被割断了喉咙。

这赵老尼平日里搬弄是非、诱拐良家，暗地里又做些皮肉生意，活得惹人厌烦，没想到今日死状如此凄惨，围观的人交头接耳，有的说是报应，有的说这报应也实在有点儿太凶。但不管是不是报应，总归得有个凶手，总不能是佛祖恼怒、天雷劈死的吧。一帮官差正细细查看有没有什么可疑线索，只听仵作在小尼姑尸体旁呼唤众人，大家奔去一看，都吓了一跳，仵作手中端着一团血肉，仔细看，竟好像是一截儿舌头，人的舌头！

原来仵作突然瞧见小尼姑的嘴巴有些异样，掰开一看，竟然是噙着一截儿舌头，看起来是死前从他人嘴里活生生咬下来的。

众官差急忙带着这个触目惊心的证据奔回衙门，将现场情况仔细向县令禀报，并将这截儿舌头也呈了上去。县令又是恶心又是惊吓，看了一眼就挥挥手让拿下去，眼珠子一转心中就豁然开朗了：这还用问吗？肯定是凶手的舌头呀！这个凶手无非有两个情况，第一种情况是赵老尼约来买春的淫贼，结果与小尼姑发生争执，小尼姑一怒之下咬掉了淫贼的舌头，淫贼勃然大怒杀了小尼姑，离去时赵老尼追到大门口，被凶手转身一刀劈死；第二种情况就是这凶手并非赵老尼相约，私自前来，老尼不肯，凶手进门时就砍杀了赵老尼，然后入内施暴，结果小尼姑奋力反抗，咬掉此贼的舌头，随即也被杀害。

下属们听完县令的分析，拍马溜须之声一片："大人如有神眼！"

县令得意扬扬："不必费心追查了，只向全县发布告示，如发现有舌头残缺、无法言语者，立即擒来官府，本县自有赏金。"

本来县里的百姓就对这个案子兴致极高，一听官差们说协助捉凶有赏，更是人人踊跃、老幼上街，谁看见谁都先瞅瞅嘴巴，有话没话都打声招呼，就为了看看对方的舌头。

不到半天的工夫，那凶手就落了网。原来是本地出名的一个臭无赖，名叫卜良。你瞅瞅这个名字，能是个好人吗？这卜良就是个泼皮浪荡子，成日里在婺州城中招鸡斗狗、拈三偷四，光是因为调戏妇女都挨过不知道多少回打了，没想到这厮竟然把跟他一路货色的赵老尼杀了。

卜良昨夜杀了人，也没敢回家去，不知道怎么乱窜乱跑的，最后在城里一户人家院子外的房檐下睡着了，中午起来昏昏沉沉打算往家走，迎面遇上几个闲逛街的大汉，这帮人打眼一看，咦？这厮怎么满嘴血污？也没什么客气的，上来就七手八脚把卜良摁住了，掰开嘴一看，好嘛，半截儿舌头肿得乱七八糟，原来是你小子哇！没看出来还有这个胆子，走吧，给爷换点儿酒钱去。

几个人把卜良连推带踢往县衙赶，沿路的人得了信儿都跟过来看热闹，有的跟着在路上就骂开了街，这叫一个人声鼎沸、热火朝天。到了县衙马上过审，可是审什么呀？这厮少了一截儿舌头，根本说不出话，这会儿又挨骂又挨打，急得呜里哇啦满嘴往外喷血沫子，县令一看是他，那个烦心劲就甭提了，心里琢磨：我当是谁为民除害呢，合着是你们狗咬狗来着。

卜良说不了话，县令能说呀，啪地拍了一下惊堂木，大喝一声让凶犯跪下，卜良还茫然四顾呢，凶犯？哪儿呢？

旁边的衙役上来照他膝盖窝就是一棍子：“还敢抗命了你！”

卜良扑通摔在地上，呜哇呜哇鬼哭狼嚎，县令一声冷笑：“呵！仗着自己说不了话，给本官演苦肉计呢？还想喊冤呢，是不是？”

卜良呜呜呜地猛点头，县令猛地把脸耷拉下来：“大胆狂徒！你夜闯观音庵，想做些腌臜事，结果那小尼姑不知何故翻了脸，恐怕是在钱上起了纠纷，她一口咬断了你的舌头，你一怒之下便将她杀死在床上，离去时被赵老尼发觉，追来时又被你砍杀在门口，是也不是？”

卜良这回不点头了，把头摇得脑浆子都要甩出来似的，两只手比比画画，一会儿指指自己的嘴，一会儿指指堂上文书师爷案上的纸笔，张着大嘴呜呜地发出怪号，门外听审的百姓都直皱眉。

县令看明白了，这意思是自己说不了话了，想用纸笔写下来呀。皱起眉头问卜良：“你可是要认罪画押？”卜良把头摇得拨浪鼓一样。县令心头火起，脸色马上难看至极，大声喝问说那你要纸笔作甚？难不成还想胡说八道些什么，抵死不认罪是吗？卜良呜呜哇哇又开始喷血沫子，这可把县令气疯了，你舌头都落人家嘴里了，还想狡辩？你看看你这个德行，配浪费我堂上的笔墨吗？

越说越气，县令抽出令牌啪的一声扔了出去："来呀！先把这个狂徒凶犯给我痛打五十大板！"

两旁的衙役等这一声吩咐可等了一阵子了，早都不耐烦了，看着卜良那个样子就气不打一处来，挥着板子使足了力气就招呼起来。外面的人们更不用说了，平常就对这厮嫌厌至极，中间有那个别受过他的窝囊气的，这时候已经率先叫起好来了。

一时间外面齐声喊好，里面大板子如飞，大堂内外里应外合跟开运动会似的，哪儿用得着五十下，打了不到四十板子，眼瞅着卜良血染公堂白眼上翻，呜呼哀哉了。

呜呼就呜呼吧，杀人凶犯而已，早死早干净，县令摆摆手，草草结了案。这案子虽然血腥惊人，但因被杀的、被抓的都不是什么好东西，城中百姓反而不觉恐怖，人人当作笑谈，至于县令当堂把卜良打死，还被夸赞成为民除害、执法严明。

但这和咱们说的"完美犯罪"有什么关系呢？卜良这算什么"完美犯罪"？他当然不算了，真正实施了“完美犯罪”的另有其人，此人是城里一位姓贾的秀才。

回看这案子，全程没有出现过贾秀才的事啊！这就是他的手段高明之处。贾秀才的妻子姓巫，邻里都称她巫娘子。夫妻二人伉俪情深、相敬相爱，住在城中一处小宅院里。

贾秀才在城外书馆读书，每隔三两个月才回家小住一阵子，巫娘子性子沉静内敛，很少与外人打交道，只偶尔出门去参加一些礼佛法事。

有一次，城中办观音菩萨生辰法会，大街上善男信女都来相迎，巫娘子也难得出门去看。那赵老尼凑上来与巫娘子套近乎，自称是观音庵的出家人，巫娘子很是尊敬。原来这娘子一向深居简出，对城里这些人情世故竟是一概不知，根本不晓得这个老尼是个假尼，那观音庵里，却并不尊观音。可怜巫娘子听那赵老尼吹嘘说自己庵中有一尊白衣观音像，求子灵验远近皆知，心里大为向往，很快便爽爽快快给了赵老尼一些银子，请她为自己供奉香灯。

本来这赵老尼只是骗点儿香油钱，得手了也就罢了，谁知她与巫娘子攀谈时，不远处却有一人盯着巫娘子上下打量，眼珠子发直、嘴角流涎，简直丑态百出，此人正是那泼皮卜良。

巫娘子极少抛头露面，贾秀才又不常回家，这对夫妇在城中的存在感很低，所以这卜良也是第一次看到巫娘子，一看之下骨头酥麻、色心如焚，怎么这小娘子如此秀丽可人哪！哎呀，这别是天仙趁着法会下了凡吧？

一看巫娘子和赵老尼说话，卜良心中大喜，为什么呢？因为他虽然没有门路认识巫娘子，但是他和赵老尼的关系那就是狼和狈的关系呀！既然赵老尼能说上话，这事就好办。

卜良当天夜里就去了观音庵，把自己的龌龊心思向赵老尼和盘托出。要不说这二人死不足惜呢？赵老尼听完不仅不觉得无耻，反而积极提供各种伤天害理的可行性方案，两个狗贼一顿筹划，制定了一出迷奸计。

过了几天，那赵老尼鬼鬼祟祟溜进了巫娘子家。因为她心知巫娘子不明真相，生怕有知道她是什么货色的人看见她了去告诫巫娘子，所以得偷偷摸摸地躲着人去——也多亏了她偷偷摸摸，为贾秀才后来的计划省去了后顾之忧，从始至终根本没外人知道她和这家人有来往。

機中機貫秀
淚絲

赵老尼一本正经地告诉巫娘子她刚得了一部《白衣观音经》，极为灵验，可以专为巫娘子做一场小法事，在她庵中诵读。巫娘子十分感激，依老尼所言，第二天避开外人耳目进了观音庵。

这一去还能有个好？可怜好好一个清白娘子，被那贼尼在饮食里下了蒙汗药，等到在庵中醒来时，才看清身边怎么还睡了个素不相识的男子。

巫娘子受此奇耻大辱，愤恨无极，一言不发回到家中，没几天就卧床不起。下人赶紧去书馆叫了贾秀才回家，贾秀才一看大惊失色，娘子这是怎么了？马上就要请大夫，却被巫娘子拦下。

巫娘子打发走下人，挣扎起身给丈夫行了个大礼，还没说话就已经泪如泉涌。这可把贾秀才吓坏了，连忙扶住妻子，说你我夫妇同心一体，娘子有什么事说就是了，这个样子我实在害怕。

巫娘子哭着将自己在观音庵受辱一事告诉了丈夫，说本来回家后就当自尽，但是我不甘心，我死后你一定要替我报仇，不然我难以瞑目啊，现在痛悔自己识人不明也是无益，把这件事向你交代清楚，我就可以安心赴死了。

贾秀才听了这事，毛发倒竖、目眦欲裂，站起来抽出佩剑一剑砍断了桌角，愤愤地说道：“不诛杀此辈，何以为人！”随即转身扶住巫娘子，温言劝慰说：“此事不是娘子的过错，娘子遭此不幸，竟然肯自尽明志，我已知娘子的心意，岂可听凭你去寻短见！”

后来贾秀才又权衡利弊向巫娘子劝说了一番，大概意思就是说你本来就是受害者，你要是自尽了，这下连我都说不清了，我要是说了实情，岂不是你白白送死，名节依然不保；我要是隐瞒不说，那你好端端自尽，我哪能脱得了干系？就算是为了我们两个人的名声和前途，娘子也千万要坚强啊。

这个贾秀才的话虽说是封建礼制影响下的那些条条框框，什么名节啊，前程啊之类的，不过，就是在这样陈旧的环境制约下，我们才更能看到作者塑造的这个人物有着可贵的人格，他很明确地告诉妻子：“你是受害者，不必以死明志，我明白你的气节，该死的不是你呀！”

随后贾秀才立即制订了周全的复仇计划：首先劝说妻子打起精神，和自己联手复仇；随后以妻子的名义派最贴心的下人悄悄去观音庵约赵老尼来家中；待到赵老尼来后，巫娘子假装当日与那男子已经生出情愫，请赵老尼约那男子今天半夜来家中一会。

以上各项都进展得极为顺利，赵老尼将巫娘子的邀约告诉卜良后，那贼人高兴得摇头摆尾、魂不守舍，苦苦挨到天黑，急吼吼溜进了贾秀才家后院。

一进后门，果然巫娘子在院中等着，卜良喜不自禁扑上去就亲，万万没想到，前一瞬还温柔迎合的巫娘子，下一刹突然发狠如小狼一般，活活把卜良的舌尖咬了下来。卜良怪叫一声，又是剧痛又是恐惧，转身就跑，他哪知巫娘子恨他入骨，这会儿就算是要咬断他喉咙恐怕也能下得去口。

卜良吃痛逃走，贾秀才从里屋疾走出来，巫娘子吐出一截儿舌尖递给丈夫，贾秀才用帕子包了揣进怀里，转头拎着剑出门飞奔观音庵。

本来贾秀才心想如果卜良逃到观音庵，今夜就在此处将他们一并结果了，没想到到了庵中并无卜良，于是砍杀了赵老尼和本空，把那截儿舌头塞进本空嘴里，就转身返回家中。

到家后夫妇二人将门前院中滴落的血迹细细清除掉，贾秀才稳住心神好好安慰了一番妻子，第二天家里有下人出门看热闹回来讲述观音庵如何如何，夫妇二人只当听书一般。

《初刻拍案惊奇》原文说到此夫妇日后的情形：

“那巫娘子见贾秀才干事决断，贾秀才见巫娘子立志坚贞，越相敬重。”真令人欣然称叹。

本回故事：凌濛初《初刻拍案惊奇》之《酒下酒赵尼媪迷花，机中机贾秀才报怨》

本回插图：明末凌濛初编撰，《拍案惊奇》（36卷），清初消闲居刊本

今夜拍案惊奇

第九回 盗尸案

鸣冤情被害者尸身被盗
小心眼老讼棍无耻复仇

王士毅已经开始跳脚，指着人群中的几个人破口大骂："陈天万！你一家不得好死！害死我堂弟不说，竟然连他的尸体都挖出来丢掉，丧心病狂！"

马有垂缰之义，犬有湿草之恩。
羊羔跪乳报母恩，猿偷仙果自奔。
蛛织罗网护体，鼠盗余粮防身。
梅鹿见食等成群，无义之人可恨。

这回书要讲的故事，来自一本与众不同的清代公案小说——《鹿洲公案》，作者叫蓝鼎元，号鹿洲，所以他这本《鹿洲公案》又被后世称为《蓝公案》。

很多明清公案小说都是有一个主人公的，大家习惯以那个主人公的姓来作为全书的名字，比如《包公案》《狄公案》《海公案》，就是关于包拯、狄仁杰、海瑞断案的故事集，说到这儿您瞧出来为什么这本书与众不同了吧？人家别的公案小说都是以主人公命名的，这本为什么是以作者的姓来命名呢？

因为这本书的主人公，就是作者本人。这是一本纪实文学作品，是蓝鼎元亲自记录的自己在广东当知县时所侦办的一系列案件，对于后世研究清代粤东地区的社会状况有很高的参考价值。

这个蓝鼎元是什么人呢？他是康熙年间的平台功臣蓝廷珍的族弟，曾经随军出师入台，为治理台湾提出了很多有益的建议。但是蓝鼎元后来遭人构陷被罢官，在此期间执笔写下了这本《鹿洲公案》，将自己当知县时查办的案子都记录了下来，当时有人盛赞他"有包孝肃遗风"，"孝肃"是包拯的谥号，以包拯比之，可见蓝鼎元断案有多厉害。

咱们要讲的这个案子，书中称为"三宄盗尸"，"宄"现在很少见了，就是奸贼、坏人的意思。

案子发生在雍正年间，当时蓝鼎元任广东普宁知县。有一天衙门里来了个邻县的叫王士毅的人击鼓鸣冤，状告本县县民陈天万和他的老婆许氏，说这个陈天万纵容他老婆下毒，害死了自己的堂弟阿雄。

原来，此前王士毅的堂叔去世后妻子改嫁，带着儿子一同过门，成了陈天万的偏房，可是这个陈天万的原配许氏凶悍善妒，对小妾横挑鼻子竖挑眼都不说了，尤其对小妾带来的这个拖油瓶恨之入骨，终于趁着家宴的时候下了毒，害死了阿雄。

蓝知县一听是人命案，不敢轻视，细问王士毅如何得知阿雄是被毒杀的，王士毅愤恨不已，说阿雄死后他接到了陈家的信儿，飞快跑来帮忙料理后事，不想被他看到阿雄的尸首，十指蜷曲像鸡爪子一般，嘴唇乌黑，这不是被毒死的难道还是正常死亡？说罢呈上状纸和具结。

具结是什么东西？就是保证书，写明了此事如果是我蓄意诬告，甘受惩处。

既然敢写这个东西并且敢呈上，那这个阿雄的死看来极有可能有问题。蓝知县立即下令，明日一早开棺验尸。

地方上的这种大案消息传得都很快。第二天早上，蓝知县领着一班差役到达阿雄安葬的地方时，那里已经围了不少闻风前来看热闹的百姓。只是远远听去人群里不断发出一阵一阵的惊呼声，似乎那坟墓出了什么问题。蓝知县命人加紧步伐赶过去，众人一看官府的人到了，都自动闪到两边，把阿雄的坟给让了出来，这下子轮到蓝知县和差役们惊呼了：“啊！这是出了何事？”

哪里有什么坟，只有一个大坑，坑中空空如也。

蓝知县马上明白这是有人担心验尸的时候露出马脚，连夜将尸体偷走了。正在想这该从何入手时，旁边跟随他们而来的王士毅已经开始跳脚，指着人群中的几个人破口大骂：“陈天万！你一家不得好死！害死我堂弟不说，竟然连他的尸体都挖出来丢掉，丧心病狂！”

陈天万一家得了衙门的通知，也已经早早来了这里，本来刚才都对着空荡荡的坟坑不知所措，此时猛然被王士毅指着鼻子骂，一家子竟然没一个能回嘴的，全都大张着嘴“啊啊啊”地哀叫。蓝知县在一旁冷眼观瞧，感觉这一家子并不是被人问到了痛处才无法反驳，反而个个都是一脸受惊悲伤的木讷神情，心里隐约已经觉得不太对劲。

既然已经到了这儿了，就算没有尸体，也得先大概问一下案情，于是蓝知县叫陈天万和他发妻许氏上前回话。

许氏从人群中一走出来，蓝知县心里又是一惊。这许氏走路竟需要三四个人搀扶着才能勉强成行，别说躬身行礼了，连坐下都十分吃力，因为她腹大如牛，肚子的形状已经到了吓人的程度。蓝知县第一反应是许氏难道快临盆了？再看之下觉得不对，这不像是怀孕，应该是病症。一问果然，许氏身患水肿病已经九年，日常自理都不可以，如何还能亲自下毒？何况她此时眼神哀戚、脸色蜡黄，这份伤心不是能轻易假装出来的，蓝知县看看许氏再看看王士毅，对后者的疑心越来越大。

在坟前草草勘验了一下，看土壤的样子应该就是近两日挖走的，陈天万一家对着空空大坑伤心不已，王士毅只顾在一旁喋喋不休地辱骂。蓝知县喝止了他，安排众人回县衙听审。

回到县衙，蓝知县将王士毅放走，只留下陈天万一家听审，王士毅心想这案子八成妥当了，知县必定为自己做主，高高兴兴告辞而去。他却不知他走后，身后还跟着一个便衣的老官差，暗暗盯着，看他落脚何处。

这边陈天万一家在堂上又是伤心又是害怕，不知为何被王士毅突然状告，陈天万回禀说阿雄死前二十多天一直拉肚子，非常严重，他早都请了大夫来家里医治，治痢疾的药喝了一碗又一碗，可是一天天不见好，终于把孩子给折腾死了，一家人本来就伤心欲绝，这王士毅是阿雄的堂兄，以前也不关心阿雄，知道阿雄死了，怎么反而来诬告自己？实在是令人费解。

陈天万的小妾，也就是阿雄的母亲，本来一直在一旁哭泣，此时忍不住边哭边骂王士毅，说不知道受了什么人的唆使还是怎样，为什么突然要来害我们呢。阿雄死后，我通知了族中各家，他连来家里送送孩子都不肯，怎么现在一副为阿雄报仇的样子？

听到这里蓝知县眼睛一亮："什么？阿雄死后他都没来过？"

陈家人呆呆愣愣地回话："没有呀！别家的亲戚都来过，他不曾来。"

阿雄母亲回忆道："葬礼后他好像来过普宁，然后就只去他表姐家转了转，也没有来安慰过我一句，唉！"

蓝知县把陈家人这些供述整理了一下，立即派人去找陈天万所说的给阿雄看病的大夫，还有王士毅的表姐一家。

等这些人都到了县衙，蓝知县为防串供，分别单独问话。那大夫在城中颇有名望，来的时候问过官差，知道是为了阿雄的死因，便连自己相熟的药铺的伙计也叫了一个来，都证实阿雄确实是严重痢疾，治了二十多天实在回天乏力，衙门可以派人去药铺查一下，他的方子都还没丢呢！

蓝知县看二人如此坦然，知道这应该不太可能是包庇作假，就请二人回去了。在问王士毅表姐一家时，只来了表姐和她十五六岁的儿子阿喜，说丈夫常年在外。说起阿雄的死因，表姐说街坊四邻和亲戚们都知道啊，阿雄病了很久了。蓝知县说那阿雄葬礼前后你表弟王士毅是不是来你家串门了。

表姐微微皱了一下眉头说没有，他倒是到我家附近转悠了，但并不曾进我家门，什么表弟，他连阿雄的丧事都没去照应呢！蓝知县正要往下问，表姐突然拍了一下儿子的肩膀："欸，阿喜，你那些天是不是看见王士毅啦？"

阿喜傻乎乎地回话说："是啊！就在咱们家巷子里。"蓝知县连忙问他看见王士毅做什么事了吗。阿喜慢慢摇头说没有，就在那里转悠，看见我之后还问我有没有去参加阿雄的葬礼，还问我阿雄埋在哪里了。

"问你阿雄埋在哪里了？"蓝知县这下子可振奋了，腰都直了起来。阿喜点点头说"是"，他告诉了王士毅之后，王士毅马上就走掉了。

至此，这桩案子的真相已经昭然若揭：王士毅诬告陈天万和他妻子毒杀阿雄，事实上阿雄是重病不治身亡，但王士毅为了把这份诬告坐实，提前盗挖走了阿雄的尸体，然后言之凿凿写下了具结，自以为死不见尸官府就能听他的一面之词了。

虽然这个案情梳理毫无问题，但是动机是什么呢？据查王士毅与陈天万毫无过节，他为什么要诬告陈天万？蓝知县独自思索良久，突然想到了一类人，对，是一类人，那就是讼师。

周星驰的很多部老电影里都有讼师这类角色，其中有一个尤为令人厌恶的家伙，至今都在互联网上大名鼎鼎，就是方唐镜。其实方唐镜是个真实存在的人物，确实是清末的著名讼师，只不过可能不少人和我一样，第一次知道这个名字是在电影里。

讼师当然是帮人打官司、替人写诉状的，那为什么蓝知县会想到这个案子里有讼师在搅和呢？因为讼师里专有一批败类，可不是靠帮人喊冤申诉过日子的，靠什么呢？靠搅和。要么撺掇人诬告，要么帮着无理的一方搅三分，所以这批人就不叫讼师了，大家称呼他们为“讼棍”。

莫名其妙地诬告他人，王士毅想必就是听了哪个讼棍的教唆，甚至挖坟盗尸这种丧天良的事，估计也是讼棍教他的。这么做讼棍能得什么好处呢？那可不好说，这种官司一旦打起来，陈天万一家有口难辩，肯定是焦头烂额，到时候讼棍作为代表登门连吓唬带哄骗，做个私下和解，那就能索要不少银子了。无利不起早，何况利不小？

想通了这个关节，蓝知县立即问此前派去尾随王士毅的官差：“王士毅落脚何处？”因为王士毅是邻县的人，来了普宁肯定得住客栈，官差已经知道他住在哪里了，现在得了令，马上去抓人。

王士毅被带回县衙后倒是镇定得很，蓝知县单刀直入问他与何人同谋设计诬告陈天万，他脖子一梗：“无人同谋！”说完的刹那就知道露馅儿了，什么叫无人同谋呀，这不就承认了是诬告吗？

但是回天晚矣，蓝知县已经不容他翻供，逼问阿雄的尸体被偷到哪里去了。王士毅现在阵脚大乱，迟疑了半晌，又把脖子一梗：“雇了个乞丐挖出来扔了！”

蓝知县大怒，畜生行径！立即拖出去暴打三十大板，套上行枷游街示众。满城百姓闻讯都赶出来看热闹，指指点点叫骂不休。被还清白的陈天万一家感恩戴德，四邻都跑去安慰。

这事就这么结了吗？当然不能啊，阿雄的尸体还没下落呢！蓝知县见王士毅一副“这事我扛了”的假仗义模样，便趁势做出结案的动静来，好叫他在外的同伙安心，可别一着急脚底抹油溜了。于是这边王士毅在大街上游街，另一边有几个官差直奔他住的客栈去问老板，这几天有谁与那个王士毅来往？老板赶紧回话：“不只是来往呀，他有同伴的呀！成日里就待在他房内呢！”

好家伙，金屋藏贼呀！官差们冲进去一看，有个家伙正慢条斯理地喝茶呢，于是，扑上去锁了就走。

带回县衙一问，果然自称讼师，也姓王，一脸坦然，自称外来住店，根本不认识王士毅。捉他回来的官差鼻子都气歪了，不愧是讼棍呀，老子拿你的时候你就在他客房内坐着，此刻竟然不认了？！

王讼棍一翻白眼："哦？官差大哥记错了吧？我大概是在他隔壁房内？今日在街上走累了想歇歇脚，进错屋了也有可能。"

蓝知县硬忍着气说："对对对，也有可能，你说你不认识王士毅，咱们叫他上来，看看他认不认识你吧。"把游街回来的王士毅带上来，这俩人你看看我，我瞅瞅你，异口同声地说："不认识。"

蓝知县说："好好好，不认识，那王讼师把今日之事写下来吧，就写明官府拿你的过程以及你不认识此人，就此结案。"王讼师大嘴一撇，拿起纸笔一挥而就，不愧是干这个的，写得那叫一个愤慨，那叫一个冤屈，真是个好刀笔。

蓝知县拿过供状递给旁边的师爷，师爷又掏出一份供状，是当日王士毅来告状时的那一份，两下里一对比，完全就是同一个人的笔迹。蓝知县微微一笑，问王讼师，既然不认识王士毅，那怎么还替他写状子呢？

王讼师看看那份状子，眉头一拧："这不是我写的呀，字迹虽像，也不是实证啊，大人。”

这不是无赖吗？蓝知县火冒三丈，算了别废话了，少跟我这儿来这个，上刑吧。官差早都等得不耐烦了，这一顿好打呀，这讼棍虽然嘴硬，可惜身子骨没有王士毅那么硬，官差刚打出节奏来他就不行了，嘴歪眼斜地大喊：“想起来了！想起来啦！是我写的！”

何必呢，你说说，不见棺材不掉泪，以为能唬住蓝知县呢，没想到这蓝知县，眼看着差役下死手他也不拦着，可把这讼棍打坏了，满嘴喷血沫子，嚷嚷着此事另有主谋。啥？竟然还有主谋？

一看王讼棍被打得突突往外冒实话，王士毅也傻眼了，这再不招该往死里打我了呀，赶紧来了一个大变脸：“知县大人英明！小的完全是被那老讼棍蒙骗了啊！都是他指使的！尸体也是他盗挖出来转走的，埋在哪里小的确实不知道啊！”

那个老讼棍是谁呢？是王讼棍的老前辈，姓陈，本地有名的铁齿钢牙坏心肠。蓝知县马上派人缉拿，抓到县衙一进门就知道这不是个好对付的主儿，跟那俩完全不一样，沉着镇定还彬彬有礼，上堂来只向知县施礼，对那俩人连斜眼都没瞅一下，别说不认识了，跟不存在似的。

听蓝知县说完案情，这老讼棍当场红了眼眶，哆嗦着嘴唇大喊：“多亏了您啊！本县何其有幸等来了您这样的青天！大人有所不知，那陈天万是我没出五服的弟弟呀，这两个贼人不但差点儿诬害我的弟弟，怎么如今竟然连老夫也牵扯上了？我不认识他们啊！”

好嘛，又是一个不认识的，合着这帮人的法宝就是装失忆。但现在不认识不行了呀，你不认识他们，他们这会儿可不能配合表演不认识你了。一听陈讼棍说这番话，王士毅和王讼棍给气的，王讼棍都顾不上疼了，龇牙咧嘴就骂：“好你个老匹夫，不认识？你不认识我们，你和我们三番五次在城东酒楼同桌吃酒？你不认识我们，你把你多年前与陈天万争田产的事情告诉我们？你不认识我们，你头头是道地安排下这个计谋说万无一失？你不认识我们，你就把尸体给偷走啦？你偷尸体做什么？”

这王讼棍刚挨了这顿暴打，这会儿满嘴唾沫和血沫子横飞，实现了字面意思上的血口喷人，把老讼棍的脸快喷成涂鸦墙了。老讼棍虽然被喷了一脸，但是气势不倒，嘴里一会儿文绉绉一会儿脏兮兮地给骂回去了。眼看着大堂上变成说唱节目决赛现场了，蓝知县赶紧叫停，问王士毅和王讼棍：“你俩非说是他指使的，还有什么实证吗？”

一问这个，他们俩嘿嘿冷笑，看了看老讼棍，老讼棍突然意识到了什么，脸色大变。王士毅说我们在城中有个好友，姓林，此前有几次密会的时候同住在他家，一查便知。

事到如今，那陈讼师也没脸再表演不认识了，一声长叹，把事情和盘托出。原来他多年前因族中变卖田产分配的时候和陈天万起了一些争执，一直对此耿耿于怀，在一次偶然的机会下认识了王士毅，两个臭虫气味相投，正赶上前阵子阿雄病死，他意识到这下子不但能报当年睚眦之仇，还能以此要挟，讹上一大笔银子，于是招呼上王讼棍一起行事。

官差们领着老讼棍找到了阿雄的尸体，陈天万闻讯赶来认领，得知此事竟然是自己族中的兄长所为，震惊得无以复加，当年只是有小小口角之争，在心胸极度狭隘的陈讼棍那里，竟至于做出如此悖逆人伦的所谓“复仇”之举，陈天万心中百味杂陈，倒是那心狠手辣的老讼棍，恐怕心里只有“这事办砸了”的遗憾吧。

本回故事：蓝鼎元《鹿洲公案》之《三宄盗尸》

第一十回
仙人跳

美娇娘骗得万贯财
浪荡子惨败寻欢场

真是座别有洞天的好宅院呀，不愧是大夫居所，边走边赞叹到了正厅，一看之下魂飞九天，这赵县君真是美如天仙，而且仪态端庄中正，李将仕不禁也矜持了起来。

财是他人物，痴心何用贪？
到头终一败，辛苦为谁甜。

这回书咱们聊一聊古代的“杀猪盘”。随着警方宣传和打击力度不断增大，“杀猪盘”这个犯罪术语现在大家都不陌生了。这个词可以说是非常惹人厌恶，犯罪分子的猖狂和无耻在这个词上体现得很彻底。但是事实上，他们这种诈骗手段也并不怎么高明，甚至远远不如他们的前辈同行们高明，而且在为自己的卑劣犯罪起名字这方面，更是粗鄙恶俗了百倍，以前管这种犯罪叫什么呢？——仙人跳。

在互联网冲浪成为我们的主流生活方式之后，传统的仙人跳简直是迎来了新的“发展机遇”。以前你起码得面对面吧？人得见人哪，现在可好了，拿个手机就有全套班底，假身份、假照片、假网站，只有最后骗钱的账号是真的。无论是色诱还是利诱，都是拿捏住人性中最直接的欲望开始行骗，所以很多反诈类宣传都要给大家一再重申：遇到天大的好事，先冷静一下问问自己，凭什么是我？天上掉馅儿饼，几十亿人张嘴接着，结果这馅儿饼排除万难非要来我嘴里，这是凭什么？

打眼一看，这种宣传好像在给人泼冷水，咱平常不总说要自信吗？我就是最美的！我值得最好的！对对对，正常生活里的自信当然要保持，但是面对意外到来的、跟自己的现实努力一点儿不挨着的巨大的好事，咱还是稍微先自谦一点儿，冷静一下。至于另一类恐吓型诈骗，那就是另一个话题了，回头有机会咱们再慢慢聊。

说到古代的仙人跳，历史可谓悠久，非常出名的一个案例来自《夷坚志》。《夷坚志》是南宋洪迈的巨著，洪迈是著名的文学家，最出名的作品是笔记体小说《容斋随笔》，一共写了五部，总计七十多卷，写了四十多年直到去世。

而《夷坚志》作为一部志怪文集，主要侧重于杂采奇闻逸事，原书也是卷帙浩繁，很可惜遗失不少，留下来的文集不光对后代文学发展起了极大的推进作用，在宋代史学研究领域也有很重要的参考价值。当世和后世的无数话本创作者和说书艺人，都曾从《夷坚志》里获取养分，这一回咱们也取一点儿养分跟大家分享。

《夷坚志》里记载过一个李将仕的故事，将仕郎就是个没有实职的散官。这个李将仕有一年得了令，到临安等待安排。官府的人事安排哪有那么好办理的？所以他带了不少家当，在临安找了一处合心合意的客栈安心长住了下来。

临安就是杭州，北宋的大词人柳永那首《望海潮》就是赞美杭州美景的："有三秋桂子，十里荷花。羌管弄晴，菱歌泛夜，嬉嬉钓叟莲娃。"这就是神仙看见了也想去逛逛啊，所以李将仕虽然仕途未定，心里倒不焦虑，悠然自得地在临安享受起生活来了。

住得稍久一些后，他意外发现对面那所小宅院里经常传出女子的歌声，歌喉清丽悠扬，十分动人。注意到这个之后，他就忍不住总去窗前张望，还真让他看清了，对面确实住着一位女子，只是人家阁楼上垂着丝帘，他只能看见帘下移动的双脚和飘飞的裙摆。越是这样，他心里越是浮想联翩，时不时就去窗前张望一番。

有天客栈外有小贩扑卖黄柑，围了几个人戏耍，李将仕便也出去凑热闹。“扑卖”是宋朝一种赌博性质的卖货方式，比如这个小贩他卖黄柑，不是你给我钱我给你黄柑，而是在地上放一个瓦罐儿，你往里扔铜钱，咱俩押正反面，买家赢了就不花钱把黄柑拿走，输了当然钱就归卖黄柑的啦。

李将仕玩得兴起，但是运气太臭，一会儿的工夫输了不少钱，小贩都有点儿不好意思了，气得他唠唠叨叨：“白白扔了那么多钱，一口黄柑没吃上，这叫什么事啊！”

回了客栈没过一会儿，突然有人敲门，他以为是客栈的小二，就喊了一声“进来”，房门吱呀轻响，闪进来一个小厮，眉清目秀，手里端着一个精致的托盘，托着几个黄柑。李将仕很惊讶：“欸？你是何人？来我房中兜售黄柑？”

小厮嘿嘿一笑，躬身行了个礼，说：“不是的，是赵县君派我给您送几个黄柑，刚才她在楼上听见您叹息说没买到，刚好家中还有几个，拿过来送给您，请不要嫌弃。”

县君是古代给女性的封号，宋代的县君丈夫起码得是五品官。哪来的贵夫人平白无故要给自己送水果？李将仕吃惊不已，赶紧问小厮：“您家赵县君是哪位呀？”小厮又笑了，说：“就是对面宅子住着的那位，我家主人是赵大夫，县君与您虽未曾谋面，但偶尔在阁楼见到过您，这几个黄柑就当作邻里之谊吧。”

赵大夫，至少是五品官哪，没想到自己经常想入非非的那个小娘子，竟然是县君，更没想到的是她竟然对自己也有所留意。李将仕这心里顿时翻江倒海，跳起来就去翻箱倒柜，唰唰抽出来两匹上好的绸缎要当作回礼。

这可把小厮吓到了，连忙摆手说：“不行不行，这也太贵重了，主人肯定不会收的。”李将仕说：“你就拿上吧，替我多谢你家县君，然后跟你家赵大夫说我择日登门拜访。”小厮说：“那可不巧了，我家主人回乡访亲去了，要很久才回来呢。”

一听这话，李将仕更得把绸缎硬塞给他了，肚子里的花花肠子马上开始“编花篮”，高兴得好像那小厮给他送的不是黄柑，是黄袍。

小厮推辞不下，只能致谢，把那两匹绸缎拿回去了。

李将仕抓耳挠腮等了两天，结果赵县君那边一点儿动静也没有，人也不去阁楼了，他心里有点儿惴惴不安，想着是不是回礼太重，人家反而不高兴了？第三天正懊恼呢，小厮又来了，这次拎了很大一个食盒，从里面掏出来一碟一碟精致小菜，说是前两日的绸缎太过贵重，县君本想退回，又担心拂人好意，今天亲自置办了一点儿下酒菜，请务必笑纳。

那还能推辞吗？李将仕这下给鼓舞得不知道如何是好了，又翻出来一些贵重的家乡特产请小厮带回去，而且还特意给小厮塞了不少小费。从此以后，这互换礼物的游戏玩了好几个回合，小厮与李将仕也越来越熟，当然跟李将仕的小费也越来越亲热。李将仕琢磨着火候差不多了，就拜托小厮去跟赵县君说自己想亲自登门拜谢。

小厮回来传话说县君应允了，但是家里男主人不在不好留饭，只能在正厅略坐一坐。李将仕好一番梳洗打扮，挑了些贵重精巧的礼物就去了。

进了院子才惊叹真是座别有洞天的好宅院呀，不愧是大夫居所，边走边赞叹到了正厅，一看之下魂飞九天，这赵县君真是美如天仙，而且仪态端庄中正，李将仕不禁也矜持了起来。

从此，李将仕就隔三岔五地去人家家里闲坐，有时赵县君略陪他说说话，有时只打个招呼就进了内室，

趙野君香
送黃柑

他倒和人家家里的丫鬟下人们混得火热。

有一日，小厮又来客栈，这次是通报大消息的，说过两天是我家县君生辰，赵大夫不在，县君心里恐怕不太舒坦，您如果能备一些精巧的贺礼来陪陪，我觉得再好不过了。李将仕马上心领神会，第二天冲出去好一顿挑选采买，果然这次生辰宴上的赵县君与以往不同，多喝了几杯酒，竟然邀他去内室坐一坐。

终于等到这一天，李将仕那高兴劲可就别提了。孤男寡女进了内室，他刚借着酒劲攥住赵县君的手，门外突然传来小丫鬟的惊呼："不好了！大人回来了！"这一嗓子把李将仕的胆都喊裂了。

赵县君也愣在了那里，两人手刚撒开，赵大夫手持马鞭已经冲了进来，随手给报信的小丫鬟就是一鞭子。这场面，李将仕连死的心都有了。

接下来的事就不用多说了，这李将仕是来临安求官的，事没办呢，先得罪了一个官，除了求饶没第二条出路。好在赵县君也苦苦哀求，说不要因为自己的一时之过连累了赵大夫的名声，赵大夫虽然终于同意不报官，但是盛怒难消，逼着李将仕写了谢罪书摁了手印，又被人押回客栈去，把全部家当作了赔偿。

再往后的事，那还用说吗？过了两天，等劫后余生的李将仕稳住心神，终于敢偷偷溜出去看看对门的情况时，那院子早都空了，再问旁人，旁人都一脸惊讶："欸？还以为你跟那几个租户认识呢！"

这个故事跟现在的诈骗手段很像吧？唯一的区别就是人家是真下功夫，做戏全套，不惜工本，现在做戏当然也是全套，只不过是把图修好就行了，哪儿有机灵乖巧的小厮和端庄秀美的娘子给你演真人秀啊！

前面咱们也说了，古今的此类骗术都是奔着两种人去的，一种是贪财的，一种是好色的。很多贪财的人有个共同的特点：慕强。一听说对方有钱有势，那膝盖先软了三分，也不管人家那钱跟他有什么关系，所以咱们现在的很多新闻里都能看到骗子喜欢给自己捏造很强悍的身份，不是家财万贯就是有高端爹娘，这都是老套路了。赵县君如此，别的骗子也一样。《夷坚志》里还有一个经典骗局故事，就是奔着受害人贪财好赌的特点下手的，这个故事还被凌濛初写到了《二刻拍案惊奇》里，可见这个骗局确实很花哨。

这个故事发生在北宋，主人公姓沈，也是个将仕郎。你看看，这就要坏事，这些将仕郎的闲职很多都是花钱买来的，所以这帮人呀，很招骗子喜欢。沈将仕家财万贯游手好闲，家里人给买了闲职之后又开始上下打点，终于得到了进京等待调令的机会，呼奴携婢带着大笔财物就来了汴梁。

在汴梁一住就是半年多，家里人都着急这调令怎么还没下来，但是沈将仕可一点儿不急，他本来就是个浪荡子，在这儿住了这么久，早就结交了志同道合的好朋友了，一个郑生一个李生，这俩人带着他玩遍了汴梁的花酒场所，沈将仕乐不思蜀，心想那调令爱来不来吧。当然了，玩的时候多数是他花钱。

有一天，三个人结伴去郊外闲逛，在一处池塘边遇见几个马夫在洗马，见他们经过，立刻毕恭毕敬地行礼，看这些人和马的样子，应该出自大户人家，怎么会给他们行礼呢？原来是郑生和李生的旧相识。

偶遇马夫一下子让郑生李生高兴起来了，跟沈将仕说这是郊外王大夫家的下人，这半年光顾着在城里玩，都忘了带你见识一下王大夫家的气派了。

原来城外一所大宅里住着一位退休的官员，以前是做过大郡太守的，这可不是一般的小官吏，郑生和李生是这位王大夫的忘年交，因为这王大夫人老心不老，特别爱玩，喜欢热闹，加上家里豪富，所以以前经常大摆筵宴招呼朋友们去玩乐，只是近两年他身子骨大不如前，大家也很久没去他家打扰了。

沈将仕担心自己一个外人贸然前去不太礼貌，郑生哈哈大笑，说不妨事，王大夫没有官架子。李生悄悄跟他说，王大夫养了很多年轻漂亮的姬妾，去开开眼界也好呀。沈将仕一听，可就不推辞了。

到了王家大宅，那真是雕梁画栋、富贵逼人，沈将仕虽然也是有钱人，但是一看这个阵势还是不由得小心翼翼了起来。王大夫听说郑生李生来了，穿了便服来欢迎，一看就是一位养尊处优的士大夫，可惜身子骨真的太弱了，聊了没一会儿就咳嗽气喘地回内室了，抱歉地让郑生他们多坐坐，好容易来一回。

郑生领着沈将仕在大宅子里欣赏，沈将仕一扭头才发现李生不见了，很纳闷儿，干吗去了？给王大夫伺候病去了？郑生嘿嘿一笑，低声说："肯定去偷偷玩耍去了，来，我带你见见世面。"

领着沈将仕转过回廊，远远就听见一群女子的嬉笑声，黄鹂鸣柳一般，沈将仕脚底下不由得就提速了，走到笑声传出的屋子外探头一瞧，好家伙，这屋里灯火灿烂、珠光宝气，一眼望去少说有八九个妙龄美人正围坐一起掷骰子玩呢！不用说，李生就夹在中间，眉飞色舞，满面喜色。

沈将仕这哪儿还走得动道啊！他本来就好赌，但平生也没见过这种赌桌，这是神仙境地呀。郑生见状哈哈大笑，拽着他：“走走走，进去耍一会儿。”

屋里的人突然看见进来一个陌生人，个个脸色一变，郑生赶紧解释这是他们的好友，绝对不会出去胡说八道，沈将仕闻言赶紧又是作揖又是问好，又忙不迭地说打扰打扰，这些美人才面色稍缓。

见有外人来了，其中看起来年纪稍长的一位马上就要散局，结果有两个小美人嘟着嘴不愿意，李生打趣说这是今天输多了不高兴，要不就让我们陪姐妹们玩一会儿吧。大家这才又坐了下来。

围观了一阵，沈将仕一看这群美人真是有趣，个个都拿着自己头上的珠钗、腕上的玉镯之类的下注，这赌局，当真是又阔又美，实在心痒难耐，悄悄捅咕郑生，不停地使眼色，让他给自己也安排个上桌的机会。

终于逮了个空子上了桌，果然是拳怕少壮赌怕生人，这沈将仕的手气就别提了，一会儿的工夫，眼前的金玉首饰堆成了小山，眼瞅着几个美人头上都变得素净了。这会儿，沈将仕那真是跟到了瑶台仙境一般，没想到今日有这样的艳福财运，一会儿可得对郑生、李生好好感谢一番。

几个美人也玩得差不多了，输就输了，看起来对那些珠宝也不是很心疼，要不说人家是大户人家呢？为首的那个又张罗着要散了，大家也都意兴阑珊准备作罢，此时年纪最小的那个突然一噘嘴闹了起来：“不许散！我就不信我今天手气这么差！”

说话间，这小美人噔噔噔跑到里间又跑回来，手里端着一个大瓷瓶搁在桌上，说：“这个是我家主人最宝贝的东西，我拿这个跟你再赌一把，你要还赢，这个就归你，要是输了，按这个瓶子的价值给我钱，敢不敢呀？”

沈将仕看了看那个瓷瓶，确实是好东西，但最贵也超不过自己赢来的这些东西的三分之一，这小美人明显是输太多了闹脾气，他觉得又可爱又有趣，而且现在自己也正赌性大发，当然一口答应。

那按照正常发展来说，这局肯定是输了嘛，沈将仕输了也挺高兴，马上就给人家把桌上的珠宝分一半推过去，就当买个美人笑了，谁知道小美人一抬手：且慢！把那大瓶子端起来一倒，只听“哗啦啦”，沈将仕脸都青了——瓶子里装满了金钗宝器，一看就价值不菲。

赌桌上绝不能赖账啊，这一下不光把赢的全输回去了，连自己贴身带着的巨额银票也输了个精光，那可是他带来汴梁的全部家当了。

郑生李生一看这哪儿行啊，赶紧打圆场，招呼着再玩一会儿，让沈将仕捞捞本，众美人也都答应，沈将仕这才松口气，准备打起精神好好赌几回。刚有人把桌子上的东西收走空出场地来，外面大呼小叫着跑来几个下人："不好了不好了，主人这会儿痰迷了心了，快来伺候呀！"

这帮姬妾大惊失色，呼啦啦全跑出去了，剩下他们仨面面相觑等了好久。终于等到王大夫被两个美人扶着来了，一看刚才就咳得够呛，满头虚汗给他们致歉，说今天实在没力气陪几位朋友吃饭了，如不嫌弃，三日后咱们在我家好好相聚吧。

一听三日后还能再赌，沈将仕也不焦虑了，赶紧随着郑生李生给人家回礼，说了一堆多有打扰之类的话，就告辞了。

回到客栈后，沈将仕翻来覆去睡不着，等着第二天要跟郑生李生好好商量一下下次赌局上的策略，没想到第二天这俩人一直没来找他。不应该呀，本来是天天厮混在一起的呢。派人出去找，回来说没找见，这心里就咯噔一下，赶紧打马出城到了王大夫府上，那还用说？跟上个故事里那个宅院一样，空无一人了呗。哇，这帮骗子放今天那就是五星级搬家公司的速度呀！

沈将仕急吼吼地找见一个附近的居民，问人家这个宅子里的王大夫哪儿去了。人家很惊讶，哪儿来的王大夫？这是一个大富商的外宅，有日子没住人了，也不叫人看着点儿，昨天还来了一帮地痞流氓领着一群艺伎跑人家里赌博胡闹呢！

本回故事：洪迈《夷坚志》之《李将仕》，凌濛初《二刻拍案惊奇》之《沈将仕三千买笑钱，王朝议一夜迷魂阵》

本回插图：明末凌濛初编撰，《二刻拍案惊奇》（书前版画），明崇祯五年尚友堂刊本

今夜拍案惊奇

第一一回
井中尸

坠深井云游僧遇难
赏银杯向大人捉贼

既然有翻墙过户的能耐，何必跑去借宿，没头没脑地暴露自己呢？再者说了，杀人的本事都有，抛尸的时候竟然能把自己甩进井里……

世情宜假不宜真，信假疑真害正人。
若是世人能辨假，真人不用诉明神。

这回书要讲的案子，也是历史上的一桩真实案件，自从被冯梦龙收录进《智囊》之后，由于案子本身的戏剧性极强，案件发展称得上奇诡跌宕，所以变成了后世很多话本小说和民间文艺创作的热门素材，有着很多各有所长的改编版本。

这个案子在《智囊》里的名字是《向敏中》，讲的就是向敏中断案的故事。向敏中是谁呀？是北宋的名臣，寇准的同事，只不过后来在民间的名气没有寇准那么大。可事实上，对当时的民间百姓来说，向敏中可未必比不上寇准。这人为官清正爱民，当时朝廷重臣去地方巡视驻守，几乎没有几个不把出差当旅游的，吃喝玩乐那是常态，唯有这个向敏中是真的“下乡走基层”去了，不是体察民情就是跟所到之处的官员交流工作，所以声望极高，宋真宗对他的评价是：“大臣出临四方，惟敏中尽心于民事尔。”

“惟敏中尽心于民事尔”，只此一句就知道这是位什么官员了，这种官员放在古今中外的哪朝哪代都是宝贝呀，难怪向敏中到了晚年身体不好，屡次请辞皇上都不准。皇上说了：“你就是干不了工作了，也得给我把这个官当着，我心里踏实。”

冯梦龙所记录的这个案子，发生在向敏中任职西京留守期间。西京留守是个官名，就是西京长安的军政官。当时，下辖某县出了桩命案，行凶者是个僧人。

咱们聊过那么多案件故事，大伙儿都知道古时候其实有不少假僧假尼假道，借着老百姓的敬畏心和一些诡计骗人，干的全是缺德冒烟甚至伤天害理的事。这种事情时有发生，所以僧人杀人也不是很稀奇的事，管你真僧假僧，被捉拿了一样偿命便是。

但这个案子被递到向敏中这里时，他看着卷宗迟迟不批，怎么看怎么觉得不对劲。

报案人是当地一个颇为富裕的农户，案发前一天，家里来了个游僧借宿，农户因为觉得家中不便就给拒绝了，没想到那游僧非说天色已晚，坚持要在他家住一夜。农户虽然厌烦，觉得这游僧也太死皮赖脸了，心说多走几步进城，有的是大户人家借给你地方住，但是也不好意思给撵走，随口就说家里没地方可住了，你要是愿意的话就睡在门外棚子下吧。

这话说得跟逐客令也没区别了，门外就是个拴牛马板车的破木棚子，肯定没办法住人，说了之后农户觉得这游僧要是知趣的话就应该自行离去了，没想到那游僧还真打算在那儿住下了，农户也懒得管他，自己就进屋了。

不料那游僧并非愿意住在棚子里，而是因为农户没有给自己安排正经借宿的地方，甚为恼恨，假装不嫌弃，其实是栖身在木棚里等着报复。

当天半夜，那游僧就潜入农户家中，大概最初只是想偷窃，结果意外发现农户夫妇是分屋而眠，于是连东西带人一块儿偷了，挟持了家里的女主人，还拿了不少家中财物潜出门去。

或许是因为那妇人出门后挣扎得太厉害，也或许是游僧本来就已经存了杀心，总之是出了门就将其杀害，丢进了房后的枯井中。因为家中并无血迹，所以农户认定妻子是被带出门杀害的。

杀人的游僧是如何被捉住的呢？竟然是自投罗网。

那农户清晨起来发现妻子不见了，仔细一看家中被人偷窃了不少东西，急忙出门去找，没想到在院子围墙后的枯井附近听见有人呼喊，循声而去，竟然是昨晚来借宿的那个游僧掉进枯井了，找了几个人帮忙，刚把游僧拉上来大家就吓坏了：这人怎么浑身是血！游僧手指了指井下，众人才发现原来底下还有一个人，确切地说是有一具尸体，正是农户的妻子。

想来是那游僧杀人后准备抛尸井中，结果不小心闪了一下，把自己也跌进去了，这可真是闪电一般的现世报。

到了县衙没多久，游僧就在供词上签字画押，因为是人命关天的案子，所以很快递交给上级审批。上级就是向敏中嘛，这份供状他怎么看怎么觉得怪，到底哪里怪呢？一时也说不上来，但是他的直觉告诉他这事不太可能这么简单，这游僧怕不是有什么毛病，人家不借宿，就至于杀人了？

如果是早就踩好点的假僧，就盯着这家人偷盗，那也不对，既然有翻墙过户的能耐，何必跑去借宿，没头没脑地暴露自己呢？再者说了，杀人的本事都有，抛尸的时候竟然能把自己甩进井里，这到底是什么体能啊？还有，就算这个农户家挺富裕，到底是个农户，如果一开始就为了偷钱的话，何不进城找有钱人家偷……欸？偷钱？

想到这里，向敏中突然知道自己觉得哪儿不对劲了，把卷宗抖开仔仔细细查看，看到僧人交代赃物一节：坠井时遗落在地面，苦主赶到时已不知所终，恐被人拾去。

赃物被人拾去了？这是贼外有贼？大清早的，一个游僧坐在枯井里嚷嚷，来了个人一看，这儿有个包袱，拎了就走？那凶器呢？供词上也没说从井里打捞上来凶器了，地面上也没有，总不能是捡包袱的一并捡走了吧？

这案子肯定有蹊跷，向敏中立即命人去带人犯，他要亲自审问。

游僧到了之后，向敏中打眼一看，心里咯噔一下，这看着不像是会行凶犯案的假僧啊，满面风霜中隐隐有慈悲之相，这是正经苦修多年的出家人的样子哪。向敏中命人为游僧脱去枷锁，又挥手叫所有人退下，自己单独与游僧说话。

官差虽然有点儿担心，万一这游僧突然发疯，大人受伤了可担待不起，但向敏中示意他们无妨，就听他安排吧，众人这才退下。游僧一看这位大人与此前审案的那帮人大为不同，忍不住长叹一口气，道了一声佛号。

在游僧的讲述中，这个案子与卷宗上描述的那可就完全不一样了。

案发前一天，他确实是去农户家借宿，农户也确实很嫌恶地拒绝了，但这僧人说当天他已经步行了整整一天，那当下非常疲累，虽然明知人家厌弃，却还是低眉顺目地请求农户允许他在门外木棚下歇息一晚。

他睡在木棚里没有可取暖的东西，只好将几捆草料堆到身上，或许也正是因为这无意间的伪装，才让他没有被真正的凶手发现。

游僧在木棚里睡到半夜不知几时，迷迷糊糊听见身旁的院墙上有异响，他在朦胧中睁开眼一看，差点儿念出一句“阿弥陀佛”，只见墙头上出现一个彪形大汉的身影，右臂还连夹带抱着一个“身形娇小的妇人”，一眨眼从墙头跃下，往房后而去了。

半天才缓过神来的游僧意识到这是有强盗入内了，恐怕是用迷魂香蒙住了妇人，正想拍门报信，突然想起自己请求借宿时主人那厌恶的神情，心中一凛：人家该不会认为我是假装借宿其实是踩点偷窃吧？不会拿我当了贼喊捉贼的同伙吧？

想到这里，游僧决定还是少管闲事为妙，赶紧起身离开，不料慌忙间看不清脚下，竟然一失足跌进了一口深井。掉进去后被什么东西托了一下，居然没有受伤，游僧本来还挺高兴，想着真是虚惊一场，借着蒙蒙天光一看，虚惊变成了实实在在的大惊恐，托住他的竟然是一具女尸。

那贼人到了此处时不知是突然改了主意嫌麻烦了，还是这个妇人醒来了开始挣扎，总之这妇人是被杀害后丢进了这口井，而这游僧阴差阳错，竟然也掉进了这口井，不对，这可不是井，是无底深渊啊。

在井中恐惧了片刻后，游僧想到自己先前在木棚里看见强盗挟持妇人时的心理活动，悔不当初，深恨自己担心引火烧身结果错失了救人良机，默默为死去的妇人诵经许久，隐约听见上面有脚步声，接着人声嘈杂起来，这才大声呼救。

本来是为了躲避麻烦没有报信，这下子惹上的麻烦可要比自己先前预想的大得多。被救上来的游僧立即被农户指认为杀人凶手，被五花大绑送到了县衙，属地官员听完农户的说法，又草草问了问游僧事发经过，游僧的辩驳在农户和村民们的怒骂声中根本无法继续，县令也不阻挠，只让游僧不要胡编乱造，老实交代罪行。

说到此处，游僧又双掌合十长叹一声：“是我一时之念助纣为虐，见死不救犹如杀人，这是佛祖的惩戒，罢了。”

向敏中仔细端详了一下游僧，看起来在县衙没少遭受刑罚，但此时他虽然表情痛苦，目光中却仍含愧疚悲悯，向敏中心里的天平已经倾向于他，问游僧：“就算你在县衙承认了自己杀人，那县令不曾问你赃物何在吗？”

游僧说：“问了，我只能胡乱说是失足坠井之前放在井边，被他人拾去了。”

向敏中说：“那不对呀，如果是有人拾走，那人来时你不曾呼救吗？”

游僧说：“县令不曾如此追问，事实上我失足坠井之前，一路上也并没有看到那强盗遗落的赃物，他应该是好端端地带走了。”

向敏中又问：“县令不曾追问凶器的下落吗？”

游僧说：“我捏造说随身带了尖刀，也放在井边了，县令说那应该是与赃物一并被人捡走了。”

向敏中怫然不悦：“这县令，糊涂东西，若是路人起了贪心，捡走财物也就罢了，拾那血淋淋的凶器作甚！”

二人交谈至此，游僧也明白了这位大人是要为自己洗脱冤情的，忍不住双眼泛泪，又不知该说什么，看起来仍在为自己未曾救人之事愧悔，只是喃喃地诵经。

向敏中自己坐在那里想了许久，突然眉心舒展，起身走到近前，低声跟游僧说了几句话，游僧闻言一惊，急忙躬身行礼。

过了几天，县里大张告示，说前阵子的强盗杀人案行凶者已经处决，乃一外乡游僧所为，境内百姓不必恐慌。满城百姓一看，果然是那个游僧！纷纷奔走相告，受害农户的亲友们也陆续前来安抚，连县衙都派人来农户家里，叫他将当夜所失的财物细细列一个清单，官府要为他查找失物。

又过了几天，大街小巷又贴上了官府的告示，说前阵子那游僧杀人时曾经把偷盗来的赃物遗失了，其中有一个小银酒杯，乃是苦主家历代所传的祭祖器皿，无论赃物是何人捡拾，官府一概不予追究，只需将那酒杯送还即可。

古代对于祭祖器物都是非常敬畏的，事关人家家里的祖宗呀，百姓一看这个告示全都炸了锅了。谁家没有祖宗？不能干这种事啊，把人家祖宗的杯子拿了，自己家祖宗是要不安宁的！

再一看告示下面还有一行字：凡将此物交还县衙者，官府以白银十两奖赏。

那银酒杯不知道是传了几辈子的玩意儿了，农户家里的东西，也不可能是什么名贵器具，哪里值得了十两银子？可见官府也是为了抚恤苦主，才出此告示。

既牵扯到祖宗祭祀这种人伦礼节，又明晃晃摆着十两银子，县里百姓纷纷表示遗憾，怎么就不是我捡到了呢！那是谁捡到了呢？是一个樵夫。

告示贴出去三天后，县衙来了一个樵夫，看起来倒是老实巴交，囫囵话都说不利索，只说那个银杯子是自己捡到了，边说边从怀里掏出来。官差马上去把农户叫到县衙，农户只看了一眼就咧着嘴干哭起来，正是他家的东西。

樵夫憨憨地站在一旁等着领赏，没想到旁边的衙役大喊“升堂”，县令大人上堂来，二话不说一拍桌子：“给我打这个恶徒！”

樵夫吓得扑通一声跪倒在地，结结巴巴问大人：“告示上不是说给了杯子就领赏吗？小人没有犯法呀！”县令冷笑一声，问他：“你这杯子从何而来？其他赃物又在何处？是不是还在你家中呢？老实交代！”

樵夫茫然不知所措：“没没没没有呀！没有别的东西了呀！我这个杯子，是我老婆捡到的呀！”

老婆捡到的？县令愣了一下：“你老婆在哪里捡到的？”

樵夫结结巴巴说不出来，只一口咬定是自己老婆捡到的，县令便派人去樵夫家将他老婆带来。那妇人到了之后，县令一看，嗬，这个樵夫蠢笨木讷，这老婆倒是满脸的泼辣，怪道人家说一个家里得有两样性格。

县令喝问樵夫的老婆这杯子从何而来，那妇人满脸不在乎，说在家门外捡到的。县令呵呵冷笑：“家门外？你家门外真是福地呀，那你还捡到别的东西了没有？”那妇人说没有，就看见这孤零零的一个银杯子。

前几日，向敏中提审过游僧后，将县令叫去，把案情疑点分析了一遍，又狠狠地把县令教训了一通，县令又羞又怕。好在游僧还没有行刑，向敏中秘密地把他安顿下来了。这案子该怎么办呢？向敏中自有筹谋，县令听完后回到县衙依计行事，现在是脑子也清醒了，火气也更大了，一看这个妇人如此油滑，马上叫人上夹棍。

夹棍那东西，用上之后死是死不了，但是犯人基本上都有了想死的心。普通百姓就算没进过县衙的门，也都知道夹棍是什么东西。一听要给自己上夹棍，那妇人脸色马上白了，厉声尖叫起来，大喊官府告示作假。

县令也不理她，慢悠悠地站起身，说："你不要喊了，这银杯是入室强盗掠走的赃物，不光偷盗人家的家财，还伤人性命，这杯子就是证据，你要是非要替人顶罪，本官也不拦你，别说夹棍了，夹完你还要砍头呢！"

妇人和樵夫都是一愣：强盗？哪儿来的强盗？强盗不是那个游僧吗？不都已经砍头了？

县令摆摆手就慢慢往外走，不愿意再说话的样子，旁边的衙役丁零当啷拎着刑具就上前来，樵夫惊恐万状，哆嗦着问他老婆："谁谁谁给你的这个呀！你快说呀！"

那妇人终于一咬牙："是皮老二给我的。"

县令一听招了，也不演戏了，微笑着走回来。这时候樵夫急了，突然跳起来："我就知知知道！我我早说他没安好心！总来咱们家！你你！你！"

妇人突然恢复了泼辣凶狠的样子，猛然瞪了樵夫一眼，樵夫看起来惧内已经到一定程度了，一眼瞪过来，活活吓得打了一个嗝。

原来那妇人与同村一个叫皮老二的单身汉眉来眼去很久了，虽无奸情，但是那皮老二揣着这份贼心整天在她眼前晃悠，隔三岔五就去她家给点儿东西，名义上是与樵夫兄弟相称，实际上樵夫再老实也觉得不对劲了。这银杯子就是前阵子皮老二悄悄塞给妇人的，说是自己在外面捡到的，妇人也没当回事，没想到在城里看见告示，回家左思右想，十两银子的诱惑太大了，于是说是自己捡来的，撺掇樵夫来领赏。

皮老二被缉拿归案，家里翻出的东西除了农户家的，还有不少他从别家偷盗来的。原来那天去农户家他也是临时起意，不知怎么鬼使神差地就把人家女主人挟持了出来，没想到迷魂香质量太差，刚出门没多久那女人就醒了，虽然嘴里塞着破布，但是连踢带踹也把他吓得够呛，本来心里就没想好偷出来个大活人要怎么处置，这一下急火攻心，掏出尖刀就给杀了。

此案真相大白，县令对智谋超人的向敏中佩服得五体投地，对比此前自己险些草菅人命，真是羞愧得恨不能马上辞官——当然他舍不得，但凡以后审案能多一分细致，少三分武断，也就不容易了。

话说回来，那个游僧的一念之差虽然没有直接导致有人被杀，但是那种负罪感我特别能理解。咱们现在不也经常会有那种讨论吗？路见不平该不该出手？见义勇为的事能不能做？可见人都有向善之心啊。

本回故事：冯梦龙《智囊》之“诘奸卷”

第一二回 帽妖案

帽妖出没深夜食人
王曾出马真相奇葩

民间的恐慌情绪一旦开始蔓延，那速度堪比烈火燎原。帽妖的传说到了京师之后，发生了重大变异进化，妖怪进入了就餐环节，开始吃人了！

富家不用买良田，书中自有千钟粟。
安居不用架高堂，书中自有黄金屋。
出门莫恨无人随，书中车马多如簇。
娶妻莫恨无良媒，书中自有颜如玉。
男儿欲遂平生志，五经勤向窗前读。

这首定场诗大伙儿都很熟悉，尤其是“书中自有黄金屋”“书中自有颜如玉”这两句，更是广为人知。这首诗叫《励学篇》，主旨是勉励众人读书，作者是宋朝第三位皇帝真宗赵恒。这位皇帝可是给后世留下了不少文艺素材，最出名的当数“狸猫换太子”。咱们这回书要讲的，则是发生在真宗时期的一桩悬疑惊悚故事——帽妖案。这个故事可是真事，《宋史》和《续资治通鉴长编》里都有记载。

进入正案前，咱们先简单讲一讲真宗的皇后刘娥。刘娥这名字据说是民间所传，正史没有记载。她本是出身寒微的民间女子，赵恒还是襄王时把她买来做侍妾，两人可谓情投意合。赵恒喜欢她到什么地步呢？

他爹宋太宗嫌他和一个民间女子如胶似漆，连吵带骂地让他把刘娥撵走，而赵恒竟然悄悄把刘娥藏了起来。

可想而知，赵恒登基之后，刘娥在宫中的地位自然是强势上涨。但是，刘娥当了皇后还不踩刹车，一直干涉朝政，到了宋真宗晚期，她几乎已经是大宋实际上的统治者，不仅临朝称制，参加大典时还身穿龙袍，跟武则天比起来，也就是没有亲自登基改朝换代罢了。

好了，说回帽妖事件。史书对这个事件有明确的记载，原文是："天禧二年五月，西京讹言有物如乌帽，夜飞入人家，又变为犬狼状。人民多恐骇，每夕重闭深处，至持兵器驱逐者。六月乙巳，传及京师，云能食人。"天禧二年是公元1018年，这时候的宋真宗沉迷修道，朝政基本上由刘皇后处理。但是，再昏聩的皇帝，对于民间这种大规模的灵异传闻也很难置之不理，为什么呢？因为迷信呀！

就算皇上不迷信——当然宋真宗不可能不信——也架不住老百姓信啊。这不是老百姓的问题，古代人的自然认知水平就是那样。对皇上来说，这事闹心在哪儿呢？并不在于是不是真有个帽妖，是不是真能变成大狼狗，它是不是真吃人。这些都不是很闹心，就算真有个妖怪，一晚上吃一个人，派人去跟它拼了也行嘛。真正让皇上不痛快的是，出现这种异象在古代意味着君主失德。

民间出来一个妖怪，神出鬼没地吃人，老百姓恐慌无比，但是一边恐慌一边总结：这就是因为咱们皇上失德呀！皇上有问题才会出现这种怪事！这才是真正气人的。

历朝历代的皇上，除了极个别荒谬绝伦的，其余那些在民间出现大规模灾情或者动荡的时候，都得先表个态："万方有罪，罪在朕躬。"什么意思呢？就是说天下有不幸的事、糟糕的事，都是我的问题，这是天子的态度。要是出了太大的事，有的皇上还得下个罪己诏，出来认罪表态，这事赖我，连累百姓子民了。

这个帽妖传言在五月时出现，最早是发生在西京，也就是洛阳，传得有鼻子有眼的，大帽子妖怪晚上飞进百姓家，落地就变成"犬狼状"，咱也不知道是变成哪个品种的大狼狗，哈士奇还是藏獒，不管哪个，半夜家里突然冲进来一只也够吓人的。过了一个月，这事就传到东京开封了。

历史上的北宋东京，繁盛期人口逾百万，这样的大城市，来了妖怪，造成的恐慌可想而知。而且这个帽妖上个月在西京的时候还只是吓唬人，到了东京，这厮开始吃人了！

这当然是谣言，而且是非常可笑幼稚的谣言，可这是咱们今天的自然科学认知让咱们有这样的判断，当时不行呀，当时说有妖怪，那说不定真的有呢！为什么当时整个社会对这种怪力乱神的胡说八道之言如此轻信呢？这还是得说回宋真宗本人。

宋真宗在位早期虽然有一些政绩，但是比起他后来的胡闹，他干过的好事真是不提也罢。在帽妖事件发生前，整个大宋朝廷已经轰轰烈烈搞了很多年的“天书运动”。简单来说，就是这位尊崇道教的宋真宗，为了彰显自己天命神授、是可与秦皇汉武相提并论的圣主明君，他非常搞笑地伪造了一份“天书”，写了点儿吹捧自己的神神道道的话，然后安排人送进皇宫。群臣一看，天书！赶紧乌泱泱跪下道贺，宋真宗立马表演，又惊又喜又谦卑：这这这，上天厚爱呀！

这出戏本来最开始是他和最亲近的几个大臣一起演，演着演着越来越入戏，全国上下掀起了“祥瑞”热潮，今天这儿有份天书称颂皇上啦！明天那儿又出了祥瑞夸耀盛世啦！好家伙，活活折腾了好几年。可笑的是，伪造“天书”最初是为了给宋真宗泰山封禅造声势，结果由于这场行为艺术太过滑稽无耻，导致宋真宗成了古代最后一位泰山封禅的皇帝。后来的皇帝们都害怕去封禅，因为很容易会被人拿来比作宋真宗，丢不起那个人。

从“天书运动”开始，各地雨后春笋般地建起了无数的宫观，皇上也耗尽国力来搞各种祭祀大典。《宋史》评价说：“一国君臣如病狂然。”这评价不能更难听了。您看，就是在这种氛围下，出现妖帽的事还能怨老百姓迷信吗？不迷信你不合群呀！

了解了这段背景，再看帽妖事件，就发现它的出现很奇妙，很符合逻辑，很影响皇权威严。因为皇上和大臣们已经把国家氛围搞成了这样，老百姓就想了：既然天能降祥瑞，自然也能降邪祟嘛！天降祥瑞是因为皇上英明神武，那天降帽妖……皇上是不是得反省一下？

回到那句话：万方有罪，罪在朕躬。你都吹了这么多年你是个圣德贤君，那你说说，现在出妖怪了，你怎么回事？宋真宗能不冒火吗？天书是他亲自伪造的，他内心深处可能根本不迷信，但是不行呀！演戏得演全套呀！你得好处的时候就信，惹麻烦的东西就不信，这不把自己的台子砸了？

查！狠狠查！宋真宗下令了，除妖大作战正式开始。

其实最初帽妖这个谣传在西京洛阳能够疯传，跟当时的西京留守王嗣宗也有关系。西京留守指的可不是留守儿童，而是洛阳的主政官员。王嗣宗估计在“天书运动”里没捞着什么好处，因为他不迷信呀！不迷信就算了，也不把民间的迷信当回事，这谣言已经传得当地人心惶惶，他还觉得不是个事，见怪不怪，其怪自败，理都不理。你倒是稍微控制一下，哪怕吓唬吓唬传谣者呢？什么都没干，假装没听见。

官府无动于衷时老百姓还以为官府也被吓着了，越传越疯，没多久就传进京师了。民间的恐慌情绪一旦开始蔓延，那速度堪比烈火燎原。帽妖的传说到了京师之后，发生了重大变异进化，妖怪进入了就餐环节，开始吃人了！传说有巡夜的士兵离奇身亡，尸体没有了脑袋，伤口仿佛被什么凶兽啃咬过，与帽妖的传闻完全吻合，这一下可坏了，这个消息直接导致了京师军营里的骚乱。

史书上记载第一个向宋真宗上书明确提到此事的人叫张旻，这位官员说军营里已经乱套了，士兵们晚上也不敢睡觉，成群结队地拿着兵器围坐在一起，民间百姓一到晚上就闭门居家，吓得魂不守舍。

士兵们枕戈待旦本来是为了作战，现在可好，为了防妖怪，这叫什么事？

但是宋真宗是以什么名义来处理这个帽妖事件的呢？捉妖。

你看看他这个行为逻辑，跟搞“天书运动”非常一致，必须承认有妖怪嘛！不然连我自己以前的举动也不合适了。但是他很明智地用了一个模糊的说法，要捉的不是帽妖，哪儿有这妖怪啊，要捉的是“为妖者”，就是行使妖术的人。

哇，这种糊涂中带着精明、肯定里藏着否定的话术，太厉害了。既然我一向认为有神仙，那就不能否认有妖怪，虽然我并不否认有妖怪，但是我认为这个妖怪是人为的，是有人施展妖术。

于是在皇帝的亲自指挥下，帽妖事件接下来的走向就更乱套了……

既然皇帝要求捉拿妖人，下面的官吏自然就按照妖人作祟来处理此案，然后各地在帽妖制造的恐慌中又添了一份新的恐慌，那就是被举报。各地因为发布了悬赏告示，鼓励民众举报有可能使用巫术的妖人，一时之间诬告成风，顺着线索抓了一个又一个，实在对不上号，只能一个个又把人释放了。

这个期间呢，宋真宗也不闲着，他居然为此设立道场举办法事。你这是干什么呀？这不就是变相宣布确实有妖怪吗？老百姓那不是更信了？后世很多人对宋真宗在位晚期的评价特别难听，就差骂大街了，这真不能怪别人，都是他自己作的。

捉拿妖人的行动终于取得了重大进展，抓到了一个和尚、两个方士，有人举报说他们仨经常夜不归宿，大晚上结伴出去不知道做何勾当，极有可能是去施展妖术。

把这三个人抓了以后一顿严刑逼供、胡审乱判，给定的罪名是“坐尝为邪法”，意思就是这仨人曾经试图搞一些邪魔外道，但是这个罪名大家也能看出来，根本和帽妖没办法强行画等号。

民间对帽妖的恐惧和对皇权的抱怨汇聚在了一起，宋真宗的耳朵里越来越乱，恼怒之下想起最初爆发谣言的是西京，心说都怪西京留守王嗣宗，控制谣言不力才导致今日的局面，就把王嗣宗给贬官了。

这个时候，整个事件其实完全已经陷入僵局，万幸这事终于结束在了一位有魄力的官员手上，这个人就是王曾。王曾这时还是应天府的知府，就是河南商丘的地方官。他素来刚正直言，皇上伪造天书、各地敬献祥瑞时，他也不掺和。现在帽妖传闻传到应天府，把他的地盘搞得一团乱，他可不听皇上的，什么抓捕妖人举办法事，去一边吧，他自有安排。

王曾命人晚上不许关闭城门，百姓也把家门打开，该干吗干吗，该睡觉睡觉。不是说有帽妖晚上来吗？好，欢迎它。然后安排兵士日夜巡逻，一旦听到有人说看见帽妖或是大惊小怪地叫嚷，马上带回官府审问：什么时候看到的？在哪儿看到的？长什么样子？有没有伤人？这么一串问下来，传谣的基本上都结结巴巴，答非所问，因为不可能看到嘛！既然是无中生有，那就打一顿板子放走。

如此再三，很快，应天府的谣言就被彻底平息，社会治安都顺带着变好了。王曾平息谣言的办法传回朝堂，宋真宗沉默不语，很尴尬，说啥好呢？

但是皇上也不能打自己的脸哪，大牢里不还关着三个妖人吗？就靠他们挽回颜面吧，最终还是把一个和尚两个方士按照行使妖术的罪名当街处死了，一并还装模作样地处理了几个从犯。之后，官府按照王曾的办法控制谣言，因为妖人都处决了，帽妖肯定就不会再出来了，如果还有人传谣，一概重判。

终于，这桩匪夷所思的帽妖事件莫名其妙地画上了句号，宋真宗在位晚期的荒谬在此案中可见一斑。咱们经常提起的冯梦龙那本《智囊》里对此事也有记载，当然是为了颂扬王曾的智慧。事实上，在那种朝堂氛围下，王曾所值得赞扬的岂止是智慧，更多的还是坚持正气的勇敢和良臣担当吧。

本回故事：《续资治通鉴长编》《宋史》及冯梦龙《智囊》

今夜拍案惊奇

第一三回 鲁斋郎

花太岁借酒抢美人
包青天矫诏斩皇亲

这酒刚一下肚，鲁斋郎的戏演完了，站起来拽着银匠妻子就要走。银匠夫妇吓坏了，这是干什么？我家的酒度数没这么高呀！喝两杯就撒酒疯了？

玩的是梁园月，饮的是东京酒，
赏的是洛阳花，攀的是章台柳。
恰不道人到中年万事休，我怎肯虚度了春秋。

这首定场诗节选自关汉卿的著名散曲作品《一枝花·不伏老》。一说起关汉卿，大家心里难免会有种先入为主的印象，那就是“大师”“经典”。古今中外，凡讨论起戏剧，关汉卿的名字都是要和一些言简意赅的头衔放在一起的，比如“梨园领袖”“戏剧大家”，不需要更多点缀，关汉卿就是世界戏剧史上的一块金色招牌。

说起关汉卿的公案类故事，最著名的当然是《窦娥冤》，千古绝唱，妇孺皆知。这回书咱们特意挑选了一个颇有争议的作品，原著叫《包待制智斩鲁斋郎》，简称为《鲁斋郎》。这个作品之所以存有争议，是因为它在后世的一些戏剧类文献里时有时无，有的文献林林总总地记录了很多关汉卿的作品，偏偏没有这部，而有的文献里却又明明白白地记载着这部作品。所以它到底是不是关汉卿的作品，争议始终不断。咱们不研究学术，就先默认它是关汉卿的作品。因为有一位学者的观点非常有力，他说这部作品之所以在后世，尤其在明代未被收录进关汉卿作品名录，是因为它在剧作里对皇权进行了戏谑性的挑战，这在封建社会是极大的冒险，关汉卿敢做这事，不代表收录文集的人敢！对不对？

言归正传，这部剧全名叫《包待制智斩鲁斋郎》，包待制就是包拯，包拯曾任天章阁待制，这个“待制”和“龙图”一样，也是很荣耀的头衔。再接着看，注意到没有，“智斩”，包大人杀个人还用得着计谋吗？除非这个人不太好斩，比如皇亲国戚，这么看鲁斋郎必然不是个普通人。

斋郎是古代的官职，官职很小，按说不至于让包大人头疼，依法按律处理就可以，但是关汉卿塑造的这个鲁斋郎，却是个不能以官职大小简单定性的官员。

剧里的鲁斋郎是个京官，为人极为骄横跋扈，自称“花花太岁”，生活在郑州，北宋时期的郑州是京师汴梁的“西辅郡”，皇亲贵胄都在郑州置业安家，而这个鲁斋郎能在郑州胡作非为，说明他可不是一般的京官，他是当朝天子宋仁宗的亲随宠臣。

鲁斋郎深得圣宠，平日里横行无忌，在京师内外可以说是人见人怕、狗见狗躲。有一天，这鲁斋郎闲来无事，想去许州玩耍，就只带了一个亲随拍马而去。反正他也不可能有什么危险，他只会给别人带来危险。

到了许州，鲁斋郎就四处闲逛，溜达到一个铺子前时，恰好看到一位妇人闪身进门，只此一转身，就把鲁斋郎看呆了，怎会有如此标致人物？哎呀，怎么进去了！赶紧抬头看，原来是一家小银铺。

这还了得，如此美人，怎么能屈身这种小门小户？鲁斋郎来精神了，街也不逛了，马上回到自己的住处，让小厮翻腾出一把银壶来，拿到手上咣当就给摔地上了，把小厮吓了一跳。小厮心说：您这是不痛快？不痛快随便摔点儿啥不行呢？怎么还非得摔这个？

鲁斋郎嘿嘿一乐：刚才不痛快，摔了这个就痛快了，走！

带上小厮就去了银匠铺子，一进门，一个憨厚的匠人正在忙活，看见有主顾上门赶紧招呼，鲁斋郎把银壶递过去："修修吧！修好了赏银十两。"

赏银十两，这不是主顾，这是财神呀！银匠又惊又喜，放下手上的活就开始仔仔细细修理银壶。鲁斋郎坐在一边左顾右盼，小厮跟了他多年，马上弄明白是怎么回事了，开始跟银匠攀谈，不一会儿，这银匠家的人口调查就给做完了。

银匠是本地人，名叫李四，家里有妻子张氏和一双儿女，四口人守着这个银匠铺过活。聊着天这就把银壶修好了，鲁斋郎很高兴，非常利索地就掏出了十两银子，嘴里说着以后需要银匠的地方多了去了，银匠高兴得不知如何是好。小厮在一旁搭腔，说如此投缘的主顾可不常见，不请我们老爷吃个饭吗？

人家都这么说了，银匠哪有不肯的？赶紧收拾收拾就把鲁斋郎留下吃饭。这一吃饭不打紧，他妻子也得出来给大主顾问个好啊，妻子就出来了，鲁斋郎看一眼魂飞魄散，多一眼百爪挠心，顾不上演戏了，端起酒杯说我敬你们夫妇一杯，这两口子赶紧喝了。

这酒刚一下肚，鲁斋郎的戏演完了，站起来拽着银匠妻子就要走。银匠夫妇吓坏了，这是干什么？我家的酒度数没这么高呀！喝两杯就撒酒疯了？鲁斋郎脸色一变，说我已经给了你十两银子买你妻子，刚才这杯“肯酒”你们俩也喝了，不许反悔，反悔就是找死。

“肯酒”是什么东西？他的意思就是刚才这杯酒是我问你俩意见的酒，你俩喝了，说明就肯了，答应了。这不是胡搅蛮缠、强抢民女吗？鲁斋郎一向行事就这个做派，小厮一看到该自己登场的时候了，冲上去一顿拳打脚踢把银匠踹翻在地，轻车熟路。

就这样，鲁斋郎强抢了银匠的妻子转身而去，银匠在家中哭天抢地，有好心人赶紧来告诉他别哭了，哭也没用，你不认识那个人吗？他总来咱们许州祸害，他是郑州一霸鲁斋郎呀，在郑州都没人敢惹，你吃了这个大亏，就算去咱们州府报官，我看也是不了了之，天下乌鸦一般黑啊。

乌鸦再黑，也不能遮天蔽日啊，银匠不信这个邪，既然知道了仇家姓甚名谁家住何方，那我就去他家地界上报官，不信乾坤无日月。

银匠跌跌撞撞到了郑州，一路上涕泪交流、水米未进，到了郑州人生地不熟，哪里知道衙门在哪儿？边走边打听，不觉间突然心痛如绞，昏倒在大街上。

天无绝人之路，银匠昏倒的当下，刚好有个叫张珪的人路过，一看好好一个汉子怎么突然倒地了，急忙救起。这张珪是谁？不是个小人物，乃是郑州衙门里的六案孔目。

“六案孔目”这个官职在元杂剧中经常出现，《水浒传》里也有，这是个什么官呢？当时的官府县衙中设有吏、户、礼、兵、刑、工六房的吏员，总管这六房的官吏就叫六案孔目，虽然不是什么要员，但是是一线官吏的领导，地方上的民情事务都是他的下属在处理，所以不能算是小官了。

银匠也算是老天可怜，让他遇见了一个心地热忱的六案孔目。这个张珪是个好人，一看这汉子倒在大街上，满面悲苦、形容憔悴，心里觉得不落忍，便把他带回家中，因为张珪的妻子娘家是杏林世家，颇通医术，与其把他送去医馆还不如直接带到自己家比较方便。

张珪妻子也姓李，毕竟从小看着家人治病救人，修养出了一副慈悲心肠，一看丈夫带回一个昏厥的病汉，来不及多问，赶紧施救。

银匠在张珪夫妇的照料下很快转醒，急忙跪地磕头叩谢人家的救命之恩，张珪夫妇那自然是忙不迭地给搀扶起来。人救回来了，不能马上就给打发走吧，留着吃点儿饭什么的，张珪妻子一听银匠也姓李，名李四，心中很是欢喜，当场说不可辜负这段奇缘，认了李四做干弟弟，李四这下又要跪下给姐姐姐夫磕头，三个人都很欢喜。既然已经认了兄弟，自然要问起李四的身世，这一问不要紧，李四的眼泪夺眶而出，扑通一声又跪下了，求张珪给指点一条明路，说他有大冤情要报官。

张珪一听是报官，哈哈大笑，扶起李四连连安慰，说你不用报官，想你一个本分银匠，能有多大的冤屈？大不过天去，我都能给你办了。

这话倒也没错，毕竟是六案孔目，一般小百姓的杂事纠纷，说办那还不就一句话？李四如见佛祖啊，眼含热泪说了自己的铺子里来了个郑州主顾，如何让他修理银壶，如何与他套近乎饮酒，又如何一派胡言后强抢了他的妻子，直把张珪听得拍案大怒，天下还有如此畜生，你可知道他家住郑州何处？长什么样子？我必擒此恶徒！

李四激动不已，说我不知道他住在哪里，但是有人告诉了我他的名字，说在郑州很是张狂，一问便知。张珪冷笑一声：“哦？还有这种霸王？是何人呢？我倒要看看我知也不知。”

李四说了：“旁人称呼他鲁斋郎。”

张珪突然像被焦雷劈了一下，愣了一愣：“叫什么？”

李四重复了一遍：“鲁斋郎。”

张珪刚才的倨傲自夸瞬间消失得飞灰一般，跌坐在椅子上半晌不说话，终于一咬牙站起来，匆匆去了一趟里屋又转出来，手里拿了一个小包袱塞给李四，说我们既然已经成了亲戚，我与兄弟你也投缘，就不绕弯子了，如果是别人欺侮了你，我自然会为你雪耻报仇，但是你说是鲁斋郎……唉，除非你攀上皇亲才能救你一救！听为兄一句劝，不要痴心妄想了，拿着这些银子回家，重新讨个老婆过活吧。

李四满心里刚生出来的希望一下子碎得比来时更惨，万没想到鲁斋郎竟然是这样惹不起的主儿，这张珪只听得人家的名头就已经吓成这样，恐怕自己就算去了郑州衙门报官，也无非是求告无门，若被鲁斋郎知道，说不定追来将自己打死，那家中可怜的小儿女又如何活命呢！

走投无路，悲愤无极，李四也不能埋怨张珪，怨不着人家啊，悲悲戚戚地回了许州。

麻绳偏从细处断，厄运专挑苦命人。回了许州的李四到家一看，晴天霹雳，一双儿女竟然下落不明了！想必孩子们是想出门寻他，小小年纪哪里认路？

竟然丢了。这李四彻底蒙了，没日没夜开始找孩子。

转眼过了不少日子，许州的大街小巷、周边的孤村穷乡，李四走了个遍，竟然毫无音讯。有好心人提醒他，孩子们说不定也随着他当初的路线去了郑州，可去郑州找找。

李四一听深觉有理，急忙又二进郑州。这次他到了郑州直奔张珪家，上次是因为惹不起鲁斋郎所以不帮忙，这可以理解，这次是想让他帮忙找找孩子，这总不会不帮吧！

到了张珪家一看，不对劲，有日子没见，这位六案孔目怎么跟霜打了的茄子似的，毫无当日神采，连身子都佝偻了起来？李四大吃一惊，赶紧问这是出了什么事。张珪看看他，又是羞愧又是悲愤，长叹一声：“咱们俩，真是有缘哪，连命运竟也一般同！”

原来，不久前张珪一家出门踏青，不远处有人打弹弓玩，竟然打中了张珪的孩儿，这还了得？谁敢如此放肆？张珪当下就气冲冲地前去理论。没想到，打弹弓的正是那“花花太岁”鲁斋郎。

一看是鲁斋郎，张珪别说生气了，大气都不敢出，卑躬屈膝又是问安又是奉承，却不料鲁斋郎根本没心思搭理他，眼睛滴溜溜地绕着他妻子直打转。

第二天，鲁斋郎就派人去衙门找了张珪，开门见山就说，鲁斋郎看上你老婆了，这可是你的福气，当然咱们虽不在一个衙门，毕竟算是官府同僚，哪能白要你的老婆，把你老婆送来，鲁斋郎自然挑个新老婆还给你。

可恨这张珪，竟然惧怕强权到了毫无血性骨气的地步，百般思量后亲自连哄带骗把妻子送进了鲁斋郎府上，而鲁斋郎也没食言，真的给了他一个妇人让他当老婆。张珪毕竟人性未泯，哪里能就这么过日子啊，只得把这位妇人好好安顿在家里，自己天天以泪洗面。

李四听完此事简直难以置信，天下竟有如此蛮横如畜的权贵，竟有如此懦弱如虫的孔目！

可是看这张珪，虎目含泪、两颊消瘦，李四也不忍心多说，转身就要告辞。此时里屋突然传出哭声，想必是被鲁斋郎强配给张珪的那位女子，张珪听到，便招呼了一声，说大家都是苦命人，也见一见我苦命的兄弟吧。

那妇人啼哭着走出来，李四抬眼一看，大叫一声，险些又昏死过去。这不正是自己的妻子！

原来这鲁斋郎对待自己强抢来的民女，真好似对待猫狗玩物一般，喜欢便抢，不喜欢了就随手赏人，丧心病狂！李四又是喜又是惊，随后被满怀的怒气烧得坐立难安，你张珪胆小怕事，我不怕，豁出去一条命，我就不信这世上无天日！

两家人受尽欺辱，当官的张珪懦弱不堪畏惧权贵，倒是这个小银匠李四做好了拼死的觉悟，真叫人唏嘘。当然在这个时候，大快人心的转折马上到来，包待制包大人巡视到此，李四终于盼来了青天。

这就要说回这部作品的原名了——《包待制智斩鲁斋郎》。大家看戏看到此处，自然都知道了这个鲁斋郎权势熏天，一般的豪门官吏都不敢招惹他，包大人也不能硬碰硬啊！所以得智取。

关汉卿给包大人设计的这个智取，不得不说危险系数极高，他怎么做的呢？写了一份奏章，亲自上呈天子，写着民间有一恶徒，名叫“鱼齐即”，这名字，天子都够呛能念利索，鱼齐即，这名字太拗口了。包拯上书说这个鱼齐即苦害良民、强抢他人妻女、作恶百端，理应处死。皇上一看，嗯？哪儿来这么个祸害？名字也讨厌，理应处死那就处死吧。

包拯高高兴兴地就把鲁斋郎处死了。等过了些日子皇上想起来自己的宠臣了，派人去传，说怎么有日子没见鲁斋郎啦，宫人回禀：“早都让包大人处死啦！”

皇上大吃一惊，干什么呀！这包拯疯啦？怎么一声不吭把我爱卿处死了？马上把包拯找来问个究竟。包大人带着自己当时递给皇上的那份奏章，说您都批了呀，这个鲁斋郎作恶百端理应处死嘛。

一看那个奏折，鱼齐即三个字，鱼字下面被包大人加个日，变成了鲁；齐字下面也加了笔画，变成了斋；即字最方便，头上加一点，就成了郎，鱼齐即变成了鲁斋郎。皇上目瞪口呆，本想发作，但是包拯桩桩件件历数鲁斋郎的恶行，人也已经死了，再偏袒这些恶行徒损圣明，皇上只能作罢。

这就是《包待制智斩鲁斋郎》的大概故事内容，当然原作中还有两家人的后续生活，咱们就不赘述了。说到这儿，大家伙儿应该也能理解为什么后世有些文集里并不收录这部作品了吧？这对皇权大不敬啊，包大人弄的这玩意儿这是矫诏，是砍头的罪过，按封建律法来说比鲁斋郎罪过还大呢，这怎么能随意传播？有损皇权威严，显得咱包青天也不地道啊，所以藏起来不提。

但是《包待制智斩鲁斋郎》作为一部抨击封建社会豪强恶霸的优秀曲目，没有因为学术界的争议而消失，在1958年，中国京剧院为了纪念关汉卿戏剧创作七百年，将这部作品改编为《智斩鲁斋郎》重新搬上了舞台。

本回故事：关汉卿《包待制智斩鲁斋郎》

今夜拍案惊奇

第一四回
阋墙案

十年两案满门穷凶极恶
夺官争地一家绝顶坏种

下级官员一听这话吓得眼珠子都瞪出来了：“大人何出此言！江千户杀人千真万确哪！而且他也不是这一次才杀人，要不是他这一次杀人，他以前杀人的事我们都没法知道，他是一贯地杀人哪！”

同室手足犹成怨，路次闲人反着疼。
美恶性生天壤异，反教陌路笑亲情。

这回书的案子，是发生在明朝的真实事件，也被冯梦龙收录进了《智囊》。故事的主人公名叫高叔嗣，是明朝嘉靖年间的进士，当然也做了官。据说他的诗写得很好，本来想挑一首做定场诗，结果不知道是不是因为这位高大人仕途不太平顺，他的诗总流露出几分凄冷，不太合适。

虽然诗风不太适合，但这位高大人的另一个优点正好是咱们最喜欢的：断狱如神。这可不是戴高帽，而是当时有个专门记录他审案故事的人写的，说高叔嗣“善断疑狱，人以为神”，评价相当高。

据说高叔嗣平生断案无数，最厉害的是他在山西当官时审明冤案十二桩，咱们就聊一聊其中最出名的一桩。

高大人在出任代州太守时，收到一份诉讼案，是本地一个千户的遗产纠纷案。代州就是今天的山西忻州代县，雁门关就在那里，千户大家都熟悉，地方军职，明代的千户是可以世袭的。高大人收到的这份讼案，就是由这个世袭千户的制度引起的。

本地一个姓江的千户杀了人，据初审官吏说，杀人的人证确凿，只是还没得到江千户本人的口供，本应再审，但这个千户没等到判决就死在了狱中。他的职位当然应该由他儿子继承，可是他没儿子，这是个绝户千户，只能传给他弟弟。现在就是江千户的两个弟弟为了谁当这个千户闹个不休。

高叔嗣拿到讼案细细看了一遍，把主管此案的官员找来了，说你这个案子好奇怪，千户到底杀没杀人，你都没有搞清楚，现在好端端一个人，死在你牢里了，你笔锋一转只纠结谁承袭官职，你是不是有什么枉法之处？

下级官员一听这话吓得眼珠子都瞪出来了：“大人何出此言！江千户杀人千真万确哪！而且他也不是这一次才杀人，要不是他这一次杀人，他以前杀人的事我们都没法知道，他是一贯地杀人哪！”

这是什么语无伦次的话，听得高大人直皱眉：“住口住口，好好说，什么叫一贯杀人，他杀谁了？杀了几个？此前为何不知？这次如何东窗事发？”

原来这江千户平日里性格暴躁，对家中的亲眷动辄打骂，更别提外人了，前阵子在自己家因为琐事和妻子争吵起来，他妻子也不是轻易服软的性子，岂能任由他辱骂？忍不住回了几句嘴，没想到他如此暴虐，竟然随手抄起就近的器物就砸了过去，正砸中妻子的太阳穴，眼看着就不行了。

江千户虽然坚称自己是错杀，但他妻子的娘家人是一定要他以命相抵，不光把江千户家中的好几个下人拉拢成了此案的证人，居然还挖出了江千户十年前殴打族人致死的旧事一并上告。

据江千户家中的一个下人供述，十年前江千户曾打死两个族人悄悄埋了，那两个人都是光棍汉，在族里也没有什么亲近的关系，死了也没人替他们报官，何况大家畏惧江千户在本地的势力，所以竟无声无息地就此过去了。这次因为江千户在家中打死妻子，很多下人平日里早都对他的暴虐心怀不满，一看江千户丈人家铁了心要报仇，这才壮着胆子说出了这桩旧事。

初审的官员将杀妻案和十年前打死族人案合并一

处审讯江千户，结果可想而知，这两桩血案，他一个也不认。打死妻子倒是认了一半，人是他打死的，可当时是夫妻斗嘴在气头上失手了，并非蓄意要杀妻；至于十年前杀死族人的事，不但矢口否认，还怒发如狂咆哮公堂。

听了下级官吏的这番话，高叔嗣心里大概有了一点儿眉目，这个江千户，多半是被衙门里的人严刑拷打给打死了。不认罪就算了，还咆哮公堂，就算你是个千户，公门里的人也未必认你这个官，下级官吏出手狠毒也是有的，高叔嗣也不好多说。

但如果不是因为被控告十年前杀人的话，看样子这江千户也不至于发狂，这个案子似乎有什么蹊跷。高叔嗣又问下级："十年前这桩案子，除了那个下人，还有其他证人吗？"

下级官吏说："江千户突然死了，这案子就没必要再往下审了，眼下就剩下他的继承讼案了。"高叔嗣顿时不高兴了："岂有此理！他就是死了，也得死得明白，若是被诬告而死，你倒是不怕他做了厉鬼，是吗？"

下级一听这怎么还诅咒上了，人家当官都是多一事不如少一事，高大人你刚好相反，你这官能当舒服吗？当然，心里这么想，嘴上只敢认错，说这就回去查访。高叔嗣摆摆手："算了算了。"下级心里一乐：看吧，你也嫌麻烦。没想到高叔嗣接着来了一句："我亲自查办吧。"

行，这案子就成了高大人亲自审理了。第一步就是先把江千户老丈人一家叫来，问一下杀妻的案子。那一大家子，哭得上气不接下气，哭诉我们家女儿好惨哪，嫁给个活阎王啊这是，要不是江二哥给我们撑腰，我们这就要白白死一个闺女呀！

高叔嗣一听："欸？谁？谁给你们撑腰？"

苦主家说江二哥呀！要不是他急公好义、大义灭亲，我们哪敢告这个阎王爷啊！

仔细一问才知道，原来江千户妻子死后，老丈人一家畏惧江千户的势力，本想着忍气吞声，后来是江二哥来吊唁的时候仗义出手，愿意帮他们家找证人和打点衙门，这才闹上公堂。这个江二哥是谁呢？是江千户的亲弟弟。

有意思，亲弟弟鼓动嫂嫂娘家去告自己的亲哥哥。高叔嗣微微一笑，问这一家人："那江千户十年前的杀人案，也是江二哥告诉你们的吗？"

这一家人一愣，纷纷摇头说不是，是江千户家的下人牛旦说的。

那这个牛旦就得审问一下了，叫来后一看，年纪也不过二十啷当岁，高叔嗣还没开口都有点儿想笑，咳嗽了一声问：“牛旦，你在江千户家干活干了几年了呀？”

那牛旦想必是这些日子进出衙门次数多了，不胆怯也不尊重，油嘴滑舌：“好几年了呢！那哪儿记得清呀？！”

高叔嗣心中厌恶，马上冷下脸来：“记不清了？好，左右！打他十大板，看能想起来否。”

牛旦没想到这个官和之前的官不一样，之前的都只打江千户呀！吓得龇牙咧嘴大叫：“大人饶命！小的知错了！小的想起来了，三年了！到他家三年了！他总打骂小的，所以小的这脑子可能是叫他打坏了！”

高叔嗣一听，冷笑了好几声，吩咐左右立刻给我打！

十板子下去，虽不至于打出个好歹来，但是那牛旦立刻给打得老老实实的了，带着哭腔问：“小的已经想起来了，怎么还打呀？”

高叔嗣说你不是说江千户十年前杀了两个族人，是你亲眼所见吗？那你三年前才到他家，就当他杀人时你在场好了，十年前你在何处见他杀人？旁边还有何人？两个人被杀，总不至于现场只有你和江千户知道吧？人埋在哪里了？

牛旦也不是傻子，一看这个官的路数确实不一样，再不敢撒谎，老老实实交代了，自己其实只看见了江千户夫妻吵架，江千户失手打死了妻子，后来是江二哥找到他和家里其他几个下人出来做证，顺便告诉了他这件事，让他一并呈报官府。

原来，江千户老丈人家告状的事，里里外外都是这个江二哥在背后使劲，而这个江二哥，又正是江千户死后的继承人之一。现在下级递上来的讼案，就是江二哥和弟弟江老三的纠纷。

高叔嗣此时心中已经极为怀疑这个江二哥不安好心，为了继承哥哥的官职，趁着哥哥背上人命官司的时候翻出旧案来，想一举要了哥哥的命。其实这倒也不奇怪，兄弟之间大概是有自己的积怨，而且江千户确实打死了自己妻子，不管是不是他所说的失手，这罪行都够恶劣了，可能江二哥担心官府判个误伤人命，自己就不能坐享渔利，干脆把旧事抖搂出来给判决加码。

但是如果兄弟间感情已经如此糟糕，仇人似的，这江二哥为何十年前不告发？杀了两个人，江千户十年前就该死了呀！为何要等到现在呢？

为免打草惊蛇，高叔嗣假意把这桩杀人案按下不提，只以调查讼案的名义把江二哥和江老三叫到府衙问话。

这兄弟俩一上堂，高大人心中微微一凛：都不是善茬儿呀！古人大多都是信面相之说的，一看这江氏兄弟都是青黑面皮、浑黄眼珠、唇角刻薄如刀，高大人心里很是不喜。

二人上堂来互相斜睨一眼，鼻子里发出哧哧冷哼，哪里像是亲兄弟？看这关系顶多也就比不共戴天强一点儿。问起江千户的官职承袭，江二哥甚为暴躁，呼喝着说自己是老二，老大死了当然是由自己继承，哪儿轮得到老三了？这官司有什么可查的？

江老三也不是白给的，转头就是一顿俚语粗口大展示，大意是你算个什么东西，这么多年横行霸道惯了是不是，现在连我的东西都敢抢了，你和老大多少年互不来往了，现在抢着当弟弟，也就是老大死了，他要还有一口气，你敢给他泼脏水？什么杀人了，谁知道谁杀的？

江二哥突然眼冒凶光，一言不发冲上去就给了江老三一个窝心脚，江老三冷不防挨了这一下子，跳起来就要和江老二拼命，两旁官差吓了一跳，赶紧拥上去把二人拽开，公堂上乱作一团。

高叔嗣一直冷眼看着这兄弟二人的争吵，此时终于听到了自己需要的线索，一声大喝把这两个人喊得老实了一些，高叔嗣问江老三："你说的可是江千户十年前杀了两个光棍族人的事？"

江老三看了看江二哥，冷笑一声回禀说要不是这老二把那事抖出来诬蔑老大，他差点儿都忘了，当时那两个人连尸首都没找见，不知道老二怎么这么肯定人就是死了，说得这么肯定，难道是他老二亲手杀的？

原来，十年前江家曾与其他乡民争抢宅地，两方纠集诸多人手，几乎就要发生后果难料的大规模械斗，后来江家安排了族中两个光棍去与邻人传话，不知道说了什么，反正后来此事就没有再提起过。

而那两个光棍事后竟再没有出现过，有人说是去了外乡，有人说是死了，但是怎么死的、被谁所害，却无人知晓，经过那件事后，江家兄弟之间虽然不和，但江氏的凶蛮却出奇地一致，再没人敢和他们家发生矛盾。

居然是一出“兄弟阋于墙，外御其侮”的大戏吗？看这兄弟关系，不像呀。

而江二哥对此事也不反驳，说确实是因为宅地的事与邻居争斗过，但是那两个族人是江千户的手下，并非自己的人，江千户安排那两个人如何与邻居交涉、那两人如何死去，个中细节自己也并不全然知晓。

听到这里，高叔嗣生气了：“你并不全然知晓？并不知晓你为何就敢指使牛旦告发江千户杀了那两个人？现在你承认诬告兄长了是吗？”

江二哥一愣，赶紧摇头说并非诬告，那两个人确实是江千户杀死的，因为后来他问过那两个人的下落，江千户亲口说那两个家伙办事不力惹人生厌，料理了。

高大人又问：“当时你们争斗的宅地现在在谁的名下呢？”

江二哥一听又炸了，大喊大叫，说本来那片院子应该归自己，与邻人纠纷的时候也是自己出力最多，结果最后拗不过老大老三，就成了老三的了。

江老三“呸”地吐了一口痰：“那本来就是我住的院子！”

竟然是江老三的房屋，高叔嗣倒是意外了一下，他本以为这江老二上蹿下跳，为的是自己的地产，忍不住扭头看了看江老三，说你俩现在虽然闹得不可开交，但是我看你兄长对你还不错啊，为了给你争房屋，竟然肯随意杀人。

江二哥急得大吼："谁替他争房产了？那本就是我家祖产！再说了，杀人的可不是我，是老大！"

江老三似乎也没料到案子怎么扯着扯着开始纠缠当年的事，这时已经乱了方寸，也顺着老二开始说："不知道那两人有什么得罪千户的地方，我兄长性情跋扈，这一带谁人不知？杀他们也未必是为了我的事！"

高大人扭头问老二："既然你大哥跟你提过料理了那二人，但这十年来却无人得知那二人尸首的下落，你觉得应该是怎么料理的他们呢？"

江二哥头上细细密密的汗珠子汇流成串，随口说了句："恐怕就埋在外人去不了的地方了吧！"

好，问到这里，高大人觉得差不多了，该把这些零碎线索拧成绳了，一声令下派人去把当年与江家争产的邻人找来。

邻人找来后，看了一眼堂上的江家兄弟，脸色铁青，看上去又是愤恨又有一丝畏惧。高大人开门见山，问道："你十年前与江家争产时曾有两个他家族人去你家说和，后来你便不争了，当时那两人是谁派去的？"

邻人不假思索地回答说就是江老三派去的。

江老三闻言大骂：“满嘴胡吣！明明是千户派的人！”

江老二也愣了一下，看起来跟他知道的情况不一样啊。

邻人也恼了，回骂江老三说：“你欺人太甚也该有个度，你争抢我的房产，关你哥哥什么事？他要是愿意豁出去帮你，还用得着你杀了人来陷害我？”

此话一出，堂上人人大惊，连江老二都瞪起了浑黄的小眼睛瞅着邻人，就差伸出大拇指了：可以呀！今儿你算豁出去了。

高叔嗣马上追问邻人刚才这话是什么意思。邻居心一横，诉说了当年之事。

原来当时他与江家争抢宅地的时候，双方确实已经到了马上要搏命械斗的关头，谁知有一天江老三突然派了两个光棍来他家，没头没脑说了些侮辱人的狠话，他当时还给了其中一个几巴掌，因为争的那块地早都被江老三盖了房屋住着，所以那俩人叫嚣着叫他明日到江老三家对决。

但是第二天他没有去，还把家中召集起来的人手全解散了，此事就此作罢，宅地也不要了。

高叔嗣紧紧追问："这是何故？"

此时的江老三眼神中已经满是杀气，盯着邻居一眨不眨，邻居也毫不示弱瞪了回去，慢慢说："因为我得到消息，这恶贼听说那两人在我这里挨了巴掌，心里居然生出毒计，将那两个人杀死在家中，等着我第二天上门时栽赃陷害！"

邻人当时本来对这个消息将信将疑，为了稳妥起见自认倒霉放弃了争斗，但后来他意识到，消息应该是真的，因为那两人再没有出现过。

江老三勃然大怒，跳起来就要去殴打邻人，好在官差们早有提防，一棍子就给他敲老实了。高大人问邻人为何不告，邻居凄然一笑："并无实据，况且他既然能做出这种事，为人狠辣可见一斑，我如告官不成，后半辈子岂不是不会安生了？"

尽管江老三一再咆哮否认，但高叔嗣此刻已经心明如镜充耳不闻，甚至还略带微笑地问江老二："刚才你说江千户有可能在何处埋尸来着？外人到不了的地方对吧？兄弟连心，你弟弟当时可能也是这么想的。"江二哥这时候已经被这突然的变故惊呆了，愣在那里一言不发，高大人也不理他，抬头招呼官差："去，把江老三家里给我掘地三尺，细细地翻一遍。"

江老三不再反驳，双膝开始止不住地哆嗦了。

在他家那曾经差点儿引发械斗的大院子里，果然挖出了两具骸骨，头颅上刀痕宛然，触目惊心。

十年沉冤，一朝得雪，两个无缘无故被杀的光棍，泉下有知也会给高叔嗣大人磕个头吧。而江家三兄弟，一个杀妻；一个为了争夺官职积极买通下人，凭着当年的一些猜想往死里诬告哥哥；另一个为了争夺房产竟然能不动声色地杀掉两个人。真是满门穷凶极恶、一家绝顶坏种啊！

本回故事：冯梦龙《智囊》之“察智部”

今夜拍案惊奇

第一五回
妖猫案

独孤后莫名中邪术
女法师端粥收猫鬼

这个猫鬼能杀人，杀人的目的是谋钱财，每杀掉一个人，那个人家里的财物就会被猫鬼悄悄转移到养猫鬼的这户人家里。又谋财又害命，这是什么鬼！

道德三皇五帝，功名夏后商周。
英雄五霸闹春秋，顷刻兴亡过手。
青史几行名姓，北邙无数荒丘。
前人田地后人收，说甚龙争虎斗。

这回书咱们开讲“妖猫案”，主角乃是隋文帝。

说是妖猫，严谨一点儿应该叫“猫鬼”，听起来比“妖猫”更邪乎，更吓人，但史书上就是这么写的。什么叫“猫鬼”呢？估计就是只有猫的魂魄但没有实体。

这件事记录在《隋书》中，《隋书》是二十四史之一，由唐代魏征带领一群饱学之士编修的，在史书里评价很高。魏征，大家伙儿多少都有些了解，很正直的一个人，编修史书也不搞那么多曲笔隐讳，非常难得。

“猫鬼”事件在《隋书》里记录得非常翔实，的的确确是发生过的真实事件，当然这个故事咱们现在想都不用想，所谓的“鬼”肯定是抓到了，可是搞鬼的不可能是猫呀，小猫咪能有什么坏心眼子！坏的都是人。古代因为认知所限，导致的各种灵异谣言大行其道，咱们在宋朝的“帽妖案”里已经看得够仔细了，何况再往前几百年的隋朝，那更是神神鬼鬼天花乱坠。

这件事的起因是隋文帝的皇后生了病，据说浑身刺痛，难受至极，隋文帝急得肝火乱冒，御医里有人不但医术精湛，而且深通一些左道旁门，谨慎观察了皇后的病情后禀报说，怀疑这不是普通病症，而是有人使用了“猫鬼”巫术所致。

皇后被人使用巫蛊邪术伤害，在历朝历代这都是砍头的罪过，跟谋逆没什么区别，在隋文帝这儿，这罪过更严重，皇后身份尊贵那是当然的，皇后这个头衔自然是独一无二的，可是对于皇帝来说，如果皇后作为伴侣的身份是独一无二的，那这个感情就完全不一样了。

对于隋文帝来说，独孤皇后就是他生命里独一无二的人。

以前咱们聊到过，历史上唯一一个过着“一夫一妻”生活的皇帝，是明孝宗朱祐樘，他一辈子就只有一个老婆，也就是皇后。但是也有不少人认为，隋文帝和独孤皇后也可称为“一夫一妻”，因为隋文帝的子女全是独孤皇后所生，且他晚年宠幸了两个夫人，也是由于皇后去世，内心寂寞，才寄情新人。

不管隋文帝后来有了新宠是什么原因吧，尽管他在形式上没有履行一夫一妻制，但是在史书上翻阅他的一生，其实他和他的妻子是事实上的“一夫一妻”，而且是非常罕见的恩爱终生、至死不渝的夫妻。

独孤皇后是鲜卑人，叫独孤伽罗，当时佛教非常兴盛，这是她父亲按一个梵语词汇给取的名字。在崇佛信佛的社会里，鬼怪之说也很有市场，这是一体两面的嘛。隋作为一个全新的政权，这些巫蛊之说有时候也可以引为己用，成为一种政治手段，不用往远了说，就隋文帝和独孤皇后的儿子们夺嫡争权的时候，也用上巫蛊手段了。巫蛊当然没有用，有用的是将巫蛊作为诬告手段，这是另一个故事了，有兴趣的朋友可以去翻看一下相关的历史。

独孤皇后与隋文帝是少年夫妻，真正并肩经历了无数生死危亡的时刻，两个人的感情在史书上都是以“始终不渝”这种词汇来形容的，那皇后突发怪病这种事，可想而知对于隋文帝来说有多严重。本来对于“猫鬼”之说，皇上是半信半疑的，但这病也得有个说法呀，马上给我查！

一查不要紧，可坏了，越国公杨素的老婆也得了怪病，和皇后一样，浑身刺痛、水米不进，越国公也正在家急得挠头呢！

越国公杨素，可不是吃素的，隋朝开国功勋，隋文帝还没有当皇帝时人家俩人就是情投意合的铁哥们了，如今虽然朝堂上是君臣，但私下里还是好朋友。好朋友就好朋友吧，怎么倒霉事也一起来呢？我老婆突然病了，你老婆也病了？怎么回事啊，这是？

这时候隋文帝就想起来此前有人跟他说过“猫鬼”害人的事了，说隐隐约约听说过呀，您那个小舅子独孤陁，家里养了“猫鬼”。

独孤陁是独孤皇后同父异母的弟弟，为人没什么能耐，不过姐姐当了皇后之后当然也是鸡犬升天，贵为皇亲国戚了，可是这人也可笑可恨，能耐小却毛病大，他因为独孤皇后把父亲的爵位给了他瞧不起的长兄，一直心怀不满，都不藏着掖着，满世界宣扬，特别没出息。

这里插一句，独孤皇后的爹叫独孤信，是历史上著名的美男子，一辈子有三个老婆，大儿子是第一个老婆生的，独孤皇后是第三个老婆生的，中间第二个老婆生了包括独孤陁在内的六个儿子，尽管全都因为独孤皇后的关系当了皇亲，但是内心那个家庭内部的尊卑关系还是在影响着他们的一生。

独孤陁喜欢研究左道旁门，史书上也有记载，说“陁性好左道，其外祖母高氏先事猫鬼，已杀其舅郭沙罗，因转入其家”。他外婆就养猫鬼，把他舅舅杀了。好家伙，这手段挺凶残哪，这个舅舅和他外婆肯定也不是亲母子，又是什么大老婆二老婆斗争、杀害别人儿子的事，这种手段没想到被独孤陁给继承了，有人觉得不太好，早都跟隋文帝提过，你小舅子在家鼓捣猫呢，只不过隋文帝夫妇也不放在心上，没有当回事。

以前不当回事，现在为什么觉得是个事了呢？因为不光皇后病了，越国公的老婆也病了，这两个人放在一起，隋文帝就不能不怀疑独孤陁搞鬼了。这又有什么联系呢？因为独孤陁的老婆，是杨素的妹妹，而且呀，也是同父异母。

你看看这事，这两口子，自己同父异母的哥哥姐姐都成了人间极品，自己心里那叫一个难受，那叫一个不平衡，那叫一个妒火中烧，根本不想想凭自己能过上如今这日子不，只怨恨这哥哥姐姐凭什么不给自己更多荣华富贵。这么两个玩意儿，搞出“猫鬼”这种阴毒手段来，很合理，隋文帝不信都不行。

猫鬼之术具体是个什么巫术呢？很邪门，史书上记载："其猫鬼每杀人者，所死家财物潜移于畜猫鬼家。"就是说这个猫鬼能杀人，杀人的目的是谋钱财，每杀掉一个人，那个人家里的财物就会被猫鬼悄悄转移到养猫鬼的这户人家里。

又谋财又害命，这是什么鬼！隋文帝立刻把另一个小舅子叫来，让他去悄悄试探一下独孤陁的口风，是不是家里养了这种鬼东西。

虽然神鬼之说在当时的民间根基深厚，但是皇家会如此轻信吗？我个人觉得这个事吧，隋文帝对所谓猫鬼邪术是半信半疑甚至可以说是信得少疑得多，但为什么要大张旗鼓地开始当个正事来办呢？这跟此事发生的时间极有关系。

从史书记载来看，这件事应该是发生在开皇十八年，也就是公元598年，这一年的独孤皇后，已经五十四五岁，她一生生育了十个子女，历遍风云变幻，这个时候已经进入晚年，事实上再过几年这位与丈夫并称"二圣"的传奇女性就要去世了。就在她五十多岁的时候，发生了一件在他们夫妻关系中极为重要的大事，这件事直接影响了他们晚年生活中的很多决策，当然也会包括这个可大可小的猫鬼事件，这件事呢，我称之为“隋文帝出轨事件”。

听着简直一派胡言，皇上怎么可能有出轨这种说法！但我这是站在独孤皇后的立场上来说的。

前面咱们也说了嘛，虽然形式上宫中也有其他没有名号的侍妾，但是事实上他们夫妻多年来是同寝同食形影相随的，据说还是小夫妻的时候，当时还没当皇上的杨坚就立过重誓，说这辈子绝不会有异生子，就是说我这辈子只和你生小孩。独孤皇后生性刚毅，而且对爱情非常执着，她对杨坚的感情被后世很多人苛责为善妒、霸道，其实放在今天来看，那种占有欲里都是她对白首同心的强烈渴望和坚持。

杨坚确实也是少见的恩爱型丈夫，恩爱到上朝跟上班一样，每天老婆送到宫门外，下了班高高兴兴出去一看，嘿，我老婆已经在等我了。结果这种相亲相爱的日子过到两个人都进入晚年时，有一天独孤皇后得知，丈夫突然临幸了一个貌美的宫女。

史书上对这件事也是非常八卦地大书特书了一番，说独孤皇后得知此事后怒不可遏，趁隋文帝上朝就把那个无辜的宫女给杀了，隋文帝下朝后得知此事，气疯了，你这是给我脸子看哪！我就不能兴之所至吗？你这让我还怎么做人！一气之下，离家出走了。

史书里详细地描述了这次离家出走，说隋文帝“单骑从苑中出，不由径路，入山谷间二十余里”。隋文帝一个人骑着马嗒嗒嗒跑出去二十里地，后来被两个亲近大臣连哄带劝才拽回宫。

当然两口子重归于好了，只是白白枉杀了一个可怜宫女。可是这件事对独孤皇后的打击是巨大的，可以说是非常非常大，经此事后，一生率直强悍的独孤伽罗，整个人的精气神都不对劲了。史书中写了四个字：“意颇衰折。”从情感角度来看，大伙儿应该都能理解这种打击带来的心灰意懒。

所以在这个背景下，隋文帝在意识到这件事对皇后竟然造成重创后，恩爱之情中更添了许多悔恨和弥补的情绪动机，这就不难理解为什么他会把猫鬼事件当回事了。

真正当回事的不是子虚乌有的巫蛊，而是自己的心事。

隋文帝派了另一个小舅子去试探独孤陁，没想到独孤陁吊儿郎当地直接否认了，什么玩意儿？我家没有！隋文帝一看这态度，没有？没有就完啦？你姐姐我老婆现在病了，你看看你这个德行，一点儿关心的意思都不表达一下吗？火气冲头，直接给贬官了。

独孤陁也是个二百五的性格，贬官就贬官了吧，天天抱怨，不是念叨皇上有问题就是叨咕皇后有毛病，这话很快就传到宫里，隋文帝大怒，立即派了好几个高官一起去他家查看是不是有猫鬼。

这些高官都是重臣，其中有一个还是当初皇上离家出走时追上去劝的那位。咱们皇上和皇后往日的交情、今日的嫌隙大伙儿心里明镜一样，都想着赶紧办案吧，当大事办，得让皇后感受到皇上心里可还是只有她一个人哪。

一办就给办明白了。之前不是有人就说过独孤陁的外婆养猫鬼吗？还害死了人什么的，好像他母亲也得了真传，那就查查他家里有没有以前跟着他母亲的下人，找找知情人。结果一找不得了，何止是知情人，直接就找见了当事人，是一个叫徐阿尼的婢女。

这徐阿尼本身是独孤陁母亲的婢女，后来就侍奉独孤陁了，她会养猫鬼并操纵猫鬼的事独孤陁早都知道，但是以前也没怎么当回事。后来有一天，这独孤陁向自己老婆要零花钱买酒喝，他老婆很烦他，直接给骂回去了："钱钱钱，就知道问我要钱，我会生钱啊？没有！想喝酒自己想办法去！"

独孤陁吃了个瘪，闷闷不乐，突然想起自己的亲娘了，亲娘不是说猫鬼那玩意儿能当小财神使唤吗？徐阿尼呢？把徐阿尼找来。就从这儿开始，徐阿尼开始养猫鬼了。

最初的时候，独孤陁恼恨自己老婆，又不敢跟老婆闹，就迁怒于老婆的娘家，娘家哥哥不是越国公杨素吗？好，指使徐阿尼操纵猫鬼去越国公家里给我偷点儿钱财来。

具体偷到钱财没有史书上没有说，我估计是没有，要是个活着的猫猫，你说它出去叼了点儿东西回来，那我信，但是叼什么你也不可能控制得了，小猫自有安排，可是猫鬼是什么呢？是魂魄，搞笑呢？

所以这个独孤陁应该是没从越国公家里得到任何飞来横财，但是他很荒唐，并不觉得猫鬼不存在，反而认为是自己选错了对象，于是安排徐阿尼干一票大的，你直接派猫鬼去宫里吧，去控制住皇后，让她以后没事就给我多来点儿赏赐。

据徐阿尼说呢，这个猫鬼她早都放去宫中住下了，只不过近来皇后才病发而已。

真是神乎其神，调查的官员们虽然将信将疑，但是看人家说得头头是道的，不管了，先把你那个猫鬼赶紧从宫里叫出来！

于是徐阿尼就在一帮官员的注视下，一本正经地在宫外作法了。这场法事也被记录在案，咱们来看一下，这个原文是这样的：“阿尼于是夜中置香粥一盆，以匙扣而呼之曰：‘猫女可来，无住宫中。’久之，阿尼色正青，若被牵曳者，云猫鬼已至。”

这法事也太简陋了吧？这徐阿尼就端一碗粥放在那儿，拿个勺子敲碗，边敲边念：“猫女快回来吧，别住在宫里啦！”然后呢，脸色一变，身子东摇西摆跟有人拽着她似的，这就是猫鬼回来了。

这不就是最普通的装神弄鬼吗？这位猫鬼也太简朴了，自己又能搬运财物又能伤人性命，结果，只需要给碗粥就能驱使，这是龙肉熬的粥吗？

不管我们现在看这个场景有多滑稽、这件事有多荒唐，总之一千多年前的这一场巫术表演，确确实实差点儿要了一个皇亲国戚的命。隋文帝得到回禀后那肯定不能容忍啊，这什么小舅子，纯属小畜生，不可饶恕，马上下令处死，顶多允许你死得体面点儿，回家自杀去吧。

独孤皇后听说自己这次生病居然是因为同父异母的弟弟使的妖法，大为惊骇，太伤心了，可一听皇上要处死独孤陁夫妇，马上不答应了，哀求隋文帝放弟弟一条活路。独孤皇后深明大义，她对皇上说：“如果独孤陁是做了对不起社稷和百姓的事，那我绝不求情，他死不足惜，可如果是因为他意图加害我就要杀他，我很不忍心，你看现在我也没有受到很大伤害，就别因为我的私事动用这么严重的刑罚了，对皇上的声誉也有损哪。”

最终独孤陁被贬为平民，郁郁而终。而隋文帝也因此特意下诏，如民间发现有人搞这种猫鬼蛊毒之术，立即流放。

充满诡异色彩的宫内猫鬼事件就此结案，但随着隋文帝兴师动众的下诏严禁，民间对猫鬼妖术的传说和恐惧反而愈演愈烈，很多奇形怪状的巫蛊之术也悄悄流传开来。这种乱象一直延续到唐朝，唐高宗时期修订颁布的《唐律疏议》里还说道：蓄造猫鬼及教导猫鬼之法者，皆绞；家人或知而不报者，皆流三千里。这刑罚不可谓不重，不过说句题外话，唐高宗颁布的这个条律，不知道是不是因为萧淑妃临死前诅咒武则天的那句话：愿我来世为猫，阿武为鼠，生生扼其喉！

本回故事：二十四史之《隋书》

今夜拍案惊奇

第一六回
疑尸案

一张纸契兄弟反目
两颗人头偷梁换柱

郑方让大伙儿一顿叫嚷，也忘了自己已经死了的事了，跪下来看着那个恐怖的人头，眼眶含泪说：“这是我的恩人哪！”

今日不解斗米仇，当时慷慨升米恩。
螳螂正是遭黄雀，岂解提防挟弹人。

这个故事的来源比较庞杂，案情核心的故事线来自两本古代法学作品，一本叫《疑狱集》，是五代后晋的一对父子合著的。另一本的名字不太好记，叫作《棠阴比事》，“棠阴”出自《诗经》，后世专用来形容良吏的政绩；“比事”是指一种修辞手法。这本书的作者是宋朝的一位叫桂万荣的人，他将《疑狱集》和其他断狱类文集整理编撰后，用排比对照的方式出了这么一本书，原著的每一个案例起名都是四个字，然后选两个案子放在一起，两句两句跟对联似的，所以叫《棠阴比事》。

这个案件的核心部分就是来自这两本书，但核心故事线在后世很多话本小说或公案小说里都各有发展，所以我们把它们杂糅一下，图个热闹。

故事发生的年代地点不可考，按照比较早期的《疑狱集》往前推，就当是发生在唐朝某地吧。

某县的县衙这一天突然有人来报官，说是出了人命，县令赶紧升堂。

报案人是一个中年男子，穿着乡下人的粗布衣裳，看起来像赶了远路而来，满面风尘色，怀里抱着一个布包袱，站在堂下不住地发抖。

县令问他姓甚名谁？家住哪里？状告何人？杀了何人？该男子双唇干裂、声音嘶哑，应该是匆匆赶路大口喘气导致的，边说话边咳嗽，惊魂未定。此人自述是本县人士，家住城郊河西村，名叫郑方。

刚说到这里，县令和堂上的衙役们同时发出一声惊呼："咦？"

郑方一看大家这个反应，也愣了一下，正要继续说话，县令先开口了："你说你住哪里？叫什么？"

郑方有点儿蒙了："回禀大人，我叫郑方，家住河西村。"

县令霍地一下站起来了！不可思议地瞪着郑方，又像是在发问又像是在自言自语地说："怎么可能呢？郑方？郑方死了呀！凶犯都要伏法了呀！"

郑方一听这话惊得双手一软，怀里一直揣着的那个包袱咕咚一声掉了下来，旁边一个衙役看他站立不住，赶紧上前去帮忙把那包袱拎起来，没想到一下子捏住了一个布角往上一提，反倒把只系了一个扣的布包袱给抖开了，只听咚的一声闷响，咕噜噜，一颗血污不堪的人头滚到了堂中央。

这一下满堂炸开了锅，任凭你怎么见多识广，眼前这一幕也足够把三魂七魄给吓飞一半了，衙役们的尖叫声冲天而起，县令大人差点儿大吼一声夺门而逃，好不容易大伙儿镇定下来，县令都忘了刚才自己说郑方已经死了的事了，他现在比刚进门的郑方哆嗦得还厉害，指着下面那个脑袋问："这是何人！"

郑方让大伙儿一顿叫嚷，也忘了自己已经死了的事了，跪下来看着那个恐怖的人头，眼眶含泪说："这是我的恩人哪！"

县令终于又坐下了，强作镇定，开始问："你恩人？你恩人是谁？是哪里的人？怎么死的？"

这会儿郑方反倒比堂上众人冷静了些，把恩人之死细细回禀。原来，这郑方前些日子从家中外出，本来是要去别的郡里办事，不料走到邻县时路遇暴雨跌落土崖，万幸被人救起。救他的人叫周有粮，是邻县乡下的一个药农，刚好进山挖草药，雨后救起摔坏的郑方后就安顿在自己家，不但给他细心治伤，还许诺等他康复后送他回家。

在药农周有粮家住了七八天后，郑方感觉身体大好，也不打算回家了，还是要按原计划去外地，这些天跟周有粮已经相处得情投意合，结拜为异姓兄弟，所以也力邀周有粮和他一起去外地转转。

周有粮虽然舍不得挖草药的活计，但是从未去过别的郡县，于是便兴致勃勃地应允了，但是出发前三天，他们本县有药市大集，这是必须去参加的，前几个月的收获都等着在这个集市上卖个好价呢！郑方本来也要跟着去，周有粮担心他摔坏的脚踝不能过劳，还是劝他在家调养，自己早去早回。

这一去就是三天，郑方也不清楚是不是集市上有什么规矩必须待这么久，只能在家里等着，等到昨天早上，迷迷糊糊刚起床往外走时，看见院子当间一个乌糟糟的圆球，紧走几步上前，大叫一声差点儿昏倒，正是眼前这个人头。

郑方惊骇得浑身血都凉了，找了块布包起人头就跑，到了大路上沿路又是给钱又是哀求，辗转蹭了好几辆路上的车才赶来县衙报官。

听完郑方的回禀，县令问你第一反应为何不是去他家县里报官？郑方带着哭腔说我也不知道啊，可能是吓坏了，只想着回本县心里才踏实，他们县城我都没去过，根本没反应过来。

县令点点头，说这倒也合理，但是这个人头，“哎呀，你怎么知道这就是周有粮？这脑袋你看看，面目全非了呀！”

确实，那头颅虽然明显是个人头，但壮着胆子细看，整张脸上不知被砍了多少刀，而且血污已经干渍，还混了些泥沙之类的脏东西，除了能看出是人头外，实在分辨不出面目。

这倒是把郑方给问愣了，看看脑袋再看看县令，怔怔地说：“周大哥是光棍汉哪，家中只有他一人，如不是他，谁会把别人的脑袋扔到他家？”

县令听完想了想，说：“不对呀，也有可能是他有什么仇家，杀了人栽赃，再者说了，就算是杀了周有粮，有什么必要把脑袋扔回去呢？你也说了嘛，他家中没有别人……欸？难道是为了栽赃于你？还是说，你贼喊捉贼？”

县令这是一边分析一边念叨，想到哪儿说到哪儿，可把郑方快吓死了，急忙大喊冤枉啊！我我我，好端端地为何要杀害恩人哪！

“嗯嗯嗯，确实，你似乎也没有杀人动机……”县令还自顾自嘀咕呢，突然旁边一个老衙役开口了：“大人，您看这个脑袋，和郑方那个尸体……”

郑方彻底疯了：“什么？我的尸体？我这还喘着气呢，咱们这县衙是怎么回事啊？”

县令一听老衙役的话却大喜过望地一拍巴掌：“哎呀！正是正是！说不定就是一套！”

县令深呼吸了一下，抬头对郑方说：“你呀，你先别急，你家还有别的事我还没来得及跟你说呢，你不知道吧？三天前你都下葬了呢！”

什么叫我下葬了？郑方此时的嘴巴张得像是能把地上那个脑袋生吞下去，县令搓搓手，说你别急别急，这事肯定是出岔子了，本官给你捋捋。

县令慢慢一捋，原来郑方家里的恐怖事件，比起他在周有粮家见到人头也不遑多让。前些天，县衙来了一群人大叫大嚷着报官，说河西村的郑方被人杀害在家中，县令和官差到了他家一看，好家伙，多大的仇哪，脑袋都砍下来了，只剩下一个身子斜躺在院子里。

随后便审问了郑方的老婆和四邻，才得知郑方稍早些时候说要去外郡办事，提前把老婆送回娘家去了，四邻也一直以为他家中无人，没想到那天他老婆回来，一进院子就看见郑方的无头尸躺在地上……

郑方一直大张着嘴巴听，听到这儿急了：“头都没有，怎么就说是我！”

县令摆摆手示意他安静：“那还能错吗？你老婆说的呀！那尸体身上穿的就是你的衣服哪！”

“我的衣服？”郑方这下可真的蒙了，感觉自己掉进噩梦里了，突然想起来县令此前说凶手都快伏法了，赶紧追问，“那是谁杀了我呢？欸，不对，那是谁杀了……杀了谁呢？”

这都什么话？还好大家都能听懂，县令这会儿有点儿羞惭了，站起身走下去扶起郑方：“如今看来是本官错判了，哎呀，此案看来另有蹊跷……哎呀，那个啥，我把你老婆当成凶犯了。”

原来县令一看这出了远门的人被杀害在家中，询问了一圈亲戚四邻，都说郑方为人很好不可能与人结怨，那不用问了，肯定是他老婆在外面有奸情哪，编造出什么出外办事的鬼话，悄悄勾结奸夫把他给杀了，然后假装自己不在场，至于为什么把头砍掉了嘛……还没审问出来。

那怎么可能审问得出来嘛！

郑方听到这儿急得都快哭了，“大人您这是什么办案逻辑啊？我老婆不是那种人啊！奸夫，哪儿来的奸夫？！您审出奸夫了吗？”

哪儿来的奸夫？郑方的老婆当然不肯招认，这几天这县衙里还正头疼这个案子呢！此时县令自知理亏，赶紧叫人去牢里把郑方老婆放出来带上大堂。夫妻相见恍如隔世，郑方的老婆又惊又喜又有天大的冤屈，脸上的表情都扭曲了，两个人抱头痛哭，哭了半晌好容易刚缓口气，他老婆一扭头，冷不防看见那颗人头，一口气没倒上来，昏过去了。

先不说这两口子如何互诉惊魂吧，这个脑袋现在得去跟郑方家下葬的那个尸体相认一下了，看看这到底是何人。

假郑方的尸体前两天刚下葬，今天又要挖出来，而且真郑方根本没有死，还带了个脑袋回来报官……事情乱成一团麻，村里的男女老少全蜂拥到坟前看热闹。众目睽睽之下，那个尸身被放在地上，那颗脑袋摆上去……坏了，不是一套。

脖子都对不上！根本不是一套！

这是两个尸体呀！县令的怒气被激起来了！好呀，

哪儿来的狂徒胆大包天杀人如麻，还差点儿害得本官草菅人命。

那是人家害的吗？县令不管，他觉得这凶徒不是在祸害郑方，而是在挑衅自己，不杀不足以平己愤，气冲冲地回去了，一边上报州府，一边给邻县的县令飞鸟传书，他俩有私交，把这个案子呜里哇啦说了一通，又把自己的怒气呜里哇啦说了一大通，邻县一看我的天爷，我县里的尸体飞到隔壁仁兄县里去了？这我得好好查查。

到了周有粮所在的这个县，案情进展就提速了，起码认识周有粮的人有不少。县衙找来专门验看修补尸体的人——这里咱们插一句，虽然有记录说唐代已经出现了专门的仵作，但这个职务名称是在宋代才被大规模地使用和传播的，咱们就说专业人士吧！这位专业人士把那个尸体和脑袋擦擦洗洗缝缝补补，完事以后一看，这尸体的原主人是个已经进入老年的男子，而且看情况死了很久了，起码在郑方离家之前就死了。

而那个脑袋，竟然被收拾干净缝补得能看出来面目了，郑方一看，可不正是周有粮？

这下就好办了嘛，去同村的药农那里打听了一圈，结果很多人都说，前阵子去赶大集的时候还看见周有粮呢，但是只去了小半天就走了。查访的官差们回到衙门各自把打探来的消息一汇报，原来周有粮去大集的时候是和他的堂兄周有义同行。

周有义就住在周有粮邻村，相距不远，县令很着急，别让这厮跑了！他有重大嫌疑，快去！

去了一看，周有义踏踏实实在家待着呢，一看如狼似虎扑进来一帮官差，吓了一大跳，话都没说利索呢，就被锁到县衙去了。

这边的县令是个火爆脾气，上来直截了当就大喝一声："说！你把周有粮的尸身扔到何处去了？！"

周有义吓得脸都白了："尸……尸身？什么尸身？"

那当然是打死都不肯承认自己杀了周有粮，更别提郑方家的尸体是怎么回事了，他压根儿也没见过郑方呀！据这个周有义交代呢，他和周有粮相约一同去大集，去了半天就给手里的药材找到了买主，然后周有义说家中还有别的事，急急忙忙就赶回来了，二人就此分手，再没见过。

虽然也动了大刑，但周有义就算已经皮开肉绽，也死不认罪，把两边的县令都给难为住了。此时有官差献计，说可以去周有义家里细细查看一番，万一他是在家中杀害了周有粮，那说不定还能找到血迹。

结果官差们在周有义的破院子里一寸一寸地勘查了两天，却并未找到血迹。可是，天不藏奸，虽然没有血迹，却找到了别的东西，整个案情就此才真相大白。

县令再次提审周有义时，又问了一遍他何时与周有粮分手，周有义的回答与此前一模一样，县令倒也不气，甚至还微笑起来，说分手的时候是各回各家了对吧？周有义说当然。县令又问："那你为何把他的骡车赶回你家呢？"

原来，官差们虽然没找到血迹之类的东西，却从邻居处意外得知周有义院子里的骡车不是他的，他穷得叮当响，哪儿来的骡车？把郑方带去一看，那是周有粮的。

突然被问到骡车，周有义愣了一下，随即坦然回答说是周有粮借给自己的。

一听这个，县令点点头，从桌上拿起一张纸说："很好，借给你的。那么这纸契约，也是他借给你的吧？"

看见那张契约，周有义的脸彻底僵住，一句谎也编不出口了。那是郑方与外地某人的借贷契，此次郑方正是要去取回自己的一笔钱财。

铁证面前，周有义只能一五一十地讲述了整件事。

原来，那周有粮虽然救了郑方，却也并非心存什么善念，只是当日他意外看到郑方身上的钱袋似乎很富裕，心里想着救他一下应该能得不少报答，而郑方也应该庆幸，自己只是崴了脚一时无法起身，如果是昏死过去，恐怕后果就难料了。

被救的郑方对周有粮十分感激，而周有粮的演技也堪称精湛，憨厚热忱，把郑方骗得死死的，郑方将自己的家事毫不提防地告诉了周有粮，得知郑方是要去别的郡县拿一大笔钱时，周有粮心里开始有了一个恶毒的计划。

郑方获救不久前，周有粮在山里曾遇到一具尸体，似乎是倒毙在那里的流浪乞丐，他也没采取任何措施就绕道走了。现在偶然救起一个财神爷，如何把他的这笔钱弄到手，周有粮颇花了一番心思，终于想到了一个自以为万全的计划：那就是偷梁换柱。

将那个乞丐的脑袋砍掉，身上换上他随手就能偷出来的郑方的衣服，然后把尸体运到郑方家，趁夜色扔进院子，等有人发现时，会以为是郑方已经被害。他知道郑方妻子也回了娘家，此事并不十分难办，只是搬运尸体去邻县还是比较麻烦的，刚好有大集，他只需将尸体藏在骡车上掩盖起来就行，到时候去集上晃一下，制造一个自己也去了大集的假象。

坏就坏在堂兄周有义每次大集都跟他一起，这次也没有借口支开，周有粮一想到搬运尸体毕竟危险，多个帮手也好，干脆将此事告知了周有义。周有义比他更加阴险狠毒，一听不但不觉得丧尽天良，反而兴高采烈，追问周有粮尸体搬过去之后打算怎么办？

周有粮得意扬扬，说郑方就等着他从大集回来一起去取钱呢，他知道出了本县不远处有座孤山，到了那儿，找机会把郑方推下去就完事，自己美滋滋去取钱，反正契约在手，对方哪管来的是谁。越说越觉得自己的计划天衣无缝，周有粮从怀里掏出一张契约显摆起来：看，我担心万一下手的时候没机会掏出来，干脆已经提前偷出来了，那郑方对我信任无比，压根儿不知道。

周有义一看契约上的钱数，眼珠子直放光，嚷嚷着让周有粮带着自己一起去取钱，周有粮一口回绝，只说我回来后当然会给你一份。

万一你不回来了呢？周有义虽然心里这么想，却没明说，按计划与周有粮一起将乞丐的尸体用骡车送去了郑方家，等到半夜丢进了院子就匆匆折返，到了本县境内荒僻处时嚷嚷着撒尿，两个人便停在路旁，他趁着周有粮不备，举起采药用的镰刀没头没脑一顿猛砍，解决了他，砍下脑袋带走，把身子往远处荒地里一藏，当然没忘了把那份契约揣回了家。

周有义砍脑袋做什么呢？他担心郑方等不回周有粮，着急之下自己动身，收拾行李的时候不就发现契约不见了吗？干脆我来个栽赃陷害，把周有粮的脑袋割下来扔回他家，心说这下这郑方可脱不了身了，等他背上官司，我再踏踏实实去取钱。

离奇的无头案和只有头案，结果就是这么毫无人性的两兄弟整出来的，两个县的百姓都震惊得无以复加。官差拖着周有义去找被他扔进荒郊的周有粮的尸体，又拖着他去郑方家指认现场。郑方村里一个老头儿突然冲出来举起枣木拐杖把周有义敲了个血流满面，旁边的官差吓了一跳："大爷您这是干吗呀！"

老头儿气坏了："畜生！当日还问我郑方家住何处，我好心给你指路，合着你是连累我帮着你缺德呀！"

原来是那位指路的老头儿。

本回故事：和凝、和〈山蒙〉父子合著之《疑狱集》及桂万荣《棠阴比事》等

今夜拍案惊奇

第一七回
密室案

兄嫂横死厉鬼行凶
刑侦狂人密室逃脱

一群人大呼小叫，里面也不应声，老二急了，带着两个下人喊着号子就开始撞门，哐当撞开后，大伙儿一拥而入跑进里间，瞬间全部都发出撕心裂肺的尖叫声。

莫唱当年长恨歌，人间亦自有银河。
石壕村里夫妻别，泪比长生殿上多。

这一回咱们讲一个古代的密室逃脱案，故事原型来自清代著名文人袁枚的《子不语》。袁枚，大伙儿都熟悉，咱们以前上语文课的时候就讲到过，他最擅长写诗和散文，这首定场诗就是他的作品。袁枚在世时已经很有名望，与纪晓岚并称为“南袁北纪”。《子不语》是本志怪小说集，名字来自《论语》中的一句话——“子不语怪力乱神”，搞笑的是这本书里基本上讲的全是怪力乱神，说是“子不语”，但他语了又语。

这个故事原型在《子不语》里也是以怪力乱神的局面结束的，很是荒唐，但后世很多民间文艺创作者对它做了科学性的扩编，把怪力乱神变成了善恶交锋，戏剧性和合理性噔噔噔上了好几个小台阶。

故事发生在清朝雍正年间的河南洛阳，某村有一户姓张的人家，在本地算是富户，家里有三进的大院子，由老太太和两个儿子同住。大儿子张老大已经婚娶，与老婆王氏住在前院，老太太和小儿子张老二住在后院，一家人和和美美，靠着祖产过日子。

有一日，张老大的老丈人派人来传话，说家里有些事情，想叫女儿回去一趟，王氏就随着娘家人回去了，说好了三天后回来，因为两家不在同乡，路上得走大半天，所以叫张老大三天后下午申时去村外大路上迎一下。申时也就是咱们现在的下午三点到五点，王氏以往回娘家基本上都是这个时间段回来。

到了第三天，不巧张家的田庄上出了急事，张家兄弟俩忙了一天，到了下午一看日头偏西，张老大突然想起来妻子今天回来，差点儿忘个干净，慌忙间自己又抽不开身，便叫弟弟赶紧出村去接一下。

这一大家子向来和睦亲热，也没有什么避嫌之说，张老二一听忘了接嫂子了，赶紧牵了个骡子骑上就走。

走的时候已经是申时末，结果张老大把活都忙完了，回家等啊等，等到戌时初还不见人回来，这就是现在的晚上七点多了，心里不免就七上八下，正准备自己去接，妻子和弟弟回来了。

既然安全回来了，自然大家都松口气，热热闹闹地吃了饭，饭毕各自回房歇息，第二天还得去田庄上呢。

第二天一早，老太太和张老二等着老大家两口子来后院吃饭，可左等右等不见来。

张家的院子前院是主院，本来吃饭都在前院，后来老大娶了媳妇后父母将前院给了他们两口子住，大伙儿还是在前院开伙，再往后老爷子去世，老太太直接把厨房搬到后院来了，大家这就全挪到了后院吃饭。今天等得早饭都凉了也不见老大过来，老太太不太高兴了，埋怨老二说："你昨天晚上和你哥喝了多少酒啊，怎么睡得这么死！"

张老二怕母亲生气，赶紧起身，去前院叫哥哥起床。到了房门外，先是轻轻敲窗户叫唤，没回应后打算开门进去，发现门在里面闩上了，心里咯噔一下，直接咣咣咣连砸带喊。张家只有两个做饭兼着伺候老太太的下人，都住在后院，这时候听见喊声赶紧跑来，连老太太也跟着过来了。

一看反锁着门，窗户也打不开，一群人大呼小叫，里面也不应声，老二急了，带着两个下人喊着号子就开始撞门，哐当撞开后，大伙儿一拥而入跑进里间，瞬间全部都发出撕心裂肺的尖叫声。

张老大两口子死了，死在了床上，看起来还没有脱衣服就寝，并排在床上和衣而卧，从脖子到胸前已经被血浸透了。

县衙接到报案火速派了官差和仵作前来，查看一番后，得出结论：是被利刃捅刺咽喉杀死的，手法可以说是极尽凶残。官差一看这不用问了，这是凶杀案哪，昨天这俩人白天干什么啦？夜里几时睡的？平常有没有仇家？

随便问了几句后官差大手一挥冲着张老二点点头：“走吧，去衙门吧。”

任凭谁来问，那肯定都是张老二的嫌疑最大呀，昨天去接王氏的是他，晚上一起吃饭喝酒的也是他。但是张家老太太一听小儿子成嫌疑犯马上瘫倒在地大哭大叫：“不能啊！不可能啊！我小儿子和大儿子亲如手足！”

官差说：“别胡闹了，本来就是手足，怎么还远了呢？”

老太太和家里下人都闹着要跟着去官府，坚称老二是冤枉的，官差说这还不好办吗？一块儿锁了带走！一家人齐齐整整，全成了嫌疑犯。

县令一听大概案情，心里马上也觉得凶手就是张老二，但是眼前最大的问题是，这门是怎么锁上的？家里下人也说了，门窗紧闭，大家伙儿撞开的，所以才没有人怀疑张老二，张老二哪有穿墙的能耐啊？

但是嫌疑最大的张老二，对兄嫂的死，却有着一个非常大胆的推测：是被厉鬼杀死的。他这话一出口，旁边的老太太一愣，突然也放声大哭起来："没错！是厉鬼！昨夜就不该睡觉，熬到今天去找三姑办个法事就没这事了！"

什么乱七八糟的，县官直皱眉："有话慢慢说！谁是厉鬼？谁是三姑？"

张老二一脸惊魂未定的样子，说了他昨天去接王氏时在半路发生的一桩怪事。

原来，昨天张老二去村外向着王氏回来的方向走了很久，才看到王氏骑了个小毛驴迎面而来，说是今天动身晚了，家里临时来了多年不见的亲戚，就说了会儿话。叔嫂二人聊着天一起往回走，走了没多久，王氏突然不好意思地说要去小解，两个人便下了大路往远处树高草密的地方走了走。

张老二在树下等着，过了半天不见王氏回来，也不好意思说话呀，就只能干等着，等啊等啊，突然王氏扭扭捏捏地走回来，他一抬头脸都红了，王氏去的时候穿着裙子，回来怎么只剩个贴身的袄裤了？

王氏也是又羞又急，说刚才小解的时候把外裙脱下来挂在一旁的小树上了，结果一回身的工夫，死活找不见了！不知道是不是被附近的黄鼠狼什么的叼走了。

这可怎么是好？虽然也不是没有穿长裤，但毕竟不成体统啊。张老二说就算是山猫、黄鼠狼叼走的，它们也叼不远，我去找找看。往草深处走了又走，突然发现了一个东西，就横在刚才王氏小解的地方，张老二仔细一看，顿时浑身汗毛倒竖。

是一块残破不堪的墓碑。王氏此时跟了过来，也发现了这块墓碑，刚刚自己着急方便根本没有注意，脚下这块地方，竟然是一个荒草遮覆的坟包。

这是大忌讳啊！怎么能在人家的坟上尿尿！

两个人吓得不轻，嘴上虽然没说话，但都感觉那裙子未必是被野兽叼走了，说不定……突然又想起裙子是红色的，俩人脸上都开始冒汗，不敢再细想了。但是只穿着贴身袄裤走在道上，被旁人看见岂不是大笑话？身边跟着的还是小叔子，这像什么话？王氏和张老二只能回到大路旁，等着天色向晚才急匆匆回去。

昨夜回到家中，大家听说了这桩怪事都唬得不轻，老太太当下就张罗着今天一早就去请村里通神的三姑来驱邪，生怕儿媳妇得罪了鬼魂。张老大虽然平常看起来粗声大气的，其实胆子很小，为了给自己壮胆，硬是拽着弟弟喝了不少酒才回房睡觉。

没想到，还是出了事。张老二说完这件事，脸上又是一阵红一阵白的。

把杀人命案牵扯上鬼神之说，县令可不是傻子，心里百分之百认定这厮就是凶手了，但这种大案当然不可能以心证为据。我怀疑你是凶手，我就把你判了，这肯定不行。张老二说完这些又是古墓荒坟又是红裙子的鬼话，她母亲倒是深信不疑，哭得死去活来，县官使了个眼色，旁边有个官差立刻心领神会，出去了。

这人是谁呢？是衙门里一个捕快，姓何。古代的捕快事实上社会地位很低，很多时候名声也不好，当然是败类太多导致的，这可怨不着老百姓，但是事无绝对，这个何捕快，就是捕快之光。这人很热爱自己的职业，用今天的话来说简直是个刑侦狂人，幸运的是，遇上了如今这位算得上清正好官的县令，凡有刑案都倚重于他，那工作热情别提多高涨了。

县令在堂上一使眼色，何捕快马上心领神会，出了大堂招呼上两个衙役兄弟就直奔张家查看现场。刚才张老二那一顿鬼话，在他听来简直就是迂回认罪，但棘手的是为什么张老二敢当堂胡扯呢？当然是因为他有完美的不在场证据。

别说他不在场了，谁也不可能在场，门窗都是从里面反锁的啊。

到了张家，门外围了不少看热闹的邻居，看见官府来人了，人群大声嚷嚷起来，说大家伙儿发现杀人证据啦！快来看哪！

何捕快心里一惊：有证据了？赶紧上前细问，村民们让出一块空地指给他看，竟然是血迹，从张家门口一直稀稀拉拉沿路向村外而去。

捕快们飞身上马顺着时有时无的血迹一路追踪，走到大路上某处，血迹消失在路旁草丛中，何捕快心中一动，吩咐兄弟们细细搜索，几个人在草丛里不断发现有疑似踩踏的痕迹，走着走着，眼前赫然出现一团殷红色的物件，众人聚在一处把那东西捡起来一看，是一条浸满鲜血的红布裙，已经略有些干硬了。

细看那红布裙，刚才正是搭在一块残破的石碑上。几个人相视一笑：这张老二，装神弄鬼挺费心思啊，这不得折腾半宿？

可见张老二杀兄嫂是早有预谋，昨天他哥哥让他去接王氏，王氏半路要小解，他意识到机会终于到来，悄悄偷走王氏的裙子藏起来，回家大肆制造恐怖气氛，等到半夜杀死兄嫂后再用裙子沾满鲜血，故意在路上制造出标示，引官府的人来到这个荒坟边，好让大家确信这是恶鬼报复。

借刀杀人常见，借鬼杀人你是真的有点儿欺人太甚了。何捕快一声冷笑，带了红裙子一起回张家，我倒要看看，你是怎么造出来一个杀人密室的？

张家院子外虽然围满了人，但无人敢进去一步。今天一大早发现张老大夫妇惨死后有两三个胆大的跑进去看了看，后来官差一到，把所有人都带走后，院子里只剩下房中两具尸体，谁还敢进去？所以整个犯罪现场算是保护得还行。

何捕快非常麻利，进了门直奔张老大夫妇的房间，两具尸体直挺挺并排躺在床上，确实骇人。但这个样子也太诡异了，就算是梦中被杀，也得一个一个杀呀，哪能枕边人都被捅死了还睡得死沉死沉的？除非……除非被捅之前，已经死了，或者说，跟死了差不多。

直奔后院厢房，昨夜张家人是在这里吃饭，据说吃完后老太太和两个下人前后脚回了各自房间，只剩下老大夫妇和老二还在喝酒，所以今天早上还没来得及收拾这一桌子残羹冷炙。

何捕快端起桌上三个酒杯挨个闻闻看看，一声冷笑，有一个杯子里还剩着大半杯酒，酒体浑黄，经过一夜沉淀，杯底有絮状物凝结，是蒙汗药无疑了。但既然只有一个酒壶，说明张老二也在同饮。他低头看看三把椅子下面，差点儿笑出声，这张老二，没少往桌子底下泼呀，酒渍形成的痕迹清晰可见，而且还有斑斑点点，那应该是未化开的蒙汗药干结后的样子。

这下子就明确了，什么密室杀人？是杀人后，造密室。昨夜这张老二假意灌酒，把老大夫妇用药放倒后半扶半拽地弄回房间，摆在床上并排躺好，随即就把兄嫂给捅死了，至于今天早上为什么大伙儿赶去的时候还需要撞门入内，那咱们就细看看吧。

张老大的房间窗户是从里面用竖销插着的，这种竖销跟咱们今天的插销几乎没有太大区别，何捕快研究了半天，确定窗户很难动手脚，那么就是门了。

房间的门闩已经被撞坏，掉在地上，何捕快捡起来仔细端详，是横闩。门闩的这个“闩”字非常形象，门里面一横，最早也最普遍的门闩就是一根木棍横在两个栓扣之间嘛。但张老大房间的门闩是比较方便的那种，左侧是一个有凹槽的木块做搭扣，右边是一根可以转圈的木棍状的门闩，类似于表针，中间有个圆孔做固定，但木棍可以转圈活动，开关门的时候不需要像横闩那样抽拉，只需随手把木棍向上一钩，它自己一转，自然就会掉进左边木桩的凹槽里卡住。

对张老大来说，这个门闩非常方便，可惜的是，对他弟弟来说，同样也非常方便，方便他制造假象。

何捕快蹲在地上举着撞坏的门闩左看右看，怎么也看不出这东西从外面该如何操作才能锁门，如果是从外面开门倒还有可能，用细薄的刀片伸进来推上去就可以了，锁门可就太难了，它是活动的呀，而且哪有会拐弯的刀刃呢……铁丝？也不对，太难操作了，哗啦哗啦忙活俩时辰够呛能把门锁上。

他边想边起身，把这门关上、打开、关上，一边开门关门，一边绞尽脑汁。突然门上有个东西让他一愣：这是什么？线？

有一扇门靠上的位置，莫名其妙地钉着极小的一根钉子，上面系着一小截儿线。何捕快马上叫人找工具把这个钉子拔下来，把那一小截儿线捋下来仔细查看，看这是什么线，不常见的样子。有一个衙役捏起来看了看，一拍脑门大喊："渔线！有一些钓鱼的人会用这种极细的麻线做渔线，又细又韧。"

大伙儿马上冲回后院一顿翻找，果然在张老二房中发现很多渔具，其中就有这种极细的麻线。何捕快一边飞速地在脑海中模拟想象张老二利用渔线制造密室的过程，一边指挥大伙儿把张老大房门的门闩修复好。

县衙那边，张家母子和两个下人已经被暂时收押，老太太虽然深信自己儿子不可能杀害兄长，但是突遭大难，能不哭得昏天黑地吗？正哭着呢，衙役来了，说："您快别哭啦，要上堂了。"

上堂来张家母子一眼就看见了那条血色红裙，脸色煞白，喃喃自语说果然是得罪了孤魂野鬼被人家索命。县令都气乐了，说："何捕快赶紧给他们娘儿俩讲讲吧，快别诬蔑野鬼啦，我看张老二好像都忘了他昨天一天都干了什么了。"

何捕快微微冷笑，将他分析出的张老二如何偷裙子、如何酒中下药、杀人后用血裙将官差引入荒坟一一说来，仿佛亲眼所见一般，越说越兴奋，说本来还怀疑你家那俩下人呢，结果你弄个裙子配合我们，把他们的嫌疑洗得干干净净。越说张老二的脸色越难看，最后只能从牙缝里挤出一个问题："如果是我杀人，我怎么能进入反锁的房间？"

何捕快大喊："兄弟们，抬上来吧！"

众人一看，好家伙，竟然把张老大房间的两扇门给拆了带回来了。两扇门立在堂上，何捕快问张老二：“你仔细看看，我这绳子系得有没有你好？”

张老二抬眼一看，脸色煞白，跟五雷轰顶了一样，彻底完蛋。

那根活动的门闩被用极细的渔线系着斜斜吊起，渔线绕出门板，一端系在门外一根远高于门闩位置的小铁钉上。何捕快叫衙役们将两扇门板合拢，从外面将渔线剪断，门内的门闩应声而落，嗒的一声脆响，扣在了凹槽里。

在混乱中虽然收走了门闩上的渔线，但这根没来得及拔掉的细小铁钉，最终将这个城府极深、毒如蛇蝎的张老二钉死在了刑场上。

杀害亲哥哥的原因和无数手足相残的故事别无二致：争夺家财而已。如果说世上真的有鬼，那鬼应该不住在荒郊孤坟，而是住在人的心里，杀人者苦心设计出的密室，怎么比得过他自己内心的密室更封闭更让人绝望呢？

本回故事：袁枚《子不语》

今夜拍案惊奇

第一八回 淮安案

朝廷钦差离奇上吊
龙颜震怒惩治贪腐

佛门内死了人，而且还是上吊而死，而且还是个钦差，把人家寺院里的几个僧人吓了个半死，嘴里念着经就去县衙报案了。

万里岩疆事远游，玉门关外此淹留。
塞山不及征夫健，才见秋风已白头。

这首定场诗是清朝著名书法家铁保的作品，单从字面意思看，颇为雄壮旷达，其实这却是铁保被贬新疆时所作。

铁保的一生很像一条波浪线，而且是一条曲线非常汹涌的波浪线。他是满洲正黄旗人，从乾隆年间开始做官，一直做到嘉庆时期结束，在道光初年才告病退休，在这漫长的仕途中，他历任礼部侍郎、漕运总督、两江总督，赏头品顶戴，正经是封疆大吏。但是，他又屡次因为各种问题被贬官甚至被流放，动不动就从赫赫高位咣当一下摔下来，去边疆过风餐露宿的生活了。

有人说铁保当官总出问题是因为他本来就不适合

当官，他是个文人啊，是清朝著名的书法家，文章写得也好，可是一处理政务就昏聩得很，大概是因为醉心艺术所以没心思钻研本职工作。这种说法虽然也有它的道理，但是这不是铁保的问题吧？这是皇上的问题哎！又不是书法家自己能给自己封官，对吧？不过只从诗作上来看的话，铁保大人似乎对流放边疆这种事很是达观，可能是流放出经验了，不知道的还以为采风去了。

说回这首定场诗，它是铁保被革职流放新疆时期的作品，那他为什么被革职呢？就是因为这桩被列为“清代四大奇案”之一的“淮安奇案”。

既然是淮安奇案，那就是发生在江苏淮安的事了。嘉庆十四年，也就是公元1809年，春末夏初时分，嘉庆皇帝接到了一份来自都察院的奏折，看了没几眼就火冒三丈地把奏折给摔了。奏折上报告的是一桩去年的旧案，去年江苏淮安曾上报过一名赈灾官员自杀身亡之事，当时都已经结案了，但是现在呢，人家家里人来京城告御状，说发现了重大线索，那位大人不是自杀，是被人谋杀的，而且线索里明明白白地表明，这位官员被杀的原因是他发现了当地官员贪腐的证据。

嘉庆当时对整个朝廷的现状可以说是急怒交加、

有心无力，你从他对很多官员不停地封官又罢免、罢免后又起用就能看出来，当时的清朝官僚体系已经腐坏到一定程度了，想整顿吏治，整得力度大了吧，又会出现无人可用的尴尬局面，所以皇帝本人就算再想当明君，面对这样一副摇摇晃晃的烂架子，也是左支右绌。现在百姓告御状牵扯到的又是官场腐败的案子，他能不急火攻心吗？立即亲自批示："疑窦甚多，必有冤抑。"并且钦命两位高官亲自彻查此案。

被皇上指定审理此案的两位要员一个是山东巡抚，因为当时自杀身亡的官员老家是山东的，尸骨早都回乡安葬了；另一个就是咱们开场提到的两江总督铁保，淮安是他的地界，人是在他那儿死的。

死的这个人是谁呢？名字叫李毓昌，是事发当年也就是嘉庆十三年（公元1808年）的进士，考上进士之后的第一份差事也是这位进士人生中的最后一份差事，就是朝廷的钦差。

平常咱们看影视剧，里边要是出现钦差大臣，那都是了不得的官，到了地方上吃香喝辣连吃带拿，哦，那是昏官。清官排场也很大呀，毕竟是皇上派来的人。但事实上，皇上一年到头要派出去很多人，不是所有钦差都是有排场有实权的。比如这位李毓昌，其实本身中了进士之后，只给分配了一个“即用知县”的身份，发到江苏等着去。什么叫“即用知县”呢？就是候补知县，许诺你当知县了，但是现在没空余的位置，你先等着，有合适的地方空出来了，你就去。

李毓昌刚被安排到江苏当了“板凳球员”，江苏就出事了，淮安发大水，洪灾肆虐，官府哭哭啼啼上报朝廷，嘉庆给批了不少赈灾银子。朝廷的钱也不是大风刮来的呀，给你是给你了，但是你得给我用到正经地方，所以皇上亲自选了这么一个查赈小分队，去灾区给我实地考察一番，看是不是把钱都发给灾民了。李毓昌就是查赈小分队的一员。

李毓昌这个人似乎有点儿不合群，到了淮安以后自己找了个僻静的小寺庙住下了，查赈工作倒是很认真，每天早出晚归的，毕竟来的钦差不是一个人而是一群人，所以当地也不是很在意每个人的日常安排，谁爱查哪儿就自己查去呗。查赈工作接近尾声的时候，出大事了，这个李毓昌，在小寺庙的客房里上吊了。

佛门内死了人，而且还是上吊而死，而且还是个钦差，把人家寺院里的几个僧人吓了个半死，嘴里念着经就去县衙报案了。

县衙是淮安下属的山阳县，县令一听钦差死了，也是惊得魂飞魄散，带着满官府的差役跑去小寺庙，一看那位李大人，凄凄惨惨地吊在房梁上。

这个案子不能由县衙做主结案哪，当时就上报了州府，州府又是一顿鸡飞狗跳来了不少人，查访了半天得出结论：确实是上吊自杀的。至于自杀的原因，据这位李大人的三个亲随说，可能是最近办案太疲惫了。他们好些天前就已经觉得大人神情恍惚、精神抑郁。

官员精神抑郁也不是罕见的事，何况是这种“板凳官员”。案情上报给江苏巡抚，巡抚报给刑部，这就算完了。

结果呢，李毓昌死于嘉庆十三年十一月，到了第二年五月的时候，他的表叔进京找到都察院告状来了，说家里发现了重大线索，李毓昌并非自杀。涉及朝廷钦差之死，都察院当然得上奏天子，这案子才到了嘉庆面前。

能够让皇上震怒的状纸上肯定是有可信度极高的线索，是什么呢？是一张禀帖残稿，就是李毓昌本来要向上级汇报的文书草稿，上面写了一行字：“山阳冒赈，以利啖毓昌，毓昌不敢受，恐上负天子。”这草稿上明明白白地说了，山阳县有冒领赈灾款的情况，而且有人贿赂我，我不敢接受，深恐有负皇命。

这不就是官府腐败被发现后杀人灭口！欺君哪！这还不查？

圣旨下来后，这案子就兵分两路起底重查了，山东那边负责查验李毓昌家人提供的线索，还有就是最重要的尸检——其实去年江苏上报的时候当然写了尸检结果，但是写的就是上吊自杀，一切特征都符合上吊致死，现在皇上要求重查，只能把尸体挖出来再验。

江苏这边呢，这案子皇上点的是两江总督铁保的名，没说让江苏巡抚来办，这态度就明摆着了——信不过江苏巡抚。去年你怎么办的这案子？是不是有鬼？铁保大人咱们之前说了嘛，大半辈子浮浮沉沉，到了这会儿已经是五十多岁的人了，难免偷个懒摸个鱼，这案子他之前压根儿也没往心里去过，突然接到圣旨，只能把当时查案的淮安知府和山阳县令都找来，再审问一遍。

天威之下两边是你追我赶效率绝佳，很快铁保的奏章就交上去了：经再审，李毓昌确实是上吊自杀，但是去年有一个重大线索没有写清楚，李毓昌自杀之前曾经去当地一个姓陈的监生家里赴宴，这个陈监生在赈灾中虚报了十几户人口，骗取赈灾款，李毓昌应该是私下收受了贿赂，后来担心事发，导致本就处于焦虑状态的自己直接崩溃，进而自杀，或许还受到了陈监生的威胁甚至是谋害，正在详查此人。

嘉庆一看，怎么又出来个行贿的？去年怎么不提？正皱眉头呢，山东巡抚的奏章也到了，打开一看，尸检报告显示：李毓昌并非上吊自杀，而是被人先行下毒，毒发后还没有断气时又遭外力用绳索勒颈而亡，至于上吊，完全是事后制造的假象。

除了这份尸检报告，山东那边还拿到了李毓昌的遗孀送到官府的重要证据：在李毓昌遗物中发现的一件血衣。据李毓昌遗孀说，她前一阵子收拾亡夫遗物时意外发现了那份禀帖残稿，大惊之下细细翻检了一遍所有遗物，发现当时从遗体上换下来的那件长衫袖口部位有几处干巴巴的黑色污渍，仔细看来似乎是历时久远的血迹，于是托付亡夫的表叔进京告御状，但是只带去了禀帖，衣服因为不能确定，所以留在家中。

山东巡抚很是尽责，虽然人不是在本地死的，但现在是奉旨查案，当然要尽显忠诚清廉的雷霆作风了。虽然李毓昌已经亡故半年多，但是中间隔了一个冬天，所以尸体的腐败程度并不算很严重，仵作很快就验明了中毒真相。最骇人听闻的是，尸体脖子上骨骼变形碎裂的痕迹清晰可见，居然是两条，一条勒痕是从前到后形成一个圆圈，另一条才是从脖子向上到耳朵后面的吊痕，很显然，上吊只是伪装，下毒和活活勒死才是事实。

如此惨烈的被害方式让嘉庆怒不可遏，这时候再看铁保那份言之凿凿说有人向李毓昌行贿的奏章，当时对铁保就起了疑心，因为李毓昌留下的禀帖上写得清清楚楚："山阳冒赈。"这说的就是山阳县衙的罪行，跟小小监生有什么关系？铁保怎么一句关于山阳县官府的事都不提？

要知道在此案发生的前几年，铁保大人就因为包庇犯了重罪的属下而被贬官，这次不会是重蹈覆辙吧？这位铁保可真是不拿官位当回事啊！

虽然嘉庆心里觉得应该不至于，可还是不放心，下旨给铁保说干脆你别审了，把你说的那个什么陈监生，行贿的那个，还有李毓昌当时身边的三个长随，全给我押解进京，送到刑部审理，还有你们那个山阳县令、淮安知府，立即解职，一起滚到刑部来。

长随就是贴身的下人，但和家里的奴仆还不一样，很多官员到了地方赴任后雇佣的长随都是熟知当地官府门路和办事风格的老油条。李毓昌身边这三个长随就是如此，所以也谈不上什么主仆之情，而且李毓昌身亡时他们也一起住在寺庙里，嫌疑最大。

结果铁保忙活半天把人押到京城后，刑部一看，少了一个人，只抓来了其中两个，少了一个马某，铁保说找不见了。

堂堂两江总督，找不见个下人了，这说明你就没咋找吧？你还是在糊弄差事呀。刑部的人也熟知这位总督的风格，就是爱糊弄，能混就混。算了算了，我们自己找。

刑部可不管你是什么山阳县令还是淮安知府，现在和那俩长随一样，统称嫌犯，虽然不至于用刑，但是也不会给什么好脸色。问了一遍，两个官员的口供跟背过同一份台词一样，都是说去年的种种勘查表明李毓昌确实是自杀，如果今年发现了什么新线索，那大概是陈监生行贿不成蓄意谋害，下官查案不明理当受罚。一副大义凛然的模样。

但那个陈监生可差点儿被吓死在刑部大牢里，根本没用刑就哭得鼻涕眼泪纵横交错，老老实实地说自己去年某日死命拽着李毓昌到家里喝酒，因为编造了十二个虚户，想要向李毓昌索要十张赈票，可李毓昌当场翻脸就走了啊！自己再没敢提过！

陈监生所说的日期，和李毓昌的死亡日期相差很多天，而且按照常理，两个人谁也不会因为十张赈票就闹出人命。那此事还有谁知道呢？怎么透露给淮安官府的呢？只有李毓昌身边的长随了。

那两个长随可没少受刑，但是坚持说他们发现李大人的时候就是吊死在屋里，其余的事一概不知。至于李毓昌衣服上留有血迹，这两个人都含糊其词，回答说大概是上吊呕血沾上的吧。

这种话一说完，又是一顿酷刑，哪有上了吊的人还顾得上抬手擦嘴的？一派胡言。

刑部虽然在内部看起来是面对一群嘴硬鸭子毫无进展，事实上外面的工作一直快马加鞭，很快已经查明了一个重要的细节：去年李毓昌死后，这三个长随在当地官员的安排下分别投靠了新的官员当下人。如果说是抚恤亡者，也没必要对几个雇佣的下人这么尽心尽力吧？

此时刑部也已经查明，铁保大人对自己的下属，那是真的铁呀，合着此前皇上让他复审，他就只问了问淮安知府和山阳县令，这几个长随连面都没有露，要不是这次圣旨点名，恐怕连这两个都找不见呢。铁保大人嘴里说的“找不见”的那个马长随，其实早就被淮安官员安排了肥差，成了一位京官的下人，此时这桩案子在京城已经闹得尽人皆知，马长随战战兢兢地自己走进了刑部衙门。

随着马长随的到来，前面这几位苦撑苦熬死不松口“赢得”的战果瞬间消失，因为这个马长随可连一寸硬骨头都没有，进了门多余的话一句不说，跪倒在地就开始痛陈杀人始末。

可怜的李毓昌，在到达淮安之后一点儿官府办事的路数都不懂，自顾自地开始干活，每天走街串巷访贫问苦，每家每户受灾情况如何、所得赈票数目一一登记在册，进行核查。这三个长随旁敲侧击地劝过他多次，跟他说别查啦，以后都是同僚，差不多得了，皇上也不想看见这种闹心事啊，怎么这么不懂事呢？

但李毓昌偏就是不懂事，越查越惊心，越查越愤怒，随着他的记录和官府名录之间的偏差飞快加大，山阳县令虚报户口、贪污救灾银的数额越滚越多，这些全部都被他记录在册。

李毓昌的行为却被身边三个长随点滴不漏地报告给了山阳县令，不用说，他们初到本地时县令就已经花了重金贿赂好了。在三个长随的极力撺掇下，李毓昌实在无法推脱，参加了山阳县令办的酒宴，当天喝多之后回到寺庙，被长随们灌下掺了砒霜的醒酒汤，当即口喷鲜血厉声大呼，三个长随担心把寺中僧人吵醒，一不做二不休勒死了李毓昌，并把尸体伪装成上吊自杀的样子。

接到报案后的山阳县令大喜过望，假装惊慌赶到寺里，以查案为名，将李毓昌屋里的文稿禀帖通通带走付之一炬，随后以自杀结论上报淮安知府。那还用问吗？知府心知肚明，县令贪污来的钱有一部分早都花在知府身上了，随即此案便以淮安知府最后的结论为据，层层上报告终。

如果不是行凶者慌乱间并没有彻底翻检李毓昌的遗物，不知道有一张被弃用的残稿还被夹杂在某处，如果不是他们把尸体吊上房梁时无暇顾及，没注意到李毓昌袖口的血迹，那么这位正直的查赈钦差，恐怕就枉死无疑了。

此案终于水落石出，可是咱们看这个经过，贪污赈灾款的山阳县令向上贿赂知府、向下收买奴仆和差役，搞得有条不紊，最后杀害了一位查赈钦差，这案子怎么也不至于把铁保大人流放边疆呀！这有点儿连坐连得太远了是不是？就算他包庇属下，但是他没参与作案，一品顶戴的封疆大吏，至于和一个七品的小县令同进退吗？县令还能行贿行到他头上？

那嘉庆为什么因为这个案子如此暴怒以至于连两江总督都给流放了呢？因为这时期的清朝政府已经相当腐败，嘉庆总想着力挽狂澜，所以铁了心要把这个案子树立成整顿吏治的典型。本来整顿过程中没想过要让铁保担太大的责，顶多也就是用人不察、办案不利，降个职反省反省就行了。结果这位铁保大人，真滑稽，亲自给自己本来就颠簸的仕途又挖了一个大坑。京城这边都已经查完了，他还给皇上递折子呢："此事尚毫无端倪，容再加体访具奏。"

搞不搞笑？你玩呢？自己不查就算了，你倒是安排个人在京里多打听打听给你捎个话呀，怎么能搞出这种滑稽戏来？这边都要开刀问斩了，你说这事毫无端倪？明显就是糊弄皇上，结果把自己都糊弄乱了。

一品大员昏庸到这个地步，嘉庆这心里别提多崩溃了，一道接一道圣旨下去，此案最终成了一场官场大地震：两江总督铁保，革职流放新疆；江苏巡抚，革职回老家；江宁布政使、按察使，降职发配到河工系统戴罪立功；淮扬道道台，革职留任；山阳县令，抄家斩首；淮安知府，刑部一开始判的是斩监候，嘉庆大怒："候什么候，马上给我绞死！"

至于动手杀人的三个长随，有两个是凌迟处死，另一个主犯则被押解到山东李毓昌的坟前，先上了一顿夹棍，然后凌迟处死，最后不解气，还把心挖了出来，放在坟前祭奠。

本回故事：清嘉庆年间之真实案件，史称“淮安奇案”

今夜拍案惊奇

第一九回
太原案

二小姐暴毙尸身被盗
张百万圆谎只手遮天

家丁骑着小毛驴一溜烟地就回太原府了，见了知府好一顿添油加醋：“您可不知道啊，阳曲县衙杀人如麻呀，二话不说就把曹公子下了大狱啦！听说要活活打死哪！”

春花秋月足风流，不分红颜易白头。
试把人心比松柏，几人能为岁寒留？

这一回咱们再来讲讲“清代四大奇案”的另一个案件。

您肯定以为讲完这个，那“清代四大奇案”咱们就讲了一半了。其实不然，讲完这个案子，才算把“清代四大奇案”讲了四分之一。乱了吧？这是什么数学水平，四个讲了两个，怎么算是四分之一呢？

因为这个案子和“淮安奇案”其实是AB角的关系。

所谓“清代四大奇案”，因为都发生在清朝晚期，所以也叫“清末四大奇案”，是民间给的称号。这几个案子或因案情离奇，或因影响巨大，成了后世很多民间艺术创作的故事来源，所以大家把它们集合在一块儿。但“清代四大奇案”一直以来都有两个版本。其中有三个案件是确定的，分别是杨乃武与小白菜案、杨月楼冤案、张文祥刺马案，都非常有名。而最后一个案件却出现了分歧，一说是淮安奇案，因为此案与其他三案一样，都牵连出了官场纷争；而另一说却没有淮安奇案，取而代之的正是太原奇案。

太原奇案为什么会有争议呢？因为它和其他几个案件有个最大的不同：太离奇了。离奇到令人怀疑这案子在传播过程中经过了大量的艺术加工，最后呈现出来的倒很像一个小说。

这个案子发生在道光年间的太原府阳曲县，当时的阳曲县令姓杨，平日里擅长装腔作势，好大喜功。

杨县令平常最喜欢干的事就是把自己经手过的大小案件添油加醋地吹嘘，底下人有那种心眼多的，当然知道大人这是什么意思，不就是喜欢“青天大老爷”的名声嘛！民望高了，官路自然会好走，杨县令很懂这一套，所以对当地发生的案子都务求一个急办快办，以显杨青天的霹雳手段。

阳曲县通往州府太原和其他周边各县的大道边上有个小村落，村民不多，有一天几乎大半个村子的人都跑来了县衙，出什么事了？——村里发现尸体了。

小村里的大多数村民共用一口水井，今天早上有人打水的时候感觉出异样，水桶扔下去好像被什么东西绊住了，趴在井沿边上看了看，吓得扔了手里的绳子就跑，可是腿都软了，跑不了几步就摔倒在地，只能大呼小叫着把附近的村民都叫过来。胆大的几个人围着井口把头探过去一看，井底中卡着一个人，不对，是一具尸体。

杨县令一听就来精神了，好哇，终于让我逮着个大案了！带着众衙役随村民去了现场。

井口颇为宽敞，杨县令立即安排人系上绳子下井，没多久，一具湿漉漉的男尸被打捞了上来。

竟然是个光头。看样子应该是个和尚，可身上穿的却不是僧袍，而是普通布衣，十分不合身，似乎并非此人自己的衣服。随行的仵作简单查看了一下，回禀说是被人用刀砍到脖子而死的，看刀痕凶手十分大力，一刀致命。

谁会闲得没事杀害一个和尚呢？杨县令盯着尸体看了又看，感觉这身不合体的衣服是破案关键，随口问了问村民们："这衣服你们有人眼熟吗？"

村民都摇头说想不起来，杨县令正打算先回县衙再说，突然有一个妇人尖声说道："欸？这好像是莫老汉的衣服，你们看那个袖口，他不是每件衣服都缝一圈吗？”村民里顿时发出好几个人的附和声：“对对对，就是莫老汉的！”

杨县令闻言也赶忙去看那袖口，缝了一圈青布，似乎是有什么用，忙问那个妇人：“这衣服你确认是那个莫老汉的吗？”村民们七嘴八舌地回答起来，原来莫老汉是在大道旁开豆腐店的，平常干活讲究，每件衣服袖口都多缝制一块青布显得干净利索，大家都知道他这个习惯。

既然众口一词，这就算是铁证了，杨县令立即带着队伍浩浩荡荡地冲去莫老汉家。

莫老汉是个年逾花甲的老光棍，也是本村人，但没有地，一辈子靠开豆腐店为生，店就是家，家就是店，好在小店紧挨着大路，平常除了卖豆腐，往来的路人不少也会进来买碗豆浆喝，日子也算过得去。大批官府的人突然进店，莫老汉还以为是路过的官差来喝豆浆呢，刚笑呵呵地迎上去就被人摁倒在地，杨县令大摇大摆走上来一看，果然袖口缝补了一块青布，仰天大笑：“哈哈！给我搜！”

小店虽然是前店后院，但是也没什么物件，瞬间被翻得一塌糊涂，突然，传来一个官差大喊：“大人您看！”官差噔噔噔地跑过来，手里端着一大摞东西。杨县令一看：“欸？你这孤身穷老头儿，哪儿来这么华贵的嫁衣？”

竟然是一套女子的嫁衣，绫罗锦绣一看就价值不菲，这种东西怎么会出现在一个卖豆腐的老头儿家？

杨县令看着那套嫁衣愣了一愣，突然一拍脑门：“哎呀！原来是你个老东西犯案！”

怎么回事呢？他想起前两天的另一桩案子了，正没有头绪呢，没想到在此处竟然合二为一。

前几天，县上一个大户人家来报官，说家里的二小姐丢了，杨县令一听是有钱人家的案子，当然就特别留意。但是一问之下吓了一跳，原来不是活的二小姐丢了，是死了的二小姐丢了。

这有钱人姓张，本地人称张百万，可见家中富有。张百万有两个女儿，最近二女儿就要出嫁了，万万没想到，出嫁前几天，二小姐突然身染恶疾暴亡，张百万心疼得死去活来，喜事变丧事，事先准备的华贵嫁衣，竟然成了女儿的寿衣。

给尸体穿戴嫁衣本来是张百万心疼女儿之举，没想到招来了贼胆包天的盗匪，估计是看中了尸体的嫁衣华贵，竟趁着半夜守灵的家丁打盹儿睡着，把尸体偷走了!

为了嫁衣偷窃尸体，这种缺了大德的罪行还真是不多见，杨县令也气得不轻，但是查了好几天了，也没什么线索。正头疼呢，没想到天助我也，这不就是嫁衣?这肯定就是张百万女儿的那套衣服呀!

莫老汉在一旁急得眼泪都出来了，一边磕头一边语无伦次地说，这是一个和尚穿着的衣服，和尚跟他换了一身布衣，把这身衣服给他了，不是偷的!

杨县令都笑出声了:“你听听你说的这是人话吗?和尚的衣服?和尚穿这个的话，那女子出嫁是不是得穿袈裟呀?你是分不清出嫁人和出家人是吗?”

少废话，带走!

回了县衙，马上把张百万叫来，张百万一看那身衣服站都站不住了，哆哆嗦嗦地问县令:“这是从何处得来的?”

杨县令那叫一个得意:“这个老汉偷来的，但是你家小姐的尸身还没找到，只找到一个从犯的尸身，不对，或许也不是从犯，也有可能是这老汉行凶给杀了的人，反正这衣服是先找回来了，尸身的下落咱们一审便知。”

莫老汉虽然没听太明白到底是死了几个人，但是听明白自己是嫌犯了，开始放声大哭，赶紧回禀这衣服的来历，说："前天夜里有人敲门，一开门竟然是个失魂落魄的光头男子，穿着这身嫁衣，自称是个僧人，遭人陷害，莫名其妙地穿上了女子的衣服，想用此衣换一套男子衣物。老汉觉得捡了便宜，高高兴兴地给了他一身自己的衣服，此后便与之再无瓜葛。"

一旁的张百万急忙追问："那和尚呢？"

莫老汉茫然摇头。杨县令呵呵冷笑："和尚死了，所以你这番话，只能说是空口无凭了。"

一听和尚死了，张百万突然跟回过神来一样，跌坐在地大哭起来："我可怜的儿啊！死了还要遭人劫掠！我可怜的儿！"

两桩案子就这么巧夺天工般地拼在了一起，按常理来讲，接下来无论如何都要找到被盗的张家二小姐的尸骨，对吧？为了身衣服就盗窃抛尸，这真是罪大恶极。但是很奇怪，杨县令仅用了三天时间就结案了，在没有尸体的情况下。

结案的描述是这样的：莫老汉偶然得知城里的有钱人张百万家办丧事，就生出盗窃的念头，因为灵棚是搭在街上所以很容易接近，莫老汉趁着半夜守灵的只剩下两个老年下人，而且已经睡着，就潜入灵棚，结果发现尸体还摆在灵堂后的帐幔里，顿时起了更大的歹念，想偷走那一身价值不菲的嫁衣，但是不好操作，只能将尸体抬走。至于那个和尚，鉴于他身着莫老汉的衣服，可见是莫老汉的同伙，应该是后来分赃不均，被莫老汉一刀毙命的。

尸体的下落再也没提。这是为什么呢？一方面，当然是因为没有拿到莫老汉的口供，另一方面呢，是因为张百万私下已经给杨县令送去了不少银子，说不希望此事更多张扬，连累女儿死后的名节，恳请杨青天体恤。

那能不体恤吗！杨青天摸着送来的银子连连叹息："可怜天下父母心哪！"

收了银子又破了案，虽然莫老汉说不出尸体的下落，但是已经在认罪供状上画了押，再不画押恐怕就要被活活打死了。

三天时间破了如此大案，杨青天得意扬扬，当然还是得先安排人手悄悄地去找找尸体，毕竟没有尸体的话这也不好上报啊。这边悄摸摸地找尸体，过了十天左右，突然县衙来了人喊冤，是个年轻的公子，说莫老汉蒙冤。

杨县令升堂一看，清清秀秀一个公子哥，自称姓曹，说莫老汉是他的恩人，这次来阳曲报恩，没想到恩人已经蒙冤入狱。杨县令一听就火了：“什么蒙冤入狱？你谁呀？凭什么说他蒙冤？”

曹公子心急如焚，回禀说他已经打听到莫老汉是因为盗窃张百万家二小姐的尸体被抓，但是张家二小姐并没有死啊！

这可把县令和衙役们都吓了一跳，杨县令失声大呼：“你是如何知道的？！”

曹公子朗声说：“因为我是张百万的二姑爷，二小姐就是我妻子，现在活得好好的！”

接下来这位曹公子说的话更叫人惊掉下巴，原来他是另一县的人，多年前父母就与张百万订下了婚约，两家人相聚过数次，他和二小姐早就两情相悦，只等着完婚。不幸后来家道中落，张百万就生出悔婚的念头，今年他父母双亡，张百万彻底没有了顾虑，直接把他拒之门外假装没有过这份婚约，将二小姐又许配给了阳曲县另一大户人家，二小姐心志坚贞，悄悄派人给他送信，两个人相约私奔，当日他接应二小姐从张家跑出来后两个人一路上了大道，看见路边小豆腐店就去讨水喝，店主莫老汉看出来他们的窘况，慷慨地将店里唯一的一头毛驴借给他们赶路。

两个小情人失魂落魄地去了曹公子的好友家避难，安顿好之后，他带了一些钱回阳曲，准备感谢莫老汉，不料竟然听到如此骇人听闻的事！

杨县令这心里啊，真叫雷电交加，这么看来，张百万根本没有死女儿，也没有丢女儿，只是女儿私奔了不好向亲家交代，办丧事假装一下？不对呀，他家确实丢了尸体啊。还有，如果莫老汉没有偷尸，那个和尚怎么回事？嫁衣怎么回事？啊啊啊，头痛欲裂！我这案子办砸了呀！

这时候得了信儿的张百万火急火燎地赶到县衙了，看见曹公子后脸色铁青，大骂："哪里来的狗贼污辱我女儿的名节！我女儿只许配给了本县的姚家，什么时候和你这种穷酸有过婚约？肯定是莫老汉的同伙，想靠胡说八道救出那老东西！对，你是不是他儿子呀？"

张百万这可不是没头没脑的谩骂，你听仔细了，这一字一句都是在暗示杨县令呢！杨县令正头疼这青天的帽子快戴不稳了，听着张百万大喊大叫，心里豁然开朗：对呀！好主意！

于是乎，这位曹公子，一个时辰前还在替别人喊冤，一个时辰后便成了自投罗网的杀人同党。

事情发展到这里，衙门上下心里基本上都清楚了：

张百万的女儿肯定没有死，而是私奔了。但是张百万绝对不能暴露这个真相，一定要把莫老汉盗窃抛尸的案子做成铁案，这下除了县令，整个县衙都成了他行贿的对象，不愧是号称“百万”的土财主，好一顿挥金如土，连前任女婿都莫名其妙地成了阶下囚。

至于那个和尚，鬼知道是谁。

正在张百万一边打点县衙、一边秘密派人去找私奔的二女儿时，张家二小姐主动现身了，不过不是小姐亲自来找她爹，而是新任太原知府陈砥节直接知会阳曲县令：这个案子我要审理。

这位陈知府是怎么知道这桩案子的呢？闹得太大了？并不是，而是直接闹到知府头上了。古话说“朝中有人好做官”，我看还应该有下一句：“朝中有人好申冤。”那位曹公子来报官的时候不是说了一句，他带着未婚妻私奔去投靠自己的至交好友了吗？杨县令也没拿这话当回事，哪知道人家的至交好友刚刚升官到太原，好死不死，正好是他的顶头上司。

曹公子回阳曲报恩的时候陈知府给他带了个家丁随行，曹公子被杨县令诬蔑成死囚同伙下了大牢后，家丁骑着小毛驴一溜烟地就回太原府了，见了知府好一顿添油加醋：“您可不知道啊，阳曲县衙杀人如麻呀，二话不说就把曹公子下了大狱啦！听说要活活打死哪！”

张家二小姐一听她爹做出这种丧尽天良的事，当场就昏过去了，陈知府立即暴跳如雷给阳曲县令发公文。

一干人等全部被押到了太原府，陈知府一看年过花甲的小老头儿莫老汉竟然被打得血肉模糊，气得手都抖了，喝令衙役，按照莫老汉这个样，给我狠狠地打张百万！打成莫老汉现在的样子！

张百万哪受得了这个啊？还没打呢，就快不行了，气若游丝地说出了家门丑事，至此那个和尚的身份才真相大白。

二小姐私奔当天张百万就发现了，怒不可遏地带着家丁出去找，他以为这一对小情人没有远走高飞的胆量，肯定会投奔自己的大女儿去，大女儿守寡多年，家住的地方离自己不是很远。

冲到大女儿家后果然发现大女儿惊慌失措，他更确信自己的猜想，在大女儿家中一顿乱翻，走到一个大衣橱的时候大女儿扑上来死命阻拦，张百万一个窝心脚把女儿踹倒，打开衣橱后吓得往后一蹦：确实藏了人，却不是二女儿和曹公子，而是一个和尚。

如此丑事真把张百万气得当场要杀人了，但是那个和尚一动不动，仔细一看原来是在衣橱里藏了太久，似乎已经被闷死了。

贴心的家丁给他出了个主意，二小姐已经跑了，为防亲家那边闹事，就说是暴病身亡，刚好这儿有个现成的尸首，好好装扮遮掩起来埋了就行，这样大小姐的丑事也不会泄露了。

张百万闻言大喜：“妙呀！就这么办！”

于是三下五除二就把灵棚飞快地先搭了起来，本来第二天棺材就能送到，说埋就埋，结果出了岔子，披金戴银穿上嫁衣的和尚尸体，不翼而飞了。这才惹出了后面的事。

此时再想想莫老汉的供述，可见是那和尚并未真的断气，只是被闷得昏厥过去了，不知道什么时候醒了，默默等到夜深人静拔腿就跑，跑到大道上只看见豆腐店亮着灯，就去求助。

至于和尚是怎么死的，还得再查。

官差们再次回到最早发现和尚尸体的那个村庄，挨家挨户查问，发现有一户人家突然搬走了，各方求证了一下搬走的时间，正是发现和尚尸体当天，至于搬到哪里则无人知晓。

陈知府一听说这个线索，马上追问搬走的人是做什么营生的？种田还是做小买卖的？官差回禀说：“嫌疑很大哪，大人，是个屠夫。”

太原府立即要求下辖各县，查一下最近有没有外来的屠户在本地开张做买卖，没想到这么巧，竟然就在太原府找到了，有个姓吴的屠户前阵子刚从阳曲来这里租了小铺面杀猪卖肉。

吴屠户倒是个爽快人，被抓进府衙二话不说就一抱拳：“没错！是我杀了那秃驴！”

原来，和尚在莫老汉家换了衣服后就打算折返，刚巧路过吴屠户家门前，正赶上当天吴屠户准备去外村杀猪，他妻子早早起来收拾，开门倒水的时候不留神泼到了和尚，人家好好跟他道歉，他一看对方是个妇人，死性不改，嘴里不干不净地跟人家说了几句下流话，他哪知道吴屠户就在门后正要出门，屠户一股火蹿上来抽出包袱里的杀猪刀上去就让这个至今不知真假的和尚给呜呼哀哉了。

杀人后吴屠户二话没说就把尸体扔去了井里，带着媳妇收拾家当离家逃生，想着凭手艺在哪儿都能吃口饭，但毕竟心中惶恐，官府一来人，反倒踏实了。

太原奇案就此告破，可笑那个制造冤狱险些枉杀百姓的阳曲县令，竟然只是革职留任而已，只能说在腐朽的清末朝廷当官，真是低风险高收益呀！

本回故事：清道光年间之真实案件，史称“太原奇案”

第二十回
血绸案

财迷胡地保瞒天过海
糊涂小舅子坑惨姐夫

原来一直被胡乱扔在地上、脸部埋在下面的这具尸体，并非昨日的住店客人，但却与其中一个客人同时身亡在一处。

天上乌飞兔走，人间古往今来。
昔年歌管变荒台，转眼是非兴败。
须识闹中取静，莫因乖过成呆。
不贪花酒不贪财，一世无灾无害。

这回书咱们要讲的是狄仁杰探案，故事的主体取材于清代小说《狄公案》，您肯定还记得，这本书又叫《武则天四大奇案》。前文书咱们讲过狄仁杰探案，那基本上还是按照《狄公案》的情节发展来的。但是这一回的案子，因为在原著里夹杂了大量侠客小说的内容，所以咱们只用它的故事大框架，侠客那部分就忽略掉了。

虽然《狄公案》的文学价值不算高——这可不是我说的，而是文学评论家们说的——但是胜在案情丰富、故事曲折。当然，它也借鉴了很多别人的东西，诸如《百家公案》这类当时流行的小说里的情节，还有一些民间口口相传的离奇故事。

这个故事发生时，狄仁杰还只是个县令，但已经有四名精明强悍的手下，文能查案解疑，武能拳打脚踢——这狄大人一出道就有了包青天的配置。

狄县令在任上没多久，美名就已经传遍全县，都知道他断狱如神，而且性情刚正、疾恶如仇，别的清官大多数为了官声很少使用太重的刑罚，狄县令不管那些，凡是他掌握了确凿证据的罪犯，最好是利利索索地交代，不然的话，什么夹棍鞭刑、烧红的铁链，直接就给招呼上了。

这一日，衙门外有人带着哭腔喊冤，狄县令赶紧升堂，来人是个年近五十的百姓，满头大汗、脸色苍白，站在堂下看起来甚为可怜。这小老头儿自称姓孔，在县城外的六里墩居住，家里的房子除了自用两间，其余的开了个小客栈，最近到了旺季，住店客人还不少。昨天有两个湖州丝客来住店，今天一早天都没亮就退房走了，没想到上午就听客栈外人声喧哗，他出去一看，地上竟然躺着两具血淋淋的尸体，旁边站着本镇的地保胡德，正对着围观的百姓大声嚷嚷，说是自己杀了那两个客商。

丝客就是贩卖蚕丝的，到了明清时期，浙江湖州的蚕丝天下闻名，比一般的丝价要高。虽然每年有大量的商人去湖州本地买蚕丝，但从湖州向外地贩售的也不少，这能多赚一些。这两人估计是来往湖州倒腾蚕丝的二道贩子。

狄仁杰听了之后问他："那两个客商退房后你看着他们离去了吗？"孔老头急得都快哭了，说："看见了，他二人也没有带牲口，偌大的两个包裹，都是他们自己驮着走的，也听说他们是死在了镇子口，地保却硬说是我害死的，非要命人把尸体扔来我家！我辩不过他，他把我家门口团团围住，我只能从后院翻墙出来求告。"

这倒是怪了，别处发现的尸首，凭什么要抬走扔到孔老汉店门前？要说是杀人栽赃，这也太过明显。狄仁杰问孔老头你和那地保是有什么仇怨吗？

孔老头想了片刻，茫然回答说没有，到了年节上该交的保金他也从未断过啊。

既然尸体和地保都还在孔老头家门口，那就先去现场看看。狄仁杰带着手下的四大金刚到了六里墩，一看孔家店门口果然围满了人，随行的衙役喝令一声，大家一看，哎哟，狄大人来了，赶紧散开。

两具尸体一仰一躺倒在地上，身上沾了一大片血污和泥土，可见是搬动时粗手粗脚导致的。狄仁杰一看尸体这样子就已经生气了，转头就把地保胡德叫过来，质问他在何处发现的尸体、如何得知是孔家店里的住客、凭什么断定是孔老头所杀、又为什么不第一时间报官而是挪动尸体到这里？

这一串连珠炮把胡德问得汗如雨下，嘴里含糊不清，只说一大早有百姓跑去他家说镇子口的大路上有两具尸体，他到了现场后问过旁边的人，有人认出是昨日到孔家住店的外地客商，所以……所以……

后面就说不出个所以然了。这个胡德面皮青黑，嘴边有两道刀刻般的纹路，这种面相看一眼就令人不悦，但也不能因此就断定他杀人栽赃，不过随意挪动尸体的罪过是跑不掉了，免不了一顿好打。狄仁杰命人把两具尸体搬到官府的停尸房去交由仵作查验，起身准备到镇子口看看案发地的情况。

刚站起身来，突然一旁的孔老头失声大叫："啊！不是！不是不是！不对呀！"

狄仁杰猛地抬头问他："什么不对？"

孔老头瞪着双眼，伸手指着衙役刚刚搬起来的尸体："不不不，这不是我店里的客人！"

什么？闹了半天你现在才发现不是你店里的客人？狄仁杰又气又怒，问他说你连尸体都没看清，就被地保吓得去报官?

孔老头哆哆嗦嗦地回答:“当时看清了啊,大人,这个仰面的我看清了,这个确实是我店里的客人,但是这一个,刚抬起来的这个,这个不是啊!他俩不是同伴哪!”

原来一直被胡乱扔在地上、脸部埋在下面的这具尸体,并非昨日的住店客人,但却与其中一个客人同时身亡在一处。

狄仁杰心里一亮:那消失了的另一个客人,极有可能就是凶手。

但这个人又是谁呢?问了一圈,在场的百姓无人知晓,都被这突然的变化惊呆了。

于是将尸体全部运了回去,孔老头和地保胡德也被带回了县衙仔细审问。原来昨天住店的那两个客商都是二三十岁的青壮男子,而今天另一具无名男尸却留着胡子,所以尽管脸上血污不堪,孔老头还是一眼看出了不同。至于那个胡德,简直就是胡来,被单独拷打了一顿之后才痛哭失声地承认,他虽然平日里只在年节时分收保金,但是各家各户都会额外给他塞一点儿钱物,攀个交情平常好办事,就这个孔老头,根本不懂人情世故,从不给他点儿甜头,所以他一直看不顺眼，今天有人说那尸体是昨天去孔家住店的，他一时猪油蒙了心，想着吓唬吓唬孔老头，说不定他以后就知道地保的厉害了。

真是可笑又可恨，狄仁杰也懒得跟他计较，打发回去了事。此时仵作来报，说两具尸首都是被人用利刃捅刺咽喉致死的，手段很是凶残。前一晚在孔老头家投宿的死者怀里揣着一个小印章，刻着“刘长发”的字样，但孔老头说住店时问过，这个人姓徐，失踪的那一人姓邱，并不姓刘，这印戳想必是丝行的名号。此外，那具无名尸年纪有四十五上下，查得此人双手粗糙、指节高耸，虎口处有积年厚茧，应该是一个以推车为生的人。

推车！哎呀，狄仁杰心里又是一亮，这不就串起来了！命案现场并没有推车，而且孔老头明明白白地说了那两个客商背着很大的包裹，包裹也不在了，这可不就是其中一人杀了同伴后又随机劫杀了一个推车汉，推着包裹逃走了。

眼下只需去周边各大丝绸行查找那些丢失的蚕丝就能找到线索了。如此看来破案缉凶也就是时间问题，狄仁杰心头松快了不少，安排人去给无辜被杀的推车汉画像，一边贴在城中各处，一边发往周边县乡，查问苦主。

得了令的官差衙役各自奔忙起来，四五日后尸体的家人就找到县衙，认尸之后放声大哭，果然是一个以推车为业的人，那一日只是路过六里墩，不想就丧命于此。去周边寻访丝绸交易行的官差们带回来的消息却不这么明朗，因为过去的绸缎也好蚕丝也罢，外包上都有商行的印戳，不少丝绸行虽然也寄卖蚕丝，但近来收到手的却没有印着“刘长发”字样的货品。

狄仁杰只能一边先安排官府的人抚恤那个车夫的遗属，另一边依旧打听货品的下落，顺带查访有没有人在当天一早刚好路过镇子口，可曾见过有青壮男子推车疾走。

眼看又过了三四日毫无进展，正焦躁时，忽然有一个本县的丝绸商私下求见，狄仁杰一听是绸商，赶紧请了进来。那人年纪五十上下，进门后就行礼，满面愧色。

绸商说这些天很是难安，因为早都知道大人为了查案在四处打听，同行们也都互相探问谁最近收了湖州丝，但其实那货物应该在他手里，因为他四五日前贪便宜，刚买了两大包蚕丝，其中一些货品还沾了污渍，看起来似乎……是血迹。

狄仁杰马上问他丝包上的印戳是什么？绸商答："刘长发。"

哎呀！真是灯下黑！没想到就在本县！这下狄仁杰有点儿不高兴了，说如果你是外县人，我倒不好苛责，还得多谢你赶来相助，但你是本县绸商，这案子闹得沸沸扬扬的，你早就知道，为何一直瞒着？

绸商赶紧站起来又一顿行礼，叹口气说："大人有所不知，正因为我是本地人，才迟迟不能下决心哪，怕被人事后报复啊！"

这可让狄仁杰纳闷儿了，说："卖给你丝货那厮是个外地商客，而且身负命案，你告了官他必然伏法，哪里还有命来报复你？"

这下轮到绸商纳闷儿了，双目迷茫地看着狄仁杰："外地客商？不是啊，卖我丝货的是周大虎啊！"

周大虎？狄仁杰愣住了。这名字他倒是刚到任就曾听说过，是本地一个泼皮，他还特别叮嘱过属下，若在他任上泼皮惹事绝不轻饶，但这一向也未曾抓到他有什么作奸犯科的举动，丝货怎么会在他手里？

绸商喃喃念叨，说周大虎找他的时候是夜里，看起来很急，似乎也并不知晓丝货的行价，自己虽然明知周大虎平日里手脚不干净，但是一看是湖州丝就起了贪心，翻了翻有一些丝被什么污渍给沾染了，就随口给了个极不合理的低价，没想到对方一口答应，只急着脱手，他就买下了。过了没两天，县里县外就已经风雨满楼，他又仔细查看，发现那些污渍竟然好似血迹，这才意识到手里的湖丝很可能就是命案现场丢了的那些，愁得不知如何是好，前两天有官差来打听的时候刚好他不在店中，因为没有对伙计说过这批货，所以伙计一口否认把官差给打发走了……

绸商战战兢兢地问狄仁杰："大人，我这不算同党吧？"

狄仁杰此刻心里在飞速地整理整件事，这周大虎和失踪的那个客商，难道是同伙？如果是同伙的话，没必要杀掉一个车夫啊。难道是车夫巧遇他们杀人，干脆灭口了？

正思索呢，绸商又念叨了："周大虎被抓了的话，您不会说是我告发的吧？他姐夫绝不会放过我啊……"

狄仁杰一愣："姐夫？怎么又出来个姐夫，他姐夫是何人哪？"

绸商说怎么您不知道他横行霸道都是靠他姐夫撑腰吗？他姐夫是胡德呀，六里墩的地保，其实就是地痞！

胡德！这个名字像焦雷一样炸在狄仁杰耳边，怎么绕了一圈，又回到了他身上！事不宜迟，马上派属下去绸商家把那两大包丝货运回县衙，又派另一批人去捉拿周大虎，狄仁杰百般嘱咐务必避开百姓，务必神不知鬼不觉地把周大虎给捉回来。

他属下有好几个原本就是绿林豪强，悄悄绑架这种事，手到擒来，不多时那周大虎就被五花大绑蒙眼塞嘴像个粽子似的扔进了县衙。

发现身处的地方是县衙后，周大虎也浑然不惧，气势汹汹地问狄仁杰他犯了什么法，狄仁杰也不恼，说："听闻你手里有丝货，是从哪儿倒手的呢？"

周大虎愣了一下，随即一撇嘴："从我姐夫家拿的！怎么了？拿自己家东西能算偷盗吗？"

一听这话，狄仁杰马上给贴身手下丢了个眼色，属下微微一躬身就出去了。干什么去？赶紧盯着点儿周大虎的姐夫啊，别让那厮跑了。

原来周大虎最近确实没有干什么伤天害理的事，但是吃喝嫖赌的习气可一点儿没收敛，前阵子手头紧巴巴，就想着去姐姐家偷偷拿点儿什么给卖了，他没去姐姐现在的宅子，知道他姐夫家的老宅平常都当仓库用，就直奔老宅翻墙而入，没想到院子里好像在动工，满是泥堆沙堆，正失望呢，看见角落有个手推车，旁边的地上放着两个大包裹，跑去一翻竟然是丝，他也不认识好赖，想着总能卖点儿钱，就给偷出来了。

这都过去好些天了，姐姐和姐夫也没找他问过这事，不想倒被县衙找上门了。

周大虎七个不服八个不忿，唠叨了一大串，狄仁杰耳朵里只有一句话在嗡嗡作响：“院子里好像在动工。”敏锐的直觉和以往的经验在此刻汇聚成了超强的行动力，他猛地起身，一声令下，由周大虎领路，带着能出动的全部官差，直奔胡德的老宅。

等周大虎说“到了”的时候，狄仁杰心里全明白了。这个宅子，紧挨着镇子口，离当天的命案现场，也就拐个弯的距离。

院子锁着门，周围有几户人家听到动静跑出来张望，狄仁杰问他们最近胡德是否在此动工，几个邻居说胡德前些天倒是推了一堆泥沙来说填填院子，但是也没雇工，好像就他自己没事过来看看，不知道在鼓捣什么。

官差破门而入，院子里果然在填土，好像是准备把整个小院铺一遍似的，但极其凌乱，刚刚只把西北角的地填上。

泥沙旁有一架手推车，周大虎供认自己拿走的丝包就在这个车旁放着，现在看来，这个车被姐夫用来推泥沙了。狄仁杰在院中慢慢踱步，心里不断地把这些线索打乱重组，眉头越拧越紧。

他正盯着这个一看便知荒置已久的院子发愣，外面突然传来叫骂声，众人纷纷回头去看院门，只见胡德带着几个地痞模样的手下冲了进来，满嘴辱骂，喝问是谁狗胆包天敢进他家院子。

冲进门的胡德瞬间像是被人把嘴焊死了一般，站在那里进也不是退也不是，身后几个地痞一看院子里的阵仗，顿时塌肩缩背，蹑手蹑脚地倒退着溜出门，几股烟就不见了。

狄仁杰一看正主到了，微微一笑问胡德："明人不说暗话，这手推车是？"

胡德明显脸上的横肉一抖，咬着牙说："是我家的。"

狄仁杰点点头："嗯，你家的，前几日那个被杀车夫的家人已经将他的尸首带回去了，临走时告诉本官，他家的车轴上刻有造车商铺的名号，是不是你的车，我现在一看便知。"

说完一挥手，一群官差马上要把车翻过来查验，此时胡德突然跪倒认罪大呼饶命，痛哭流涕地说自己在案发当天其实看见路旁扔着一个手推车，车上还放着两包不知道是什么的东西，一时起了贪念，正好就在老宅旁边，就给捡回家了，求大人明鉴。

其实车轴上根本没有任何记号，狄仁杰随口一诈，这胡德就认栽了，也是因为他看见周大虎在场，前几天已经疑心是这个无赖小舅子偷走了那两包丝，官差肯定也是他给招来的，就想着干脆认了吧。

狄仁杰反倒笑了：“顺手捡的也好，偷盗也罢，也不至于到饶命的地步，是还做了什么要命的事吗？”

胡德一听这话脸抖得更厉害了，不由自主地往刚铺完泥沙的西北角瞥了一眼，只这一眼，在狄仁杰看来就是认罪书了，他大喝一声：“挖开！”

官差们去隔壁又借了些工具，不多时就把胡德一个人吭哧吭哧苦熬苦干了好些天的工程给毁了，厚厚一层新鲜泥沙下，竟然用石板掩着一口井。

不用问，那个失踪的商客，早变成尸体栽在井底了。

人赃俱获，胡德再没有一句辩驳。原来当天确实是这个商客选择在天不亮时就出门，到了镇子口便杀了同伴独吞货物和钱款，不料一个邻县来的推车汉竟然也在这种无人时分路过此地，正要呼喊，被这个商客冲上去就捅死，顺势抢了手推车做工具。

如此凶残的场景，尽收胡德的眼中。

他前一夜刚约了几个赌徒在老宅厮混，后半夜众人散去，他懒得回家，随便打了个盹儿才起身往外走，没想到出门就看见这一幕。

胡德轻手轻脚地走上前，看见两具尸体旁扔着的凶器，顺手就拎了起来，抬头一看那凶手推着车离去的身影，心里飞快地盘算了一下就冲了上去，对准后心猛刺，那人一声闷哼倒在车上，他赶紧推着推车和凶手的尸体拐回了老宅，一搜，果然除了那两包丝，这人身上还有不少银钱。

其实把另外两具尸体扔到孔老头门口只是为了混淆视听，没想到还真起了作用，听到县衙迟迟没有进展时他也松了口气，直到前几天发现丝不见了，心里顿时大乱，开始加班加点地埋院子，结果还是被小舅子给坑了。

狄仁杰都气乐了，原来事到如今，你竟然还认为自己是被小舅子坑了？胡德一皱眉："当然了，此人白白杀了两个人，我杀他岂不是为民除害！"

狄仁杰说："对对对，也有道理，那现在轮到我为民除害啦！黄泉路上你再好好想想吧！"

本回故事：安遇时《百家公案》及无名氏《狄公案》等

第二一回
案拖案

男女被杀驴雪奇冤
老汉挖坑坑下有人

这下子坑边炸了锅，官差们一拥而上把尸体拽了出来，紧跟着人人挥铲如飞，很快又从这具尸体下面的土里挖出来两具，正是刘公子和张三妻子。

颠狂弥勒到明州，布袋横拖拄杖头。
饶你化身千万亿，一身还有一身愁。

这回要讲的是一桩“案中案”，严格来讲，应该叫“案拖案”，一个案子拖出了另一个案子。故事原型来自清代文学家袁枚的志怪小说集《子不语》，以前咱们也提到过这本书，虽然记述了大量民间传说，内容多是怪谈奇闻、鬼怪妖狐，但也记录了一些正常的人间事。

《子不语》是描述怪力乱神的小说集，所以可想而知，这些人间事的荒诞程度一点儿也不亚于鬼神传说。这本书的内容非常庞杂，有不少是袁枚日常跟亲友聊天知道的事，有一些则是他亲自经历的事，或者是当时算得上社会新闻的事，当然会有文学加工的成分。咱们要讲的这个故事，大概就是当时的社会新闻里的一则，当然也可能是好几则被袁先生给揉成一则了。

这个故事叫《驴雪奇冤》，还挺像个动画片的名字，这讲的不是一头驴的流血事件，而是这头驴让某个案子沉冤得雪。

名字是这么说的，但破案的肯定不能是驴，咱都说了这是个人间事，只不过故事里的这头驴很重要，所以还得从驴说起。

大家都知道驴肉火烧，保定名吃！很巧，这个故事就发生在保定，清朝乾隆四十三年，也就是公元1778年，这一年的春天，保定清苑县的一头驴，牵出了一桩杀人案件。

有一日，清苑县的市集上突然冲出来好几个官差，身旁跟着一个年轻男子，气恼不已地指着一头正在售卖的毛驴大喊：“就是这一头！这是我的驴！”一群官差扑上前去把卖驴人就地拿下，在周围百姓的指指点点中回了县衙。

市集上的人们都以为这是一起普通的盗案，本来各家家养的牲畜都有各自熟悉的标识，被人认出来也属平常，都没当回事，吵嚷了片刻就各忙各的去了，没想到有那好看热闹管闲事的，跟着去了县衙起哄，过了半个时辰一溜烟地跑回市集传消息：可不得了啦！不是偷驴，是偷人哪！前几天丢了的那个张家媳妇，就是骑着这头驴丢的！

人群这下子沸腾起来了，张家媳妇失踪这事已经闹腾了好几天，大伙儿茶余饭后都在聊，没想到人还没找见，驴回来了。

张家住在县城外的张家庄，这家的儿子叫张三，不久前刚刚与邻村一女子成亲，婚后新媳妇按规矩择日回娘家住了几天，等到该回来时张三牵着家里的毛驴去接，媳妇骑驴他走路，慢慢悠悠把家还。

当天走到半路，张三遇上几个邻村的伙伴，在路边就聊了起来，因为是新婚夫妇，年轻人在一起难免嘴上开开玩笑，张三怕妻子脸皮薄不爱听，就让妻子先往回走，说驴子认路，不用管它自然就走回家了，自己聊一会儿再回去。张三妻子只能一个人骑驴先行，没想到这一去就再没了人影，驴影也不见了。等张三回家后发现妻子和驴都没回来，跑出门没头苍蝇似的到处乱找，却毫无音信，街坊四邻也都说压根儿没见到他妻子回来。

张三心里怀疑是因为自己跟人聊天让妻子先走，这举动令妻子不满，所以她有可能又掉头回娘家去了，便火急火燎地返回妻子娘家，结果对方大吃一惊，说张三简直胡闹，怎么能让刚过门根本不认识他家附近路途的妻子独自返家？两下里说不到一块儿去，很快就彼此指责起来，闹到了县衙。县衙有什么办法，只能张榜找人，好几天过去了，一无所获。

没想到此时张三家的驴竟然出现了，不用问啊，肯定是卖驴的杀人抢驴啊！

清苑县的王知县一看张三领着官差们抓住了卖驴的人，很是开心，二话不说就让人先把卖驴的人打上十大板子，打老实了再问把张三妻子拐到哪里去了。卖驴人痛哭流涕，争辩说这头驴是他昨日从一个任丘县的农户手里买来的，他本业就是贩驴的，只要有人卖，他看价钱合适就买来倒卖，怎么就扯上拐卖人口了！

王知县一听愣了一下，赶紧叫官差先别打板子。任丘县？任丘县就是本县的邻县，张家庄外的大路是个岔路口，一头来往张家庄，另一条路直走下去就是任丘，难道张三的妻子是被人拐到任丘去了？

这时堂下有个老衙役提醒了一下王知县，说大人您忘啦？前两日您派人去任丘请他们协助找人的时候，他们那边说顾不上咱们呢，说他们也丢人了，正焦头烂额地找着呢，会不会是他们地界上出了抢人卖人的大盗啦？

听听人家老衙役这说话的艺术，“他们地界”，这案子肯定不是咱们这儿的人犯案哪。对对对，王知县猛拍巴掌，肯定是他们那儿出了恶徒，这卖驴的提供的这个线索，很重要哇。

据卖驴人供述，这驴子是从任丘一个绰号叫“大钱子”的人手里买的，那人虽说是个农户，但看起来也不像一般农户那么忠厚，倒确有几分奸相。

卖驴的一看大伙儿都把案子往邻县推，马上知道里面的弯弯绕了，绘声绘色地说那个大钱子如何如何令人生疑，看起来这驴根本就不是他自己的。张三在一旁“呸”地吐口水，说这不是废话嘛，这是我的驴。

有名字有地址事情就好办多了，王知县马上把案情文书派人快马送去任丘县，让任丘县的同僚给找找张三妻子，肯定是在大钱子家。

清苑县的官差赶到任丘县衙，把案子仔细地向任丘的许知县禀报了一番，许知县挠挠头：“欸？驴？有头驴？你们这案子里也有头驴？”

清苑县官差听得云里雾里，什么意思？什么我们也有头驴？难道贵县这边的案子里也有驴出没？

一旁的师爷看自己家知县大人被驴给绕住了，赶紧出来解围，提醒了一句：“大人您看，这头驴，说不定就是咱们那个案子里的那头驴哪！”

清苑县的官差忍不住请教师爷了：“您说的那个案子又是怎么回事呢？”

原来任丘县这些天也是一边在找人，一边在找驴。正是前几日清苑县来要求协助办案时提到的那个案子，他们县里也丢了人，而且丢的可不是个普通百姓，是本县富豪刘家的公子。刘公子带着车夫赶着马车外出闲逛，一去不归，他家人把县衙闹得鸡飞狗跳。一开始许知县本以为是刘公子和车夫一起遇上贼人了，经师爷提醒，认为也可能是车夫为财或是因为平日里有怨气杀了刘公子后逃亡了，当时就派人沿路去那车夫老家追访，没想到真的捉住了车夫，今天刚刚审讯完。

清苑县官差更纳闷儿了：这跟我们的案子有什么关系？这车夫赶的不是马车吗？也没有驴的事啊！

师爷说：“您别着急啊，这不刚要提到驴嘛！”

据车夫交代，当天他和刘公子返回任丘县的途中，遇到一位骑驴的小娘子向他们问路，说要去张家庄，刘公子说那小娘子走错路了，她在十几里地之前就该上另一条岔路，眼下已经快走到任丘地界了。眼看着天色已晚，刘公子便邀请小娘子一起在前面的庄户人家暂歇一宿，明天天亮再返回去，小娘子进退两难，最后还是跟着他们到了一户农家。

那户农家是刘公子家的佃户，住在大道旁的人烟稀少处，院子离村庄不算近，但好在上大路很方便，所以刘公子选择在他家歇脚。当晚那小娘子就把毛驴拴在院子里，与刘公子在农户家的主屋里一里一外将就歇下了。

车夫与佃户两个人在厢房喝了不少浑酒草草睡去，第二天一觉睡到很晚才醒，生怕刘公子生气赶紧出了屋子，却不见主屋里有什么动静。两个人上去推门打招呼，差点儿吓出个好歹，刘公子和那个小娘子，竟然血淋淋地横尸在屋内。

车夫和佃户吓得魂飞魄散，车夫定了定神要去报官，却被佃户一把拽住，说这院子里只有咱们四个人，如今死了两个，我们俩无论如何也说不清楚了，刘公子家财大势广，找不到凶手肯定会拿我们撒气，到时候屈打成招被砍了头，岂不冤枉！

车夫被他这么一说，也觉得报官恐怕是要惹上官司，两个人思来想去，决定把尸体埋了各奔东西，佃户可以去投奔出嫁的女儿，车夫就赶着马车回老家谋生吧。

张罗着埋尸体的时候两个人才发现院子里的毛驴不见了，这时候意识到昨晚可能是有人进院子偷驴，他们俩喝得烂醉没有发觉，但刘公子大概是听到了动静，结果就被人杀害了。但两具尸体已经都被他俩挪了半天，又是血又是泥的，现在再去报官说有人偷驴杀人，更没法说清楚了。既然是别人偷驴杀人，你二人埋尸体作甚？！

两个人又是惊恐又是悔恨，草草埋了尸体就各奔活路去了，没想到跑了还没几天就被追了回来。

听完此案，清苑县的官差连连惊呼："没错啊！就是我们县丢的那个小娘子！她正是张家庄的！"

审到此时，这案子基本上已经破了一半，刘公子与张三妻子都被人杀害，毛驴被偷，但同处一院的车夫跑了，被抓回来后说的这个故事大家纷纷表示将信将疑，正需要更多线索时有官差回衙门报信，躲到女儿家去的那个佃户也捉到了！许知县大喜，正要叫人押上来时师爷赶紧拦了一下："先把这车夫押下去！"

知县一拍脑门："对对对，别让这二人给我当堂串供。"

佃户五十多岁的年纪了，一看就是常年耕作的人，唯唯诺诺，老实巴交，但人不可貌相，谁知道这副面孔下面是什么心肠呢，对不对？看着老实，可他还出主意埋尸呢！许知县定了定神，摆出厉声厉色来，佃户吓得跪地哆嗦，哆哆嗦嗦地把当天的经过说了一遍。

和车夫的口供如出一辙。

如此看来，这两个人可能确实没有杀人，但瞒报命案掩埋尸体的罪过是跑不了了。许知县立即派了几个人去捉拿那个卖驴的大钱子，剩余的官差由自己领队，跟着车夫和佃户去找埋尸之所。

埋尸体的地方离佃户的院子并不是很远，佃户和车夫说当天本来打算把尸体拖去远一些的地方掩埋，但是走到此处时发现有个挖好的大坑，也不知道是什么人挖的，两个人当时已经惊慌失措，干脆就把尸体草草埋进那个坑里了。

不多时，在一处无主荒地里找到了那块埋尸地点，上面的泥土都是新填上去的，与周围土色差别颇大，倒也不是十分难找，官差们懒得干活，呵斥车夫和佃户去把尸体挖出来。

车夫和佃户一边挖一边嘀咕："怎么这么多土……不记得埋了这么多土呀……是你又回来埋了埋吗？"

边嘀咕边挖，突然铲子似乎碰到了尸体，两个人赶紧扔了工具俯身去扒拉，还没扒拉几下，车夫猛然大喊一声："哎呀！"跌坐在了地上。紧跟着佃户又把那已经露出半截儿身子的尸体上的土胡噜了胡噜，仔细看了一眼，也大叫起来。

这尸体并不是刘公子，也非张三妻子，而是一个老和尚。

这下子坑边炸了锅，官差们一拥而上把尸体拽了出来，紧跟着人人挥铲如飞，很快又从这具尸体下面的土里挖出来两具，正是刘公子和张三妻子。

这突然的变故把许知县也惊住了，结结巴巴地喊："别别别别挖啦！"

可不敢再挖了，万一再挖出一个两个无名尸来，可如何是好啊？

三具尸体都被带回县衙交给仵作，初步验尸结果很快就出来了，刘公子与张三妻子都是被人用利刃捅死的，而那具老年男尸确实是个和尚，是被人用绳索勒死的。

哪儿来这么个老和尚被人勒死了？为什么要埋在刘公子尸体上面？难道是同一人作案？不对呀，杀死刘公子的人并没有打算埋尸体，总不能到了杀和尚的时候突然又想掩埋了呀。

莫名其妙多出来的一具尸体让许知县很是头疼，好在有个脑子灵光的师爷提醒他别头疼了，先安排人去摸查一下县里的寺庙，看谁家丢和尚了，要不是咱们这儿的就好办了，云游和尚嘛，案子随便搞一搞就过去了，也不影响大人您的官声。

师爷可真是“好师爷”，知县的事业全靠师爷了。听完这番话许知县的头疼好了一半，赶紧安排人去摸排寺庙，刚安排好就听衙役报信：“大钱子抓回来啦！”

这下子许知县的头疼彻底好了，之前生怕这厮听到风声跑了呢，没想到如此踏实，可能是不知道那院子里还有俩人？许知县神清气爽地升堂，把那大钱子提上来一看，堂上诸位都差点儿笑出声了，你看看你这个面相，就差写着“绝非善类”四个字了。知县一拍惊堂木：“废话少说，为什么杀人？就为了偷驴吗？”

不料这大钱子一看形迹败露反倒喊起冤来，说自己本来只是偷驴，正牵驴呢，听见屋里有男女的吵嚷声，他一时好奇就悄悄去捅破窗户纸看，一眼看见屋里一男子正强行要非礼一个少妇，这一看就不是两口子，那少妇肯定是被掳掠至此的。大钱子越说越来劲：“我一看这歹人非礼，大喝一声就拔刀相助！”

知县都听愣了：“什么意思？看见有人非礼，你路见不平拔刀相助，把非礼的和被非礼的全杀了？你这叫拔刀相助啊？”

大钱子眼珠子乱转，抗辩说是那妇人不知好歹大喊大叫，他一时失手，才搞得本次助人行动不幸出了岔子。

但不管是大钱子被刘公子发现偷驴才杀人灭口，还是刘公子非礼张三妻子被大钱子撞破，总之杀人的是大钱子，这桩案子总算水落石出。知县大人懒得听他嚷嚷，直接给下了大狱。

但那个老和尚的尸体却迟迟无人认领，县里的几处寺庙都问过了，谁家都没有丢和尚，难不成真的是个游僧？知县跟师爷商量，不然就当游僧无名案处理吧？

师爷想了想说："不对呀，大人，您忘了那车夫和佃户埋尸的时候是看见一个现成的大坑才埋进去的吗？说不定那个坑本来就是给老和尚准备的，结果被这俩人占了位子，但是杀老和尚的人又急于脱身，就只能埋在原地了，我猜大约是离埋尸处不远的地方，您再派人往下面村子里走走？"

师爷说得对，官差们在乡下走访了没两天，果然就找见了一处无人小庙，虽然庙里无僧，却有香火，就问了问上香的百姓，这庙怎么没有和尚呢？

香客说哪能没有和尚！有两个呢，老和尚前些日子云游去了，小和尚不知道有什么事出了门，好几天没回来。

官差立即给香客看老和尚尸体的画像，香客频频点头："对对对，就是这个庙里的老僧！"

果然是被杀害的，小和尚有重大嫌疑。任丘知县立即发了缉拿令，官差顺着查访香客和本地僧团得到的信息，一路追到了河南地界，终于找见了已经麻利地还俗还开了小店的小和尚。太好找了，就算你还俗，头发也长不了那么快呀。

听说小和尚在老家都已经还俗开小店了，这回许知县都不用师爷提醒就明白了：为了盗走庙里积攒多年的香火钱，杀了老和尚。

果不其然，审讯之下小和尚招认了罪行，那大坑也确实是他此前筹划杀人时偷偷摸摸、隔三岔五去挖几铲子给挖出来的，没想到等自己埋尸的时候，不知道什么人怎么那么欠，给他把坑埋了大半，害得他只能把老和尚随便埋一埋了事。

他哪会知道啊，那坑里已经有人了，还不止一个。

本回故事：袁枚《子不语》

今夜拍案惊奇

第二二回
戏中案

青天不走寻常路
自导自演巧洗冤

一听说邹大人接了自己的案子，秦制上堂的时候神色都不一样了，仿佛已经无罪释放了似的。没想到他刚上堂跪下，邹应龙就怒喝一声：“你可知罪？！”

渔樵常伴江月心，耕读惯识风雨云。
今代岂无前代事，座中亦有书中人。

在大明嘉靖年间有一位御史名叫邹应龙，他能够名留青史，是因为他曾经做过一件惊天动地的大事——出面弹劾权倾朝野的严嵩父子。这可不是个好差事，生死成败一线之间。幸好，邹应龙成功了。

弹劾阁老这种事能成功，当然不可能凭御史一己之力，除了他背后的政治势力多年筹谋的功劳，更重要的是邹应龙正确揣测了嘉靖皇帝的圣心——皇上也已厌恶严氏父子，此时弹劾，效果自然不同往日。加上邹应龙这人在朝廷里官声本就很好，一向刚正不阿，为世人所乐道，嘉靖皇帝对他多少也有一些了解，他的奏疏写得又极为高明，不提严嵩，毕竟是专擅国政十几年、深得圣心的内阁首辅，只提儿子严世蕃，将桩桩件件祸国殃民的恶行写得简明扼要、触目惊心，最后还加了一句：若有一字不实，砍下臣的头颅。

这几乎就是死谏，拿这条命跟眼看日薄西山的严氏集团拼一下，结果一战成名，真把严世蕃给搞掉了。不管是邹应龙的奏疏给了嘉靖一个完美的理由，还是邹应龙的奏疏帮嘉靖下定了决心，反正邹应龙这个名字永远留在了史册上。

在我们的老朋友余象斗编撰的那本《皇明诸司公案》里，也讲述了邹应龙断案的故事。出于对余象斗老先生的不信任，故事的真实性咱们就暂时存疑。但是，从故事内容可以看出，当时的人对于邹应龙弹劾奸臣的行为是非常推崇尊敬的，所以才会出现以他为主人公的公案小说。而邹应龙的弹劾也非一味蛮干，不仅策划精心，时机找得也很准，说明这是一位极有谋略的官员。在余象斗的笔下，这个故事也被描绘得淋漓尽致。

故事发生在江西袁州，当地有个叫秦制的人，有一天去所属县衙告状，状告本县一个叫曹煌的人，说曹煌恃强凌弱。

这曹煌如何恃强凌弱的呢？原来这人是本地富户，常年以放贷谋财，四年前，秦制向他借了三十两银子，借据上写得清清楚楚：四年内归还本利共计四十两。今年已经到了四年之期，秦制说他这四年里陆陆续续已经还完了四十两，但前些日子曹煌又说四十两不够本利，要秦制在家好好办桌酒席请他吃喝，再添一匹好布来，就把借据还他。

秦制说自己惹不起曹煌，只能忍气吞声照办，谁知道当天曹煌在自己家大吃大喝一顿后，拿起那匹布剔着牙就走了，借据还是没有给，自己实在气不过，追到大街上又是恳求又是发火，反被曹煌当胸给了两拳，他还骂骂咧咧地走了。现在实在没有别的路可走，只能求官府做主。

知县一听他告的人是曹煌，心里有点儿不得劲。你想想看，这种放贷的富户，平日里能不打点衙门吗？多多少少算是个关系户。但是告状告到这儿来了，也不能无缘无故不受理啊，只能先叫官差去把曹煌叫来，当堂对质一下。

没多久，官差就颠儿颠儿地跑回来禀报，说那个曹煌病着呢，前两天据说在街上被一个叫秦制的人打了，伤得很重，此时实在下不了地，没办法来衙门。

知县一听就知道这是曹煌的托词，但是他已经决定把这个官司糊弄过去了，立即伸手指着秦制佯装发怒："你刚才怎么没提你打他的事呢？满嘴只说对自己有利的证词，他打你两拳，你是不是打他更狠哪？"

秦制愣在堂下，半天才磕磕巴巴地争辩说："没有啊！我只是被他打得气不过，往他肩膀捶了一下，也没有用力，怎么可能打伤？他分明就是胡搅蛮缠啊，大人！"

但是知县已经不想被纠缠了，摆摆手说现在也没办法了，你回家等着吧，等曹煌能自己来的时候你再来与他对质，到时候再说官司的事。

受了这样的敷衍，秦制羞怒交加，回家骂骂咧咧，叫嚷着要去上级州府告状。结果没等到他行动起来，县衙官差竟然主动找上门，说他和曹煌的官司有进展了。

这曹煌居然肯露面了！秦制二话不说跟着官差就去了县衙，一路上嘴里叫骂不休，就这么叫嚷着进了县衙大堂，人还没站稳，突然两旁冲上来几个衙役又是摁胳膊又是踹腿，把秦制摁得跪倒在地，紧跟着哗啦啦一阵响，镣铐已经戴上了。

秦制还没反应过来怎么回事，知县大人上堂了，唰地把一张状纸扔到地上，秦制爬过去捡起来一看，顿时眼前一黑。

状纸是曹煌儿子曹基递交的，状告本县县民秦制，借债不还，打死父亲。

曹煌死了?

这变故明显远远超出了秦制的预料，举着状纸变成草人木偶一般。知县看他呆呆发愣，说你也别狡辩了，今日上午仵作验尸的结果都出来了，曹煌心口肋下还有脑后都有致命伤，就是那天在街上被打的，而且你打曹煌的时候身边是不是有两个人来劝阻?你看此前你也没提，可见是心里有鬼，那两人现在都愿意做证，你那天殴打曹煌的时候人家看得清清楚楚，你这刁民，竟然还想诬告别人讹诈你，这下好了，你连曹煌的命都要了，你二人到底是谁讹谁，还用问吗?

秦制这时候反应过来了，自己这是成了杀人犯了呀，当即尖叫起来，大呼冤枉，戴着满身的铁链怒发如狂，在大堂上捶地不止，知县赶紧叫衙役给押进大牢去了。

以上呢，就是秦制诬告曹煌、后被证实其实是他当街毒打曹煌并致死的案件经过。这个案子被江西按察使直接发给邹应龙了，邹应龙当时是江西的副都御史，但是并不负责刑法事务，为什么发给他呢?因为那个秦制在狱中死不认罪，托外面的家人倾家荡产也要告状，而且向上告状的时候一直在指名道姓，说要求邹应龙大人审理，如果邹大人也审出自己杀人的罪名，那才甘心伏法。

明朝是有专门的机构负责收集四方陈情、冤案申诉的，叫通政司。邹应龙本人弹劾严世蕃后获得升迁，当时给他安排的职务就是通政司参议，可见朝廷对他在刑法方面的能力是很认可的，这种认可也已经传播到了民间，不管他后来当了什么官，大家都已经拿邹应龙当青天大人了，凡涉及冤情冤狱，总会有人指名道姓请求邹大人审理。

邹应龙对着案卷看了又看，案情虽然简单，但秦制的情绪很难理解，如果不是被人栽赃冤枉，受了那么些拷打，早都该招了，可知必定有冤。再仔细一看，秦制始终只招认自己打了曹煌肩膀一拳，而验尸报告上却写着曹煌尸体上有三处致命伤，还有那两个证人，都很蹊跷。

邹应龙想了又想，决定把秦制和死者曹煌的儿子曹基，以及两个证人和仵作都带到衙门来一并审理。

一听说邹大人接了自己的案子，秦制上堂的时候神色都不一样了，仿佛已经无罪释放了似的。没想到他刚上堂跪下，邹应龙就怒喝一声："你可知罪？！"

别说秦制了，连曹基都吓一跳，跟两个证人悄悄互相眨眨眼，心想：以为这邹大人要重新审案呢，没想到是给咱撑腰来了呀。

秦制愣了一下，挺直腰板说："小人不知！"哇啦哇啦又把自己的冤情嚷嚷了一遍，说那个曹煌明明不知道出于什么原因暴病身亡了，他儿子非要把这事讹在自己头上，如今连过去四年自己还过的四十两银子都不认了，拿着借据非说自己从未还钱。

曹基一听就急了，连声反驳，公堂上闹闹哄哄的，邹应龙听得颇烦，猛地一拍桌案，厉声喝骂秦制："明明县衙州府都已经审了又审，仵作的证据铁证如山，你死也不服，满世界喊冤叫屈，纯属刁民所为！"

秦制一听这话心凉透了，顿时生出了鱼死网破的胆气，一骨碌爬起来大声对骂："本以为你弹劾严贼是个好官，没想到，也是个狗官！明明是这曹基买通了这几个狗贼陷害我，你查不明厘不清，反倒骂我是刁民。恐怕你弹劾严贼的事情，也有内情！我就是死了到了阎罗殿，也要告你！狗官！"

这是不想活了呀，这通骂的核心意思不就是"死了算了"吗？秦制这边还没骂完，曹基都要乐出声了，我看你小子今天就得下去给我爸爸做伴去。

果然邹应龙气得脸都白了，猛地伸长胳膊拿手指着仵作：“你！你如实招来！是不是拿了曹基的贿赂，栽赃给这个秦制？不然他怎么敢如此藐视本官？！”

仵作一直在一边哆哆嗦嗦一言不发，冷不防击鼓传花传到自己了，吓得扑通一下跪倒大喊：“大人明鉴！有几处伤写几处，小人岂敢伤天害理、欺瞒上官！”

邹应龙一咬牙：“好好好，果真如此，就是这刁民自知必死，反倒豁出去釜底抽薪搏命来了。”再不多说，直接先叫衙役打上三十大板。

板子噼里啪啦打下去，眼看着血就渗了出来，秦制这会儿已经又怒又疼状如疯虎，一个劲地大骂狗官，邹应龙脸色铁青咯咯咬牙。

正打到十几板子的时候，外面急匆匆跑进来一个官差，大喊着巡抚大人正在来的路上，请邹大人暂停审讯前去迎接。邹应龙正在气头上呢，破口大骂官差瞎了眼，审讯中途如何暂停？一会儿再去也不迟！

官差吓得告退了，邹应龙喊了一句“接着打”，板子又挥起来，啪啪刚打两下，外面有人喊：“报——”又跑进来一个官差，大喊着说巡抚大人的车轿已经进了正街，请大人速去迎接。

邹应龙唰地起身走到官差身边，啪的一个嘴巴子甩了上去，眼珠子都冒火了："巡抚大人，巡抚大人，他是大人，我就不是大人？！干什么我就得马上去接他？他是圣人天子吗？！"

这叫什么话？吓得官差捂着嘴一声不敢再吭。

邹应龙这会儿明显气得都歇斯底里了，转头瞪着两个证人和仵作，看看这个看看那个，冷笑一声，说我看你们几个肯定有鬼，不然这秦制敢这么抢白我？敢这么骂我？我要是一世英名毁在这里，还做什么官！

那几个嘴巴一张一合，个个只张嘴没声音，也不知是不敢说话还是被吓得不会说话了。这时候师爷上前来低声劝说，巡抚大人眼看就要进衙门了，再不去相迎显得咱们不得体呀，大人您要不一会儿回来再审吧。

邹应龙扭头一看，秦制嘴里都有血沫子了，还骂着呢，这给他气得直呼："拖下去，拖下去。"秦制就给拖下去了。邹应龙又扭回身指着曹基、仵作和两个证人，说："你们最好给我想清楚这案子到底哪儿有问题，最好给我个能让秦制闭嘴的法子，不然一会儿我回来了他还敢骂我的话，我先要了你们几条狗命！"

邹大人一甩袖子出去接巡抚去了，官差咣当把门一关。得，剩下曹基、仵作和两个证人在空空的屋内呆若四只木鸡。

邹大人一去就是将近一个时辰，屋里四个人那叫一个难受，又想让他赶紧回来，又怕他回来，以前光听说这个邹应龙是个弹劾严世蕃的狠角色，谁知道这么狠啊。哪有这么查案的？逮谁就要弄死谁，这是什么路数啊？

终于等到邹大人回来，重新升堂，把秦制又拖上来了，秦制一看这是刚才没打完的板子要接着打呀，张嘴就要骂。邹大人摆摆手："停停停，先别骂了，等一下，等本官看看审讯文书再说。"

一群人面面相觑，你都还没审呢，之前光恐吓我们了，哪儿还有什么文书要看？

邹应龙突然大声问："都记下了吗？"

跟谁说话呢，这是？大伙儿左顾右盼一头雾水。

突然大堂角落里吱嘎一声，众人闻声都看过去。天哪，怎么这屋子角落里还藏着一个夹层耳房？！此刻正有两个文书先生拿着几张纸走了出来。

一看这情景，秦制还是一脸茫然，但是曹基这伙儿人的脸色可都全变了。

邹大人一边接过文书先生递上来的纸，一边冷笑：“哎呀，可没少说呀！”

随即邹大人开始朗诵这几张纸：

“证人甲说：当天你来找我们，只说在县衙做证一回就可了事，怎么闹到今日的地步！”

“曹基说：实在是有劳各位了，我也不知道秦制有什么办法居然把这人给找来了，不过依我看也翻不了天，也没有向着他嘛！不要慌。”

“证人乙说：你说得轻巧！你看这官这个样子，凶神恶煞一样，倒是没向着他，也没向着你啊！你当咱们是严世蕃哪？这一会儿惹急了他，真把我打上几十板子，我不死也丢半条命！现在真是悔死了！”

“仵作说：你还能有我悔？！就为了那么点儿银子，这事要是弄不好我得把命搭进去！你看看那个凶样子，活阎王一样，万一发起狠来，把你爹的尸首再挖出来重验，咱们都得死！”

“曹基说：这叫什么话！哪有挖坟的道理！再说了，你的手艺不是没问题吗？”

“证人甲说：他没问题，人家不会找别的仵作再验？别的仵作就准保看不出来？”

念到这儿的时候邹应龙抬头冷笑着问仵作：“你的

手艺真就那么好？别的仵作当真谁也看不出你在尸首上做了手脚？那本官真想验证一下了。”这话说得曹基脸上青一阵白一阵，好似亲爹已经让官府挖坟开棺了一样。

堂下众人此时已经全都明白了，此前这一大套所谓的审讯包括接巡抚，其实都是邹应龙安排好的，邹应龙料定曹基并没有舍得给证人和仵作太多银子，所以演完这一套，这三个人估计已经吓破了胆子，掂量一下自己做伪证的收获和有可能付出的代价，肠子都悔青了，等到大堂里空无一人的时候，肯定会互相抱怨，抱怨中一定有真相。

提前安排的两个文书先生的手速确实惊人，密密麻麻地记了一大堆，把曹基许诺此事彻底完结后再追加银子的话都记下了。邹应龙边看边乐：“嗯，还骂了本官不少难听的话，狗胆包天哪，你们……哟，若挨了板子，一板子一两银子补偿，曹基呀，你先把秦制刚才挨的板子给补偿一下吧！”

秦制这时候也知道了邹应龙打骂自己其实是为了瞒过这几个人，虽然挨了打，却终于洗清了冤屈，一想到刚才自己对邹大人的无礼，这心里又是感激又是愧疚，难受得放声号啕起来，边哭边咚咚地磕头，邹应龙赶紧让衙役给扶了起来。

曹煌确实是在家中暴病身亡的，和秦制根本没关系，那两个证人当天拉架了不假，但当天其实是曹煌暴打秦制，曹基在他爹死后突然想起秦制前两天去县衙告状的事，肚子里的坏水马上开始翻腾，想着用这事再讹些银子，至于尸体上的伤，仵作拿了钱就自有办法。案子终于水落石出，邹青天的智慧再次成为街巷美谈，不过不知道巡抚大人要是听说自己成了审讯剧情里的重要助演，还被骂了好几次，会是什么表情。

本回故事：余象斗《皇明诸司公案》

第二三回
栽赃案

腐败知州荒唐断案
阴损师爷颠倒是非

听说衙门里终于要给鞠大夫报仇了，百姓都很欣慰，都盼着早日擒拿凶手，没想到，过了没多久，衙门里又传出消息来，说凶手已被抓获，正是鞠大夫的老婆向氏。

猫鼠何当一处眠？总因有味要垂涎。
由来捕盗皆为盗，贼党安能不炽然？

这回书咱们讲一个发生在清朝咸丰年间的真实案件，由于这个案件最后拉扯出晚清官场一连串的腐败乱象，因此非常出名，在不少文艺作品里都出现过这个案件的影子，比如我们讲过的《林公案》，里面有个小案子跟此案就非常相似，二十世纪还有一部电视剧，也是以此案为基础进行了改编创作。

在四川合州一个叫七涧桥的地方，有户人家姓鞠，鞠氏父子二人都是地方上的草医，平常以务农为业，同时给四方乡亲治疗一些简单的疾病，日子虽然紧巴，但这父子二人天性纯良，平日里又总给大伙儿瞧病抓草药，广结善缘，所以出门遇上的都是笑脸，附近的男女老幼都尊称一声“鞠大夫”和“小鞠大夫”，生活称得上是恬淡惬意。

就是这样两个公认的好人，却在一夜之间横尸街口，血淋淋地倒在了离自己家不远的路上，这引发了当地百姓极大的惊骇和愤怒。

报案人是鞠家的两位女性，婆婆向氏和儿媳周氏。案发当晚一家人各自安睡，半夜婆婆向氏迷迷糊糊地似乎听见有什么动静，半梦半醒中问了一句："外面是什么声音啊？"没得到回应，伸手往床的另一侧摸了摸才发现丈夫没在床上，心说肯定是起夜尿尿去了，也并不在意。

谁知又迷糊着打了个小盹儿后，随手一摸还是没有人，向氏心里突然发毛，爬起来出门去看，果然院门开着。家里的茅厕在小院门外，此时还是深夜，看着黑洞洞的大门向氏有点儿害怕，只能走到儿子儿媳房外，在窗下喊了喊儿子，叫他起来出去看看他爹是不是因为天黑摔倒了。

儿子很快就出来了，迷迷瞪瞪出了门，向氏放心地回了屋子去睡觉，却没想到这下子连儿子也没再回来。

没到天亮，向氏就彻底醒了，发现丈夫还是没回屋，赶紧起身跑出院门，一出门就看见不远处隐隐约约有个人似乎是面朝下趴在地上，见此情景她脚已经软了，强撑着走上前去，不用细看已经认出这个一动不动、生死不明的人正是自己丈夫，身下一大摊鲜血，向氏厉声尖叫起来，惊动了好些邻人。

儿媳周氏和不少邻居都赶出来查看究竟，有胆大些的男子急忙扶起鞠大夫，发现早都断了气。向氏边哭边语无伦次地说儿子也出来了没有回去，大家四下里找寻，不多时就在离此不远的地方找到了小鞠大夫的尸体。

父子二人都是被人用利刃刺破胸膛而亡的。

一向风平浪静的七涧桥出了惊人命案，这案子一告就告到了州府衙门里。本地的知州姓荣，荣知州派了几个官差来查看了一下尸体，又问了问街坊四邻，得知鞠氏父子绝无可能与人结仇后，这案子飞快地陷入了僵局。

怎么能这么快就僵住了？因为这位荣知州呢，根本不会查案。这是个花钱买来的官，本身就是一个浪荡纨绔的荣知州自打来了本地后，很快就发现这个衙门太合心意了，上下沆瀣一气，全是酒囊饭袋，平日里有什么公务全都扔给手下的滑头师爷解决，万幸的是，此地一向还算太平，他这地方官当得稀里糊涂的，也能糊弄。

这次可不行了，因为一家父子两人同时被杀，这无论如何都算不得小事，很快这案子就传开了，四方百姓一传十十传百，都说合州出了杀人狂，一时之间人心浮动。

荣知州虽然也听到了不少风言风语，但自己查问的结果就是这两个人意外被杀！可能是什么路过的凶徒作案！这查不出来很正常嘛！一如既往使用了“拖”字诀，把此案变成了悬案。

鞠家如今只剩下两个寡妇，凄惨之情可想而知，就算是婆婆向氏隔三岔五地去衙门打听消息，但一个中年妇人能有什么门路？每次都是被官差三五句话打发回家，渐渐地，也只能终日以泪洗面、听天由命了。

过了不到两个月，向氏做主，把儿媳周氏嫁出去了，不忍她年纪轻轻陪着自己守寡度日，这在当时也是常有的事，并没有人因此而轻慢这两个可怜的女性。只是向氏独自一人在家，想着丈夫儿子惨死，不免逢人就哭诉，鞠氏父子往日里积攒下来的好人缘也没有消失，七涧桥百姓对此案的民怨越积越深，渐渐地，此案就成了本地官府最大的丑闻，终于传到了刚上任不久的四川总督黄宗汉的耳朵里。

黄宗汉在升任四川总督之前就因为刚正清廉而得到嘉奖，皇帝亲赐其“忠勤正直”的匾额。你想想这么个人，能容忍自己治下的地方官被百姓众口一词骂“昏官无能”吗？何况还是因为这种极易引起民心不安的凶杀案件。黄宗汉听说了这个案子后马上责令荣知州的上级重庆知府杜光远彻查。

重庆的这个杜知府虽然不是买来的官，但是比起荣知州来，也好不到哪儿去。一看总督大人过问了，第一反应就是“这个该死的下属给我添乱了”，立即把荣知州叫来臭骂了一顿，责令他尽快破案，跟他说：“要么交出真凶，要么交出官帽，你看着办吧。”

这可要了荣知州的命了。这官帽，是花了大价钱买来的啊，怎么能因为这么个事就给收回去呢！赶紧叫他的滑头师爷想办法。这个师爷不是一般人，是衙门里的老油条了，一看上司被他的上司掐了脖子，脑子飞快地就动了起来，很快想出了“破案”之策。

听说衙门里终于要给鞠大夫报仇了，百姓都很欣慰，都盼着早日擒拿凶手，没想到，过了没多久，衙门里又传出消息来，说凶手已被抓获，正是鞠大夫的老婆向氏。

这个消息的轰动程度一点儿也不次于鞠氏父子被

杀当时。鞠家附近很快来了不少打听消息的好事之人，而邻居们也都是惊怒交加，说前几天衙门来人把向氏叫走，说的是去查问案情，怎么如今倒说她是凶犯？一派胡言！向氏老实本分，怎么可能是凶犯！

衙门里的情况却和大家以为的完全不一样。向氏被指认为凶手，这可不是荣知州胡乱栽赃瞎说的，而是有奸夫指认。

原来，这些天合州地界上到处都在谈论鞠家的惨案，都说这回衙门可是要动真格的了，不抓住凶手誓不罢休，还鼓励大家举报线索，查实有赏。结果就有一男子来到衙门，说自己知道真凶何在。本来衙役以为是有什么线索要说，谁知此人竟然说他目睹了凶手杀人，因为他也算是个帮凶。

荣知州得知消息赶紧亲自审问，此人自称金六，说鞠氏父子被杀当日是在家门外与他发生争吵，而趁着他们毫无防备杀死他们二人的，正是向氏。

荣知州又惊又喜，问金六为何与鞠氏父子争吵？

金六说因为他与向氏有奸情，被鞠大夫撞破，向氏跟他商量，想着一不做二不休把事情说破算了，他本以为是争吵一番作罢，就依从了向氏。当天半夜向氏将鞠大夫叫出门外，鞠大夫一看金六在此，顿时气得就要拼命，金六还在推搡的时候，却没料到向氏竟然掏出尖刀猛刺向自己的丈夫，可把金六吓坏了，随后小鞠大夫听见动静出了院子，向氏一看事情败露，竟如法炮制，痛杀亲儿。

被向氏的凶狠吓得魂不附体的金六一直藏着不敢露面，如今实在挨不住良心的煎熬和恐慌，才终于来衙门自首。

被戴上刑具的向氏却跟金六所说的狠毒妇人毫无相似之处，听到知州大人问自己承不承认与人有奸情后杀死丈夫儿子，向氏犹如雷劈电击一般浑身战栗不止，似乎这指控太过荒唐，导致她都不知道该如何回答，张着嘴只能发出“没！没”的干号。

荣知州一看向氏这情形，大手一挥喊：“带奸夫上来！”就把金六带上来对质。金六一见向氏就喊：“招了吧！你就招了吧！”而向氏看到金六，目光呆滞了半天后转为惊恐，大叫起来：“冤枉啊！我不认识此人啊！”

蹊跷的是荣知州此时却一扫此前的昏庸，听向氏大喊冤枉并坚称不认识此人时，竟然一点儿也不惊慌，反而微微一笑，说了声：“带证人上堂！”

还有证人？向氏茫然地转头一看，脸色顿时变得铁青。已经改嫁的儿媳周氏，正走进大堂。

周氏上了堂就跪下，不知道是不敢还是不忍，都没抬头看自己前婆婆一眼。荣知州大声喝问周氏，以前见过这个金六吗？周氏点点头。荣知州又问："可曾知道此人与向氏私下有奸情来往吗？"周氏微微颤抖了一下，轻声说："知道。"

一旁的向氏瞬间昏死过去。

案情经过一经传出，合州百姓无不惊掉下巴，一时之间满城哗然，舆论如沸，不知情者都在怒骂向氏蛇蝎妇人，而七涧桥那里的人们更是怒不可遏，他们怒的可不是向氏，而是知州，百姓简直要去围攻衙门了。

岂有此理！向氏是何等人品，住在一起的街坊乡亲们谁不知道？怎么可能有奸夫？向氏杀鸡的胆气都没有，怎么会是蛇蝎妇人？明显是昏官为了结案编造诬陷！

至于儿媳周氏的证词，街坊们也极难理解，她婆婆以前对她不差呀！怎会如此恩将仇报？是有什么隐情吗？

此时，有平日里路子野、人脉广的乡亲悠悠地道出了一个惊天消息："呵呵，诸位恐怕不知道那周氏如今的丈夫是什么人吧？”

大伙儿赶紧追问了：“是什么人？”

消息灵通人士“呸”地吐了口唾沫在地上：“是陈老伦哪！”

“哇！”“难怪！”人群中顿时爆发出愤恨之声，仿佛“陈老伦”这个名字一出来，周氏的证词无论真假，都应该按假的来算了。

陈老伦是谁？只是合州衙门里的一个刑房书吏而已，但此人在本地恶名昭著，不但心狠手辣，而且惯于使用阴损招数，很多时候他说是破案，实则讹诈欺人，是百姓无不切齿的一个酷吏。可惜历任知州都喜欢听他摆弄是非，因为他损嘛，所以“破案率”很高，反正不管是冤枉还是栽赃，总能把案子结了。

可怜的向氏根本不知道他们家出人命后，来家里查问的官差中就有陈老伦，这恶徒一眼相中了周氏，找了个能说会道的媒婆骗取了向氏的信任，向氏以为是给儿媳找了个吃官饭的好人家，谁知道是给自己找了条无常路。

陈老伦哄骗周氏说只要在大堂上承认婆婆向氏与其他男子有私情，就能尽快将她前夫的命案结案，而自己也不至于被知州撵回家来，只要上下打点运作，向氏也能全身而退。可恨周氏愚蠢又自私，竟然就这样走进了大堂。

事情到了这一步，荣知州自然就喜上眉梢地向上级汇报了。向氏因为不肯认罪，受了不少酷刑，在大牢里眼睛都快哭瞎了，只等着含冤而死。

谁知荣知州给重庆知府发去公文后左等右等不见上司嘉奖，正琢磨是怎么回事时，收到了臬台衙门的公文，吓了一跳。臬台就是按察使嘛，专管刑事的，这是出什么问题了？打开公文一看，原来就是让他把案子查办扎实了，然后直接给臬台汇报。

可见是有人又去臬台衙门告状了，所以上面才来过问一下。荣知州也并不在意，这种过问，问了就过了，这就是官场规矩，他明白着呢。

把案情整理好，又给臬台衙门递交上去，荣知州心想这下总算圆满收尾了吧？没有，更麻烦了，怎么臬台直接点名让他带着一干人等去臬台衙门会审？

这下真把荣知州搞得有点儿慌了，赶紧派人去打听，谁在外面告状？怎么把本大人搞得如此狼狈？下面的官差打听了一圈，回来说不碍事，大人不必惊慌，只不过向氏娘家弟弟不服，派了自家的小女儿去上面衙门口拦轿子去了，上面也得走个过场嘛，对吧！

原来只是个小姑娘拦轿喊冤，荣知州放心了，这事他也懂，有百姓当街拦轿，当官的肯定得下来表现一下爱民之情嘛！哈哈，不是什么大事，走过场而已，刚好带点儿礼物，去给按察使大人献献殷勤。

等到了臬台衙门里，荣知州才知道，向氏弟弟家的那个小女儿当街拦下的轿子里坐的那个官，可不是按察使，而是本省总督大人黄宗汉。

一听说自己几个月前就要求彻查的命案如今不顾民愤给定成了奸情杀人，黄宗汉第一反应就是栽赃，到底是也不是，看来本地这些官员实在是靠不住了，只能亲自审讯，刚好，借此案剜一剜本地官场的这些腐肉烂疮。

荣知州进了臬台衙门一看，自己的顶头上司重庆知府正黑着一张脸坐在堂下，吓得赶紧低头哈腰，悄悄抬眼看了看在座几位的官服，认出来了，另一侧的是按察使大人，堂上那位，竟然是……总督……

看见人到齐了，黄宗汉也懒得打哈哈，开口就先直奔主题：“堂堂四川省，州、府、道、臬各级刑狱，竟然断出这样一个糊涂案，何其可笑！”

荣知州虽然吓得屁都不敢放一个，但是知府哪能由着他在那里装死？鼻子不是鼻子、脸不是脸地让他马上把案情向总督大人禀报。黄宗汉冷笑一声，说不必了，我自己审问一遍就什么都明白了。

都以为要审向氏了，谁知黄大人一声令下，先把奸夫金六给带上来了。带上来后一句话都没问，直接就是大刑招呼，金六被打得杀猪一样叫起来，嘴里血沫子直涌，瞪着两只眼看向荣知州，死命大喊："知州大人！不是说好的不用刑吗？！怎么往死里打我？！"

这话一出来，傻子都知道这"奸夫"是怎么回事了。知府和臬台又是羞愧又是恼火，齐刷刷瞪着荣知州，而荣知州这会儿只恨自己手里没个刀枪剑戟，不能一刀攮死这金六。

被打得皮开肉绽的金六此时只顾保命，忙不迭地把衙门里的陈老伦找到自己、塞了银子并保证不会受刑受罚后自己才来做伪证的前前后后说了个清清楚楚。此时的荣知州已经站也不是坐也不是，脸上的汗珠子在下巴颏上汇流成泉。

黄宗汉嫌恶地看了看自己这几个下属同僚，说："我都不知道说你们点儿什么好，但凡有一个人真心实意地去查了，这案子也不可能拖到如今这个地步，竟然还想着栽赃诬告，伤天害理，与真凶何异？"

知府嘟嘟囔囔着争辩："这种案子，它不好

破啊……”

黄宗汉呵呵冷笑，说：“是吗？那我这手下人，怎么就给破了呢？”

堂上众人大惊：“破了？谁破的？”

此时堂下一个官吏大步上前向黄宗汉施礼，身后几个衙役扭着一个五花大绑的壮年男子押了上来，摁着他跪下。

这官吏名叫李阳谷，是黄宗汉的得力下属，在黄宗汉第一次向重庆知府问询此案后不久，李阳谷就已经便衣潜入合州，日夜混迹于当地赌场酒楼，逢人就拐着弯地把话题引到这个案子上来，捕捉一切蛛丝马迹。终于有一日，他正在赌场里假装惊讶地描绘道听途说来的向氏杀人的经过，旁边有个醉醺醺的男子不屑地讥讽起来：“衙门里的这些狗官真是可笑！那鞠家两个大爷们是那么好杀的？还能被个娘们杀了？要不是爷的刀快，差点儿把爷的辫子给揪掉了！”

正是真凶无疑，还挺要面子，愣是自己说出来了。

此人是个在合州做小买卖的，嗜赌如命败光了钱财，入户行窃时不料被出门上厕所的鞠大夫撞个正着，鞠大夫岂肯放过他？一把扯住他的辫子，正要喊人时被他一刀刺入胸膛。

至于小鞠大夫的尸体为何与父亲的不在一处，真凶也交代明白了：鞠大夫被他刺伤后并没有立刻毙命，倒地后仍死死揪着他的辫子，他扭打了一番才挣脱，这就耽误了不少工夫，终于脱身了赶紧往前跑时，后面出门的小鞠大夫已经发现了父亲被刺伤，拔足狂奔就追上了他，这才被他捅死在街口。

案件真相大白，可怜的向氏终于回到家中。明明能靠不懈走访捉住真凶，愣是被一帮昏官酷吏搞成了民怨沸腾的大冤案，简直让人分不清到底是凶徒更可怕，还是昏官更害人。

本回故事：清咸丰年间之真实案件

今夜拍案惊奇

第二四回
灭门案

中秋团圆夜全家丧命
清官走极端害人不浅

当夜明月东升，银光泻地，别处万家各庆团圆，而贾家院中白幔轻飘、白烛淌泪，雪亮的月光落下来，默默照看着十三具无言的尸体……

君不见平阳公主马前奴，一朝富贵嫁为夫？
又不见咸阳东门种瓜者，昔日封侯何在也？
荣枯贵贱如转丸，风云变幻诚多端。
达人知命总度外，傀儡场中一例看。

有不少人都曾经从一些文艺类作品里听过这么一句话：“月黑风高夜，杀人放火天。”这句话的流传之广已经到了说完上半句，你会不由自主地接出下半句的程度，久而久之，“月黑风高夜”成了最佳的犯罪场景。

可见犯罪这种事，最好不要扯上明月，这属于对月亮的大不敬。但偏偏有些犯罪分子十分猖狂，不止连累明月，还胆敢连累十五的月亮，这可真是孰不可忍了。这回书要讲的就是一个发生在中秋节的灭门惨案。

故事来自清末文学家刘鹗的小说《老残游记》，这本书大家应该都不陌生，上学时就曾学过，鲁迅先生把它和《官场现形记》《孽海花》《二十年目睹之怪现状》称为“清末四大谴责小说”。谴责官场腐败在清末小说里并不罕见，但《老残游记》和其他讽刺谴责类小说最大的不同在于，它提出了一个在当时堪称惊人的观点：清官之祸。

多吓人，谁不知道贪官害人，这刘鹗竟然说有的清官比贪官的祸害还大，可见他说的这种清官，是加了双引号的清官。这类“清官”虽然看起来并不怎么醉心于贪腐，但是他们却醉心于官场升迁，如果不用行贿受贿这套的话，那只能用政绩了，对吧？他们的问题就在这些“政绩”上，为了破案或是平乱，不辨是非，一味杀戮，用无辜百姓的死伤染红自己的顶戴，这种“清官”被刘鹗形容为“杀民如杀贼”，祸害百姓的能耐真的不比贪官差。这种思想水平在当时称得上惊世骇俗。

虽然用鲁迅先生的原话来说，这部小说是“言人所未尝言”，但《老残游记》可并不仅仅因为批判价值才得以流传，作为小说来讲，它的文学价值也是世界所公认的，是联合国教科文组织认定的世界文学名著，感兴趣的朋友可以找时间读一读原著。

《老残游记》的主人公老残，是一位隐于江湖的郎中。郎中是一个很有意思的身份，摇着串铃走街访巷，但是又跟朝廷里不少官员有着很深的交情，既深入百姓体察八方疾苦，又能把自己的所见所闻所思直达官府，是个见识广博、心怀慈悲的“文侠”。

故事发生在山东齐河县，主人公老残游历到此，跟旧友相聚，朋友急三火四地跟他讲了一桩本地刚刚发生的惊天命案。

齐河县有个大村镇，名叫齐东镇，镇上有个五十多岁的贾老翁，是本地颇有名声的一个富户，就在前几日，中秋节前一天，全家丧命了。

贾老翁膝下有两个儿子和一个女儿，儿子都已经婚娶，女儿尚在闺中。可怜大儿子去年因病去世，今年八月十三是他周年忌日，别人家都在忙活中秋节赏月供桌的时候，贾家凄凄惨惨地忙了三天的祭奠法事，从八月十二忙到八月十四，送走诵经的和尚和帮忙的短工，一家人终于歇了下来，谁知一歇下来这贾家大门里就再没了动静，傍晚时分有邻居想着过去打个招呼什么的，不多久就大叫大嚷着跑出来，站在大街上嘶喊：“贾家死绝了！”

贾老翁家里上下十三口人，有在卧房的，有在账房、门房的，竟全部气绝身亡。但要说这是灭门了，却也不完全是，万幸下午办完法事后贾老翁的女儿送姑妈回家，竟然躲过了一劫。

哦，对了，还有一个人也躲过了此劫，就是贾老翁的大儿媳。大儿媳是邻村人，娘家姓魏，也算得上是本村的有钱人，选了门当户对的贾家做亲家，谁知道女婿早逝，把魏老头心疼得够呛，担心女儿太过悲伤，八月十四当天来贾家参加了法事后就把闺女接回娘家去了。

接到消息的贾魏氏惊得魂不附体，魏老头赶紧套了车带着女儿又赶回齐东镇，一进门就看见贾家女儿在一群邻居的搀扶下哭得死去活来，贾魏氏也一个支撑不住昏了过去。

第二天就是中秋节，一大早县衙官差带着仵作来验了尸，随后把尸体都暂时停放在院子里，贾家的四方远近亲戚得了消息的都赶来帮忙，先支起了灵堂白帐子。

但这是中秋节呀！谁家能陪着你们这一院子死于非命的尸首过中秋？到了傍晚众人就纷纷散去了，只剩下贾家儿媳、女儿和三两个近亲。当夜明月东升，银光泻地，别处万家各庆团圆，而贾家院中白幔轻飘、白烛淌泪，雪亮的月光落下来，默默照看着十三具无言的尸体，这情景，可怜至极，可怖至极。

好端端的中秋，治下竟然出了这样骇人听闻的灭门案，可把齐河县的王知县急疯了，最近一直就焦头烂额地忙这一件事。

老残从老友处听说这件大案后，心里生出许多的疑问，赶巧了，本地的王知县也是老残的同乡旧相识，很快两个人就碰了面，老残赶紧问起此案的进展。

王知县一听老残问起贾家的案子，顿时满脸愁云，摆摆手说别提了，我看要出乱子啊。

老残有点儿意外，问王知县这还能再出什么乱子？难道是凶犯毫无线索？

王知县叹口气说了如今的情况，老残才知道原来这案子已经由不得知县审理了。

案发后第三天，苦主家已经有人来县衙提告，说他们家人已经找见了真凶，求知县速查速办。这可把王知县吓了一跳，前一天他刚亲自前去第二次验尸回来，自己和手下官差都还毫无头绪呢，怎么这贾家竟然找见真凶了？再者说了，贾家已经死得只剩下女儿和儿媳了，这来告状的是个小伙子，怎会自称是贾家的人？

告状的小伙儿自称贾幹，是贾老翁的远亲，贾家一家人死了个几乎精光之后，几个同族长辈做主，赶紧先把贾幹过继到了贾老翁名下，不然过些日子连丧事都不太好办。

一个过继过来只一天的男子，他是如何找见凶手的呢？贾幹见王知县疑惑，赶紧掏出一个裹着的布手帕递上来，说是凶手杀人的证物。

王知县打开那手帕一看，是一些碎了的点心。前几天不是中秋节嘛，家家户户都有月饼，这一看就是月饼，只是碎得厉害。贾幹说这是贾老翁床头吃剩下的半块月饼，月饼馅儿里被人掺了砒霜。

现在的砒霜是白色粉末状的，而古代由于技术条件所限，不可能做到这么纯，所以大都是泛红的颗粒物，郎中或是药师都能分辨，很快就查明这些月饼渣里确实有砒霜。

贾幹又禀报说当日家里人应该都吃了这些月饼，所以才会集体中毒而死，而他家姊说这些月饼并非自家购买或是请饼店制作的，是贾家的大儿媳贾魏氏从娘家带来的，可见是贾魏氏不想在贾家守寡守节，所以才出此毒计。

贾幹说完这些话后就不停地又哭又喊，催着官府拿人，但王知县看着那些月饼渣，心里却生出了大大的疑惑：此事有鬼。

因为王知县亲自验尸了。仵作第一次验尸回来后就说出了一个惊人的结论：这一家人都是中了奇毒而死。什么叫奇毒？就是奇怪的毒物，绝对不是常见的砒霜鸩毒之类，因为把这些毒药喝下去后，人都会死得很狰狞，什么七窍流血、面孔乌青、关节发硬之类的，反正都有明显表征。而贾家这十三口人，全部都死得很安详，一个个毫无挣扎的痕迹，顶多就是有几个人倒地的时候身上出现磕伤擦伤，除此之外，再也没有任何伤痕，至于流血什么的更是没有，仿佛在极短时间内就毫无先兆地集体死了。

王知县亲自验尸后发现尸体的状态与仵作所说的一模一样，这种奇异的死状让这桩灭门案更增添了许多恐怖气氛。而贾家这个刚刚仓促过继来的儿子，带来的这半块夹杂了砒霜的月饼，明显与这些死者的死因没关系，这难道是作假？

虽然王知县对贾幹心存怀疑，但人家毕竟带了证物来，不能草率对待，所以先把贾魏氏和她父亲魏老头传到县衙审问。

魏家父女一听贾家新过继来的儿子指认他们在月饼里下毒，惊愕万分，对这突如其来的杀人罪名表现出了极大的愤怒，没错，不是惊恐，也不是冤枉委屈，而是愤怒，走在大街上好端端被人兜头泼了一瓢粪的那种愤怒。贾魏氏说："知县老爷怎么不去街坊四邻那里打听打听？我公爹待我如同亲生女儿，我和婆家人亲厚无比，怎么可能做出这种丧尽天良的事情？"魏老头更是怒火万丈，大叫着要打死栽赃的贾幹。

但是把作为证据的半块月饼拿上来让他们看时，这二人又异口同声地承认："没错，正是我家请饼铺做好了送来的，贾家要办三天法事，肯定没有精力再顾着中秋节，作为亲家这么点儿心意都不能送吗？"

至于馅儿里的砒霜，贾魏氏更理直气壮了，说："我娘家前些天送出去的月饼不止贾家一家，好几处亲戚都收到了，怎么人人没事，偏我婆家吃了就死？要说只给我婆家下了毒，送月饼是在事发前三四天，当时大家伙儿都吃了，我也吃了，为何当天不死？我怎么也没死？"

这一串反问几乎是无懈可击，合情合理。正好官差也已经按王知县的吩咐去把做月饼的店家叫来了，一问之下跟魏家父女的口供毫无差别，虽然月饼馅儿是魏家自己做的，但是做好的月饼当天店里就按客人吩咐包好了送去好几家，根本不可能出现这家有毒那家没毒的情况。

王知县请饼铺的掌柜看了看那半个带砒霜的月饼，掌柜大吃一惊，犹豫着说："这不对劲呀……月饼的馅儿油性很大，如果是我们做的时候就包了砒霜在里面，等月饼烤好了这些东西应该都化进馅儿里了……这……这是后来才撒上去的吧……"

虽然饼铺掌柜并不敢把话说绝，但王知县已经心里有数了。贾幹想要陷害贾魏氏，将月饼掰开后硬塞了些砒霜进去做假证据。这继子刚进门一天，就敢做这样的事？

接下来就应该顺理成章地审讯贾幹了嘛，结果，贾家的姑妈这两天已经使尽了浑身解数，竟然找到了本省巡抚那里的关系，突然就给县衙里派来了一位官员主审此案。这位官员风风火火一到场，这案子，用王知县的话说，那就要出乱子了。

老残听完这案件的情况，再一看王知县现在愁眉不展的样子，以为来了个昏官主审，想着自己在官场也颇有一些交情，看能不能帮上什么忙，就赶紧追问来的是哪位大人，审案是什么路数？

王知县苦笑着说，是位名叫刚弼的大人，审案的路数就一个字：刑。

这名字听着就要坏菜，刚弼，刚愎自用嘛！那还有个好？王知县对案情的分析判断这位刚大人一概不听，不耐烦得很，来了就办了一件事——拷打魏家父女，让他们招认是如何毒杀了贾家满门的。

老残听到这儿可急坏了，怎么来了个如此昏聩的官员！王知县说："快别提了，这位刚大人以清廉自居，那真是，清廉得一愣一愣的啊。魏老头家的老管家心疼主家受刑，傻乎乎地找了个中间人去求情，结果呢？刚大人这下可得了理了，说你们如果没杀人怎么会来找我说情呢？岂不是不打自招？"于是打得更狠了！今天把那魏老头险些打死在大堂上，他女儿心疼老父，已经认了罪了。

如此"清官"，真把老残恨得牙都咬裂了，当下就起了拔刀相助的心，马上写了封信托人快马送去巡抚大人那里——合着他在那儿也有"后门"。送完信老残就请王知县安排几个得力的官差，自己私下里追查真相。这位刚大人看来是铁了心要把此案速战速决，不惜屈打成招也要成就自己的官威，想查真凶只能悄悄进行了。

首先去查的当然就是那个贾幹，王知县说贾幹提过一嘴，那半块月饼是家姊先发现的。

家姊？那不就是贾家的女儿？贾魏氏之外的另一个幸存者。顺着这条线一查访，一个奇怪的情况出现了：这贾家出事之后，贾小姐就一直住在姑妈家，这倒是说得过去，毕竟她跟姑妈一向亲近，以前也经常去住几天，但是，自从她住在那里之后呢，吴二也总去。

吴二是谁？原来是贾姑妈丈夫家的一个远亲，邻村人，长得倒算是风流倜傥，曾经还跟贾小姐谈过婚嫁，后来不知何故并没有结亲。

老残本身就是摇铃串巷的郎中，他打听消息比官差们更方便些，赶忙低调前往贾家四邻处走访，在几个妇人扎堆的巷口跟人家攀谈起来，很快便聊得火热。老残假装不经意地问起这个吴二，邻居里有两三个心直口快的，直接就翻起了白眼："家里出了这样的事，这时候还在勾搭，年纪轻轻的，也不怕人说闲话！"

这话听着不像是说吴二啊，一问，果然是在说贾小姐。原来这贾小姐的家里人不同意婚事，自己却舍不得跟吴二断了姻缘，以前就总被人撞见两个人前后脚去了她姑妈家，现在家里人死绝了，她竟然还在跟吴二鬼混。

一个妇人直接往地上啐了口唾沫："呸！也不怕她

爹在地底下气得翻了身。”

另一个妇人呵呵地冷笑起来：“怕个屁！她家死人那天，我还看见吴二从她家后门出来呢！”

老残一听这话心里一激灵，赶紧接话：“当真？如此大胆吗？”

那妇人拿眼睛斜着看了看贾家的方向，压低声音说：“当然了！我亲眼看见的还有假？他和贾家那妮子前后脚出来，我刚好从她家后门路过，那妮子说吃了面再走，他嚷嚷着不吃，马上走，没多会儿就看那妮子跟她姑妈出来走了，再晚些时候，就死了一院子，多邪门！”

老残赶紧找了个由头告辞，回去就把这消息告诉了王知县，两个人都吃惊不小，这个吴二和贾小姐，还有她姑妈，有问题啊。

第二天，那位刚大人又要再审贾魏氏，非说贾魏氏一定有奸夫，说什么也得让她交代出来。王知县头痛欲裂，这哪是要审人？你这是要杀人啊！正无计可施的时候，官差来报，说巡抚大人有紧急公文送到，赶紧接过来一看，王知县都想给老残磕头了，原来巡抚一看见老残的信就感觉刚弼在这儿要闯大祸，飞马送信让刚弼别审了，另派一位姓白的官员主审，随后就到。

白大人一到，王知县心里就踏实了，别的不说，起码是个正常官员，不是非要杀人邀功的另类“清官”。正巧白大人与老残也是旧相识，案子很快就走上了正轨。

魏家父女当天就被释放，释放后老残去给魏老头治伤，他是郎中嘛，魏老头也不设防，两个人就聊了起来。老残自然而然又把话题引到了吴二身上。魏老头叹口气：“唉，别提那个人了，估计恨死我闺女了，别人不知道他的底细，我们家跟他家以前有交情，知道那是个在外面吃喝嫖赌的货，结果，我闺女悄悄告诉她公爹之后，反倒被她小姑子恨上了，好心当了驴肝肺。”

原来有这样的过节，吴二的嫌疑更大了。白大人那边的查访进展更是神速，找见了事发当天给贾家送水的人，那人懵懵懂懂，说自己送水去的时候贾家人都在各自忙活，自己去厨房水缸倒水，只撞见了吴二，好像在搅和锅。

搅和锅做什么？

送水人苦思冥想了半天才想起来，好像锅里在煮面之类的吧，可能是要吃饭了，不过他刚进去，吴二看见他就急忙忙走了。

无须更多证据了，白大人马上下令捉拿。贾小姐倒是还没上刑就认了罪，但只认栽赃的罪过，自己杀害家人的罪行无论如何不肯认，只说是吴二叫她别过问。至于吴二，王知县和白大人也学了一下刚大人的路数——打！这浪子还真不禁打，鬼哭狼嚎着就招认了。

确实是他在贾家锅中下了毒，生怕把情人也毒死，所以才催着让贾小姐送姑妈回家，愣是没让她俩吃饭。至于那毒物，正是仵作所说的“奇毒”，是吴二在泰山脚下从一个挖草药的药农手里买来的，一种奇怪的毒草，熬成汁水后能让人像昏厥一样死去，他也没试过，这是第一次用，没想到竟然真有如此毒性，把他恨了好久的贾老翁一家都给毒死了。

全家死绝，结果搅和了他们婚事的“罪魁祸首”贾魏氏竟然没吃面就走了，这可把吴二和贾小姐气疯了，说什么也不能放过她啊！这才拿月饼和傻乎乎刚过继来的贾幹做了文章。

可怜贾老翁识人不明，他要是泉下有知，看看自己宝贝女儿这个品行，是不是觉得跟吴二这种人渣正好相配呢？

本回故事：刘鹗《老残游记》

图书在版编目（CIP）数据

今夜拍案惊奇. 第二卷 / 阎鹤祥, 杨九郎著. -- 北京 : 台海出版社, 2023.9

ISBN 978-7-5168-3610-1

Ⅰ. ①今… Ⅱ. ①阎… ②杨… Ⅲ. ①历史故事－作品集－中国－当代 Ⅳ. ① I247.81

中国国家版本馆 CIP 数据核字（2023）第 139517 号

今夜拍案惊奇·第二卷

著　　者：阎鹤祥　杨九郎

责任编辑：王慧敏

出版发行：台海出版社
地　　址：北京市东城区景山东街 20 号　　邮政编码：100009
电　　话：010-64041652（发行，邮购）
传　　真：010-84045799（总编室）
网　　址：www.taimeng.org.cn/thcbs/default.htm
E-mail：thcbs@126.com

经　　销：全国各地新华书店
印　　刷：嘉业印刷（天津）有限公司
本书如有破损、缺页、装订错误，请与本社联系调换

开　　本：880 毫米 ×1230 毫米　　1/32
字　　数：187 千字　　印　　张：11.5
版　　次：2023 年 9 月第 1 版　　印　　次：2024 年 11 月第 1 次印刷
书　　号：ISBN 978-7-5168-3610-1

定　　价：59.00 元